여자끼리란 말도 안된다고 주장하는 여자애를
7
ARIOTO
ARIENAIDESYO
hyakunichikan
no ohanas
백일 동안 철저하게 함락시키는 백합 이야기
©Wata

가자 오키나와로! 수학여행 첫날!

"걱정 마.
재촉하지 않을 테니까
마리카가 원하는 만큼 구경해도 돼."

"……이건 이것대로,
느긋하게 수조를 구경할
시간이 없는데."
©Wata

해변의 비너스와 바닷가에서

목차
ARIOTO
onnadoushitoka ARIENAIDESYO to iiharuonnanoko wo
hyakunichikan de TETTEITEKINI otosu
yuri no ohanashi

여자끼리란 말도 안 된다고 주장하는

7

ARIOTO

toka ARIENAIDESYO to
hyakunichikan de
ri no ohanas

백일 동안 철저하게 함락시키는 백합 이야기

커버 · 컬러내지 · 본문 일러스트
와타

프롤로그

ARIOTO
onnadoushitoka ARIENAIDESYO to iiharuonnanoko wo hyakunichikan de TETTEITEKINI otosu yuri no ohanashi

이건 말도 안 되는 꿈 이야기도, 망상이나 거짓말도 아니다.

내리쬐는 태양. 푸른 바다. 하얀 모래사장.

그리고 눈앞에는 수영복을 입은 누구보다 사랑하는 여자친구.

"……마리카."

연인의 손끝이 내 피부를 어루만진다. 다가오는 입술이 내 입술을 포개었다. 어떤 대담한 행동도 괜찮아. 이곳에는 아무도 없어.

그저 들리는 건 밀려왔다가 부딪혀 돌아가는 파도 소리뿐.

마침내 우리는 남쪽 섬에 왔다——.

라는 건 아니고.

"아니아니! **사람들로 넘쳐난다고!**"

해수욕장 쪽에서는 떠들썩한 여고생들이 신이 나서 떠드는 소리가 왁자지껄하게 들려온다.

나와 내 여자친구—— 후와 아야는 조금 떨어진 바위 더미 그늘 아래 숨은 것처럼 서로 몸을 딱 맞대고…… 있다고 해야 하나, 아야한테 절찬리 덮쳐지는 중이라고 해야 하나…….

머리를 뒤로 모아 묶은 아야는 입맛을 다시는 야수처럼 자기 입술을 날름 핥으며 내 얼굴을 들여다보았다.

"평소와는 다른 시츄에이션. 이런 것도 좋아하지? 마리카."

“저, 전혀 그렇지 않거든……. 나는 평범한 시츄에이션으로도 충분히 행복하고…….”

아야가 후훗, 웃었다. 마치 유모차에 탄 아기와 눈이 마주쳤을 때처럼.

“그러네. 마리카라면 그렇게 말하겠지. 걱정 마. 내가 전부 알아서 해줄 테니까.”

“그런 의도가 아니라…….”

이미 비키니는 벗겨진 상태라 내 가슴은 바깥 공기에 노출되어 있었다.

이곳은 야외인데도 말이다.

“햇볕 아래라서 그런가. 마리카의 몸이 평소보다 눈부신걸.”

“나는 이런 취향 없다니깐——.”

가까이서 어떤 여자애의 목소리가 들린다. 힉, 하고 몸을 움츠렸다.

만약 아야와 그런 짓을 하다가 그 모습을 들킨다면……? 교실에서 벌어진 투쟁을 이겨내고 명예를 회복했던 게 바로 얼마 전인데, 내 평가는 그대로 다시 땅으로 곤두박질칠 게 틀림없겠지.

“무, 무리라니깐, 아야……. 자, 잠깐…… 읏.”

한껏 숨죽인 목소리로 꾸짖어 봐도, 몸을 구부린 아야는 그대로 입술을 내 가슴 끝의 돌기에 가져다 댔고……. 아아, 진짜……!

“빠, 빨지 마…….”

한쪽 가슴을 쭉, 하고 빨아들인 아야는 다른 쪽 가슴 끝부분을 꼬집고서 빙글빙글 굴렸다.

"손가락으로 하는 것도, 안 돼……!"

바위 더미 그늘에서 아야와 단둘이. 뜨거운 햇살이 내리쬐는 해수욕장, 바로 옆엔 분명 반 친구들이 여럿 있겠지. 머리가 이상해질 것만 같은 상황인데도 몸을 움찔움찔 떨게 된다.

"아야……. 저기, 호텔로 돌아간 다음……."

"안 돼."

내 가슴팍에 얼굴을 묻은 아야는 단호하게 말했다. 목숨을 구걸하는 것처럼 간절한 애원을 매몰차게 거절하는 차가운 말에, 그만 눈꼬리에 눈물이 맺혔다.

"어째서……."

"왜냐하면 이건."

고개를 든 아야가 내 귓불을 달콤하게 깨문다.

"마리카와 내가, 추억을 만들기 위한 수학여행이니까."

손이, 하반신으로 다가온다. 마침내 닥친 절체절명의 위기에 겁을 먹으며, 나는 어쩌다 이런 일이 벌어졌는지 돌이켜보았다——.

여자끼리라니
말도 안 된다고 주장하는 여자애를
백일 동안
철저하게 함락시키는 백합 이야기

제 1 장

수학여행 1일

시 각	장 소	
9:00	하네다 공항	학
10:30	체크인	【조
	기내	○
		○큰 위탁하기
		○끝난 사람은 탑승 대기실로 이동
		○좌석 번호 확인
13:30	나하 공항	**학생 집합**
14:00	버스 이동	【조장】점호
		○위탁 수하물 수취
		○버스 탑승
14:30	점심 식사	**학생 집합**
		【조장】점호
		○공원 내에서 가벼운 식사
15:30	평화 학습	**평화의 소중함을 배우기**
		○강의 및 비디오 학습
17:30	버스 이동	**버스 이동**
		【조장】점호
18:00	호텔 도착	**학생 집합**
		【조장】점호
		○각 방 열쇠 배부
		○【조장】귀중품 주머니 받기, 조
		담임에게 맡기기
		○귀중품 주머니는 내일 아침 반납
19:00	저녁 식사	**학생 집합**
		○【조장】점호
		○모두 모인 다음 식사합니다
20:00	입욕	**대욕탕**
		○20:00~20:30 A반
		○20:30~21:00
		○21:0
		※각 방
		○【조장】
		○【조장】각
23:00	취침	**소등**
		○소등 후엔

지각 엄금!
특히 유메랑 히나노!

유메는 내가 데려올게

맡길게

나한테 왜 그래?!

마리카랑 같은 방

HAPPY note

자유행동
즐거운 시간은 지금부터

여자끼리라니
말도 안 된다고 주장하는 여자애를
백일 동안
철저하게 함락시키는
백합 이야기

제1장

ARIOTO

onnadoushitoka ARIENAIDESYO to iiharuonnanoko wo hyakunichikan de TETTEITEKINI otasu yuri no ohanashi

무사히 꽃가루 알레르기의 계절을 이겨낸 나를 기다리는 포상! 그건 바로!

"수험 공부?"

"그거 말고!"

나는 고개를 홱홱 저으면서 불끈 쥔 주먹을 번쩍 치켜들었다.

"수학여행이지!"

6월이 되자 머리카락이 자라는 것과 비슷한 속도로 기온도 점차 오르기 시작했다. 계절에 따라 반소매로 변한 하복 교복은 좋든 싫든 상관없이 눈에 들어오는 반의 풍경을 여름으로 바꿔주었다.

한 달만 더 등교하면 여름방학. 평소라면 기쁘게 맞이했을 긴 방학도, 올해는 파도처럼 밀려드는 수험 공부의 압력에 짓눌리고 말겠지…….

하아……. 이게 고등학교 3학년의 중압감이라는 건가…….

덕분에 여름방학 계획은 백지상태. 아니 오히려 새까맣다고 해야 할까.

"마리카는 입시 학원에 등록한다고 했던가?"

자리에 앉는 나에게, 방금 막 헤살을 놓았던 친구── 미츠미네 유메가 천진난만하게 물었다.

"응, 뭐, 그럴 생각이야."

"좋겠다—. 나도 같은 학원에 등록해 볼까."

그러자 웃으면서 대화에 끼어든 사람은 마찬가지로 내 친구인 마츠카와 치사키.

"유메 성적으론 같은 반에 못 들어가잖아. 그런 학원은 성적순으로 반이 나뉜다고."

내 자리를 둘러싸고 모인 유메와 치사키. 사이좋은 마리카 그룹의 늘 있는 광경이다.

"아직 모르잖아! 내 숨겨진 재능이 드디어 꽃을 피울지도 몰라!"

"초등학교 입학 때부터 세서 12년 동안 숨겨져 있을 정도의 재능이면 그냥 없는 거야."

완벽하게 논파당한 유메는 "치— 짱은 바보!"라고 소리치며 발을 동동 굴렀다. 도저히 고등학교 3학년이라고 보기 힘든 행동이다.

실제로 유메는 키도 150cm를 조금 넘는 정도고 얼굴도 무척 앳돼서, 화장기 없는 쌩얼로는 중학생은커녕 초등학생이라고 해도 아슬아슬하게 통할 것 같다.

성격은 밝고 천진난만. 좋게 말하면 순수하고, 나쁘게 말하면 바보다. 까놓고 말해서.

그래도 친구를 생각하는 마음이나, 자기와 친한 사람이라고 인정한 상대에겐 굉장히 다정한 면 등, 장점도 잔뜩 있다. 좋아, 커버 완료.

요즘은 하루의 여유 시간 중 9할은 동영상을 보며 지낸다는 모양이다. 유행을 좇는 걸 좋아해서 우리 그룹 친구들 중 가장

트렌드에 밝다. 패션 감각도 좋고. 아니 그나저나.

"유메, 대학 진학할 생각이었어? 몰랐어."

나는 당연히 패션 계열 전문학교에 갈 줄 알았다.

"음—. 사실은 아직 좀 고민 중이거든. 나는 전문학교로 충분하다고 생각했는데, 부모님이랑 치— 짱이 대학도 고민해 보는 게 어때? 라고 그래서."

"아항."

놀릴 거리를 포착한 내가 입을 열기 전, 먼저 선수 치듯이 치사키가 무뚝뚝한 얼굴로 말했다.

"그렇게 하라는 게 아니고, 선택지는 폭넓게 가지는 편이 좋다는 거지."

"그래도 치— 짱 말을 들으면 내가 직접 생각한 것보다 치— 짱 말이 더 옳을지도…… 싶은 생각이 든단 말이지."

신뢰가 어쩜 저리 대단할 수가. 마음도 조금은 이해가 가지만.

치사키는 "뭐야 그게"라며 어처구니없어했다. 길게 쭉 뻗은 생머리를 밝게 염색한 치사키는 유메와는 대조적으로 170cm에 가까운 큰 키를 가진 소녀다.

중학교 시절 배구부였을 때는 헤어스타일도 짧았다는 모양인데, 지금은 완전히 어른스러운 언니 같은 분위기를 풍긴다. 단, 겉으로는 쿨하고 시원스러워 보이는 주제에, 실제로는 상당히 감정적이고 성미가 급한 여자다. 자기 마음에 안 들면 상대가 선생님이라도 달려들 법한 광견이니까.

그렇다곤 해도 지뢰 요소는 (생각보단) 적고, 한번 화내면 뒤끝

없이 선뜻 털어내기 때문에 친구로서 사귀기 힘든 부분은 하나도 없다. 근본적으로 좋은 애니까 말이지.

치사키는 유메의 발언에 바로 태도를 바꿨다.

"내 의견을 듣는 건 좋지만, 미리 말해두는데 나는 유메의 인생에 책임을 지지 않을 거야. 자기가 직접 고민하고 정하도록 해."

"어? 오히려 책임질 요소밖에 없다고 생각하는데?"

은근히 책임을 떠넘기는 듯한 유메의 말에 치사키의 눈이 가늘어졌다.

"……너는 참."

그 뺨은 살짝 홍조를 띠고 있었다.

사실 이 두 사람, 유메와 치사키는 사귀는 사이다. 친구가, 그것도 같은 여자애끼리 커플이라는 상황은 생각해 보면 상당히 이상할지도 모르지만 이제 완전히 익숙해졌다.

키타자와 고등학교는 여고라서 그런 건지, 아니면 내 주변의 비율이 이상한 건지, 여자애를 좋아하는 여자애가 많다는……느낌이 든다.

하지만 사실 세상엔 여자애를 좋아하는 여자애가 굉장히 많이 있는데, 자기가 그 당사자가 되고 나서야 주변을 둘러본 다음 앗, 꽤 많았구나, 하고 뒤늦게 깨달았을 뿐일지도 모른다.

뭐, 그런 식으로 우리는 제법 재미있는 우정을 쌓아가고 있다고 생각한다.

그중에서도 특히 재미있는 사람에 속하는 유메가 한없이 가벼운 동기로 정한 장래를 외쳤다.

"치— 짱은 대학 진학 지망이고, 마리카도 마찬가지잖아. 다 함께 가는 게 더 재미있을 것 같으니까!"

대학 진학을 선택하는 동기는 그런 이유로도 충분——하다고 생각하는 만큼 나 역시 유메의 말에 전적으로 찬성하기는 하지만.

치사키가 들떠 있는 미래를 단칼에 일축했다.

"아니, 애초에 나랑 마리는 지망 학교가 다르다고."

"뭐어—?! 같은 곳으로 해! 대학도 고등학교의 연장선처럼 즐기자!"

"그것도 재미있을 것 같긴 한데……."

비명을 지르는 유메를 멍하니 보았다.

이 멤버는 마음도 편하고, 분위기도 잘 타고, 떠들썩하다. 거기에 더해 서로가 여자애랑 사귄다는 사실을 알고 있어서 남친은 안 만들어? 같은 흔한 대화도 오가지 않는다. 그야말로 낙원.

그렇긴 한데…….

생각에 잠겨있는 동안 치사키가 무서운 얼굴로 유메에게 쏘아붙였다.

"그보다 진심으로 대학 수험을 치를 생각이라면 더 많이 노력해야 해. 평소처럼 대충 했다가는 진짜로 유급할 테니까."

"윽………… 치— 짱, 엄격해……."

"하긴…… 우리는 추천도 내신 점수도 기대할 수 없으니까—."

나는 책상에 푹 엎어져 백기를 내거는 것처럼 양손을 뻗었다.

수업은 땡땡이치고, 교칙은 밥 먹듯이 어겼고, 내키는 대로 살아오며 쌓아온 업보를 청산해야 할 순간이 온 것이다.

그랬을 때 우리 그룹의 멤버, 마지막 한 명이 교실에 들어왔다.

아야다.

"안녕. 무슨 얘기 중?"

"아야, 안녕. 대학 수험 얘기."

"아아, 그래서."

마음에 드는 옷에 진흙이 튄 걸 본 듯한 표정을 짓는 유메를 보고, 아야가 이해했다는 것처럼 끄덕였다.

분위기 메이커인 유메가 풀이 죽어 있으니까 분위기도 덩달아 가라앉을 것 같았는데, 이런 점은 역시 아야다. 아무것도 하지 않았는데도 그저 그곳에 있는 것만으로도 세상이 밝게 빛난다. 미소녀의 파워는 엄청나다. 어쩌면 내가 아야를 사랑하니까 그런 걸지도 모르지만…….

후와 아야는 완전무결한 미소녀다. 잡티 하나 없이 눈처럼 새하얀 피부는 철저한 스킨 케어를 통해 언제나 보송보송 반짝반짝하다. 그 어떤 해상도 높은 카메라로 촬영해도 흠을 찾을 수 없고, 마치 은은하게 빛나는 것처럼 보일 정도다.

완만하게 굽이치는 밝은 머리카락은 반대편이 비칠 정도로 가늘어서, 마치 새신부의 베일처럼 아야의 아름다운 얼굴을 꾸며 주고 있다. 처음 만났을 때부터 원랭스 스타일의 긴 머리밖에 본 적 없지만, 보나 마나 숏컷을 해도 잘 어울릴 게 틀림없다. 미인은 헤어스타일을 가리지 않는다.

아름다운 외모야 그렇다 쳐도, 아야는 곧게 편 등이나 몸짓, 자연스럽게 나오는 행동들, 심지어 손가락을 뻗는 자세마저도 미인이라, 사람에게 어울리는 것들이라면 뭐든 아야한테도 잘 어울릴 게 확실하다. 뒷모습만 봐도『앗, 이 사람 틀림없이 미인이야』라고 알 수 있을 정도로.

아니 그보다 거기서 더 나아가 궁극적으로는 외모만 운운할 게 아니라, 내면까지 미소녀란 말이지, 아야는……. 운동신경도 뛰어나고, 공부에도 노력을 기울이고 있고, 자기가 서투른 부분인 사람들과의 인간관계에도 성실하게 노력할 정도로 착한 아이……. 인간으로서의 능력치가 너무 높아…….

평범한 사람이 입시에 도전하기엔 지나치게 문턱이 높은 후와 아야 대학이지만, 엉뚱한 계기로 나와 아야는 사귀는 사이가 되었다. 재수 없이 현역 합격이다. 아야와 연인이 되었다는 기적을 생각하면, 지망 학교에 입학하는 것쯤은 사실 별거 아닐지도 모른다.

풀 죽어 있는 데에도 질렸는지 고개를 든 유메가 내 여자친구를 화제에 끌어들였다.

"아야는 도쿄대에 갈 거야?"

"안 갈 건데."

"전교 1등이라고 해도, 그래봤자 키타자와에서 1등이니까 말이지."

치사키가 쓴웃음을 지었다. 아야도 끄덕끄덕 고개를 주억거렸다.

나와 유메, 치사키, 거기에 아야까지 더해서 이렇게 네 사람이 사이좋은 마리카 그룹의 멤버들이다.

나는 느긋하게 턱을 괴면서 말했다.

"그래도 아야는 마음만 먹으면 거뜬히 합격할 수 있을 것 같아."

"그럼 한번 가볼까."

"무슨 학교 끝나고 노래방에 가자는 것처럼 가볍게!"

유메가 태클을 넣자 모두 웃었다.

그래도 정말 아야라면 가능할 것 같단 말이지……. 아야의 잠재력은 아직도 그 끝을 알 수 없으니까…….

지난주 진로 상담에서 나는 내 성적보다 한 단계 높은 대학을 지망했다.

담임 선생님은『사카키바라 양이라면 노력하기에 따라 충분히 가능하다고 생각해요』라며 다정하게 격려해 주셨지만, 나 혼자만 열심히 수험 공부를 하는 게 아니다. 주변 애들이 열심히 하면 할수록 당연히 커트라인도 올라간다.

굳이 고생을 자초할 필요는…… 없겠지만.

엄마가 말했던『여자 둘이서 살아갈 거라면 경제적인 면에서도 부족함이 없도록 노력해야 한다』라는 말은 계속 내 머릿속에 새겨져 있다.

나 혼자라면 어떻게든 살아갈 수 있을 것이다. 하지만 아야와 함께 살아가기 위해서 제대로 된 수입을 갖고 싶다. 실컷 놀고 싶고, 맛있는 것도 먹고 싶다. 지금이 즐거운 건 당연한 전제로 놓고, 아야와 함께 있을 때 앞으로의 일을 생각하며 불안에 떨고 싶지 않다.

그렇다면—— 싫어서 나는 취업률이 높은 대학을 지망하기로 했다.

앞날을 알 수 없기에 더더욱 돈이 중요하다. 아니, 서로의 마음을 조금도 의심하지 않는 만큼 이제 중요한 건 돈 문제밖에 없다고 해도 과언이 아니다.

그렇다, 돈이다……. 아무튼 돈을 벌자…….

올해 여름은 그걸 위한 여름. 미래를 위한 여름이라고 마음먹었다.

그래도 여름까지는 아직 유예가 있다. 바로 꽃가루 알레르기의 계절을 이겨낸 나에게 주어진 포상—— 수학여행이다.

"그나저나 3학년 때도 같은 반이 돼서 정말 다행이네. 수학여행은 꼭 이 멤버로 가고 싶었거든."

만약 같은 반이 되지 못했다면, 키타자와 고등학교는 왜 3학년 때 수학여행을 가는 거야 진짜! 라며 평생 불평을 토했겠지.

(참고로 수학여행을 3학년 때 실시하는 고등학교는 전체의 8% 정도라고 한다.)

"그러게!"

"뭐, 그땐 또 그때대로 어떻게든 되지 않았을까?"

"아니, 아무리 그래도 버스 이동 중에 들키겠지."

내가 화제를 수학여행으로 돌리자 다들 이야기에 동참했다.

"그러고 보니."

아야가 입을 열었다가 딱 멈췄다. 모두의 시선이 아야에게 쏠렸다.

"왜?"

"아, 그게. 수학여행 조 편성 말인데."

아하, 하고 나는 아야가 무슨 얘기를 꺼내려 하는지 이해했다.

우리 반은 30명. 여섯 그룹으로 나뉜다고 하니, 다시 말해 한 그룹당 인원수는 다섯 명씩. 마리카 그룹은 4명이니까 한 명이 부족하다는 얘기다.

뭐, 조별 활동이야 그렇게까지 철저하게 지킬 필요는 없을 테니까 적당히 아무나 우리 조에 끼워 넣은 다음 현지에 도착한 다음에 따로 행동하면 그만이겠지만 말이지. 이제 와서 내신 점수에 영향을 끼칠 것 같지도 않고.

문득 한순간 뇌리를 스친 생각은, 유즈키 짱과 아직 친한 관계였다면 우리는 다섯 명으로 인원수가 딱 맞았을 텐데, 하는 생각.

무심결에 고개를 돌리니 그 유즈키 짱은 교실 한쪽 구석에서 다른 그룹에 섞여 있었다.

쟤는 쟤대로 벌써 친하게 지낼 친구를 찾은 모양이다.

응, 이제 와서 새삼스럽지!

"그러게, 남은 한 명은 어쩔까나—."

내가 팔짱을 끼고 고민하는 자세를 취했을 때, 정면으로 그림자가 슥 드리웠다.

응?

"여어."

눈앞에는 두부인가 싶을 정도로 하얀 피부의 갸루가 서 있었다.

시라하타 히나노. 교칙 위반이라는 관점에서 보면 우리 반에서도 독보적이다. 얘보다 더 눈에 띄기는 쉬운 일이 아니겠지.

그라데이션이 선명한 라벤더 블루로 염색한 머리카락을 양 갈래로 묶어 내린 작은 체구의 여자아이.

덧붙여, 듣기로는 파란색으로 탈색하면 색이 빠지는 속도가 워낙 순식간이라 2주에 한 번은 미용실에 간다나. 뭐가 널 그렇게까지 하게 만드는 거야.

히나노는 평소처럼 졸린 듯한 눈으로 자그마한 입술을 열었다.

"얘기는 잘 들었어."

"뭔데 뭔데."

"아직 조 인원이 정해지지 않았다면 나도 끼워줘."

"오……?"

우리는 서로 얼굴을 마주 보았다. 내가 대표로 물었다.

"히나노가 먼저 말을 꺼내다니 무슨 변덕이야?"

"4명밖에 없어서 곤란한 모양이었으니까. 나도 가끔은 남을 돕는 일 정도는 해."

"왜 네가 우리를 돕는 모양새가 되는 거야."

일단 애들한테도 물어봤다.

"괜찮지 않아?"

"응, 히나뽀요랑 함께라면 재밌을 거 같고!"

히나노는 말투도 퉁명스러워서 무서운 느낌을 주니까 성실한 애들이나 소심한 애들과는 궁합이 안 맞을 것 같지만 우리 그룹과는 문제없이 어울릴 수 있겠지.

내가 아야에게 시선을 돌리자 "아."하고 자신에게 의견을 묻고 있다는 걸 깨달은 아야가 황급히 고개를 끄덕였다.

"응, 괜찮아."

이건…… 정말로 괜찮을 때 짓는 표정으로 보이네. 오케이.

뭐, 히나노는 나랑 아야가 사귀는 사이라는 것도 알고 있으니까, 이래저래 행동하기도 편하려…… 나?

이해득실까지 확실히 따져본 뒤 나는 최종적으로 크게 고개를 끄덕였다.

"좋아, 알겠어. 수학여행 동안 잘 부탁해, 히나노."

"오우 예이—."

느긋하게 더블 피스를 하는 히나노. 거절당할 가능성 따윈 조금도 생각하지 않은 기색이었다.

게다가 그걸로 생색을 내는 것도 아니고, 볼일은 마쳤다는 듯이 잽싸게 어디론가 사라졌다. 너무나도 자유로운 여자다.

이리하여 히나노가 동료로 합류했다. 마리카 그룹의 내신 점수 평균이 한층 더 내려가는 소리가 들렸다. 다섯 명 다 합쳐도 우리 반 반장인 나츠미 짱 한 명한테 질 것 같은데.

히나노의 뒷모습을 바라보며 우리는 저마다 중얼거렸다.

"히나노는 인생이 즐거워 보이네."

"저런 거 좋다고 생각해."

"그러고 보니 히나뽀요네 가게 인스타에 마리카랑 아야야가 같이 찍혀 있었지?"

"아아, 응. 히나노한테 부탁받았거든. 알바비도 줬고."

"엄청 친한 사이였구나—."

그, 그런가?

히나노랑 나름 깊은 이야기를 나눈 적도 있고, 아야에 대한 고민을 털어놓은 적도 있긴 하지만, 단둘이서 어딘가 놀러 간다거나, 그런 생각은 전혀 안 드는데…… 분명 대화도 잘 이어지지 않을 테니까…….

일반적인 의미에서 친하냐고 묻는다면 상당히 고민된다.

적당히 무난한 대답으로 매듭짓자.

"히나노는 누구한테나 저런 느낌 아니야?"

내킬 때 내키는 행동을 한다. 그러기 위해서라면 혼자 있는 것도 아무렇지 않고, 지금처럼 다른 그룹에 말을 거는 것도 주저하지 않는다.

외톨이가 아니라 굳이 특정 그룹에 소속되지 않는다는 느낌의 자세. 그런 자세를 유지할 수 있는 건 학교 말고도 자신이 있을 곳을 갖고 있기 때문이다.

정말로 사교성이 좋은 아이라는 건 히나노 같은 애를 가리키는 걸지도 모른다.

입가에 손을 대고서, 치사키가 주변에 들리지 않도록 나지막이 말했다.

"하지만 뭔가 재, 나랑 유메가 사귀는 걸 알고 있는 것 같단 말이지…….『보면 바로 알아』라고도 했고."

뭐?! 하고 유메가 깜짝 놀랐다.

……듣고 보니 재는 나랑 아야의 사이도 커밍아웃하기 전부터

사귄다는 걸 육감만으로 맞혔으니까…….

여러모로 수수께끼로 가득한 애다.

이번 수학여행에서 히나노와 조금은 거리를 좁힐 수 있으려나, 이때 나는 태평하게 그런 생각을 하고 있었다.

슬슬 홈룸 시간이다.

"아무튼 즐거운 수학여행이 되면 좋겠네—."

내가 대충 이야기를 마무리 지으려 하자 어째선지 유메와 치사키가 씨익 웃었다.

"하긴, 그러네!"

"즐거운 수학여행으로 만들자. 그치? 아야."

"으, 응."

유메와 치사키에게 어깨동무를 당한 아야가 어색하게 미소 지었다.

"……응?"

뭘까. 이 세 사람이 결탁한 듯한 분위기에서 심상치 않은 무언가를 감지했다.

이 녀석들, 뭔가 꾸미고 있나……?

목표물을 겨냥하는 것처럼 물끄러미 아야를 바라보았다. 아야는 나한테 거짓말을 안 하니까.

그러자 절세의 미소녀는 온화한 미소로 화답했다.

"분명 즐거울 거야. 기대해줘, 마리카."

"그건 이미 뭔가 숨기는 게 있다고 말하는 거나 마찬가지잖아! 대체 뭔데?!"

내 말에 대답해주는 사람은 아무도 없었다.

진짜로 뭔데?!

* * *

"진짜로 뭔데……?"

"아무것도 아니라니깐."

게슴츠레 뜬 내 눈이 향하는 곳은 오늘도 아름답게 미소 짓는 아야.

평일 방과 후, 우리는 수학여행 때 쓸 자질구레한 준비물을 사러 이케부쿠로에 와 있었다.

도큐핸즈에 들르거나 다이소, 무인양품을 돌아다니며 일단 대충 쇼핑을 마친 뒤, 카페에서 한창 차를 마시는 중.

캐러멜 프라푸치노를 입가로 가져가며, 올려다보는 시선으로 아야를 쳐다봤다.

"수상한데."

"그렇지 않아. 언제나 마리카만을 생각하며 살고 있어. 포에버."

"그건 질문에 대한 대답은 아니잖아!"

저녁 무렵의 카페는 시끌시끌 소란스럽고, 내 목소리도 소음에 섞여 사라졌다.

"하아. 뭐, 됐어……. 억지로 캐물으면 즐거움도 줄어들 것 같으니까. 티 나게 무언가를 꾸미고 있는 아야를 계속 이리저리 타박해 봤자 그다지 기분 좋은 것도 아니고."

"응, 고마워. 마리카는 타박하는 것보다 타박 당하는 걸 더 좋아하는 M인걸."

"철저하게 캐물어 줄 수도 있거든?!"

마음속 호랑이가 송곳니를 드러내도, 아야는 태연한 얼굴로 블랙커피가 담긴 잔을 들어 올릴 뿐.

꽃가루의 계절이 지나간 것도 있어서, 쇼핑이라고 쓰고 바깥 데이트라고 읽는 나들이는 마음껏 돌아다닐 수 있어서 굉장히 즐겁긴 한데.

이제 얼마 있으면 패밀리 레스토랑 아르바이트를 그만두기 때문에 통장 잔액에 신경을 써야 한다……. 평소처럼 『귀여워!』→『당장 사자!』라는 식으로 욕망의 수도꼭지를 마음껏 틀어뒀다간 돈도 물 쓰듯 써버릴 테니까…….

"그래도 기대되네. 마리카의 수영복."

"아— 그러네. 이래저래 아야랑 수영장이나 바다엔 갈 기회가 없었으니까."

오늘 산 수영복은 아야와 둘이 함께 고른 옷이다.

하지만 입은 모습은 아직 보여주지 않았고, 당일의 즐거움으로 남겨뒀다. 수학여행에서도 서프라이즈를 하나 정돈 연출해 줘야지.

"이번에 바 사람들도 바다에 놀러 간다는 모양이야."

"진짜 사이좋구나, 그 사람들……. 아야도 같이 가?"

"아니. 나는 수험 공부 핑계로 거절했어. 작년 얘기를 들어 보니 여자애들 여럿한테 헌팅 목적으로 마구 말을 걸었다고도 들었고."

"이상하네. 여자끼리 해수욕장을 가면 보통은 헌팅을 당하는 쪽일 텐데……."

바의 노는 언니들이 흥에 겨워 마구 신을 내는 그림이 머릿속에 재생된다.

그렇구나. 절대로 같이 가고 싶지 않아…….

그런데 여자가 여자한테 작업을 건다는 게 성립되는 말인가. 확실히 남자한테 권유받는 것보다야 심리적 허들이 낮을 것 같지만.

시선을 비스듬히 앞쪽으로 돌리니, 아까부터 여중생으로 보이는 여자애 둘이 이쪽을 힐끔힐끔 훔쳐보는 모습이 보였다.

저 아이들의 관심을 끄는 건…… 그야 뭐, 내 앞에서 완벽한 미모를 뽐내고 있는 후와 아야겠지. 어떤 연예인일까? 같은 대화를 나누고 있지 않을까.

"……만약 말을 거는 사람이 이런 여자라면 동성이라도 범죄 아닌지 경계하게 될 것 같아."

"뭐가?"

"미심쩍은 그림을 강매하는 시늉 좀 해보지 않을래?"

"……왠지 싫어."

아야가 미간에 주름을 잡았다. 뾰로통한 표정마저 미인이었다.

애가 남들의 시선을 끄는 거야 어제오늘 일도 아니니, 그런 걸로 일일이 질투했다간 내 몸이 남아나지 않는다.

"그러고 보니 아야는 저번에 히나노를 도우러 하라주쿠에 갔을 때도 명함을 꽤 많이 받았었지."

"받았다고 해야 하나, 억지로 쥐여줬다는 느낌인데."

이번에도 미묘한 표정을 짓는 아야.

"그렇게 스카우트하는 사람들은 일단 받아두기라도 하지 않으면 좀처럼 물러서질 않으니까."

상당히 익숙해 보이는 태도였다.

뭐, 확실히 아야 입장에선 민폐라고 생각하지만, 나는 연예계 사람의 마음도 이해하게 되네…….

다이아몬드 원석도 아니고, 진짜 다이아몬드가 길에 굴러다니고 있는 거니까. 그야 누구든 혹시나 하는 심정으로 손을 뻗겠지.

"실제로는 어때? 연예계 같은 거. 별로 관심 없다고 말하긴 했지만."

"별로 관심 없으려나."

"왜? 돈도 많이 벌 것 같잖아!"

무심코 말에 힘이 들어가 버렸다. 하지만 아야라면 억만금을 벌 수 있을 것 같으니까…….

아야는 살짝 고개를 갸웃한 다음, 억만금을 벌어들일 법한 입술을 작게 열었다.

"좋아하지 않는 일을 노력하는 건 힘들 거라 생각해."

"그 말은?"

"성공하기 위해선 반드시 노력이 필요할 거야. 하지만 나는 성공을 바라지 않으니까 그만큼 힘들겠지. 어중간한 마음으로 시작하는 건 진지하게 일에 임하는 주변 사람들에게 실례기도 하고.”

하긴, 그것도 그런가.

자기가 할 수 있는 일이라고 해도, 굳이 하지 않을 이유는 얼마든지 있다. 만약 나한테 엄청난 복싱 선수로서의 재능이 있다고 해도, 나는 때리는 것도 맞는 것도 아픈 것도 싫으니까…….

게다가 일주일에 5일은 연습에만 전념! 같은 상황이 되면 마음이 꺾일 것 같아.

아야는 남들 앞에 서는 것도, 눈에 띄는 것도 내키지 않는 모양이니까. 됐어, 아야는 앞으로 쭉 내 곁에 있으면 돼.

“아니면 설마.”

갑자기 뭔가 깨달았다는 표정으로 아야가 손을 입으로 가져갔다. 응?

“마리카, 자기 연인을 온 세상에 자랑하고 싶다는 그런 뜻? 그 마음은 확실히 나도 이해하지만……. 사실은 나도, 아이돌이 되어 무대 위에선, 전 정말 청순한 사람이에요, 야한 건 아무것도 몰라요, 라는 표정을 짓고 있는 나의 마리카를 밤마다 침대에서 마음껏 농락하는 망상 같은 건 해. 하지만 아무리 그래도 현실에서 그러라는 건…….”

“밖! 여긴 지금 밖이라고!”

빠르게 주변을 훑었지만, 역시 소란스러운 가게 안이라 우리 대화를 듣는 사람은 없는 모양이었다. 위험하잖아, 정말!

"너무 신경 쓰는 거야, 마리카."

"그야 신경 쓸 만도 하지…… 공공질서에 어긋나는 짓인데……."

테이블에 놓인 아야의 손등에 내 손등을 덮었다. 얼굴을 가까이 가져갔다.

"밖에서 해도 되는 건 이 정도까지야. 공공장소는 다 같이 쓰는 공간이니까 각자 제대로 매너를 지켜야지."

"그건 다시 말해, 아무도 보지 않는다면."

"말꼬리 잡지 말고! 아무도 보지 않아도 내가 보고 있어!"

"다시 말해 눈을 가리면……."

"무슨 말대꾸 별에서 온 외계인이냐?!"

아야는 손을 뒤집어 내 손바닥을 밑에서 꼭 쥐었다.

"만약 마리카가 자기 여자친구를 자랑하고 싶다거나, 아이돌이 된 여자친구의 남들은 모르는 표정을 즐기고 싶다는 이유만으로 나한테 연예계에 들어가라고 진심으로 말한다면, 나도 조금은 고민해 볼게."

"그런 이유로 말할 리가 없잖아?! 어디까지나 돈 때문이야!"

왜지. 아야의 욕망이 너무 깊은 나머지, 오로지 돈만이 목적인 내가 더 순수해 보이는 현상이 발생하는 느낌이다.

그런 여전하다면 여전한 대화를 즐기고 있었을 때.

테이블 위에 놔둔 아야의 스마트폰이 부르르, 울렸다.

전화다.

아야가 잡고 있던 손을 놓고 스마트폰을 집었다. 화면에 표시된 발신자를 한 번 보고서, 방금까지 즐겁게 웃고 있던 아야는 얼굴에서 미소를 지웠다.

스마트폰을 뒤집어 테이블에 내려놓는다.

……저기.

아무리 그래도 모른 척 넘어가는 건 너무 부자연스러웠기 때문에 나는 불길한 예감을 느끼면서도 의무감처럼 물었다.

"괜찮아?"

"응."

아야가 시선을 피하며, 아무것도 아닌 곳을 바라보았다.

"엄마니까."

그 말은…….

"그러면 더욱더 받는 게 낫지 않아?"

"괜찮아. 무슨 용건인지 아니까."

내 괜한 걱정을 두랄루민 방패로 튕겨내는 것처럼 아야는 단호하게 말했고.

그런 다음 조용히 눈을 내리깔았다. 나는 빛을 반사하는 긴 속눈썹에 시선을 빼앗겼다.

"……미안."

"아니아니아니, 왜 사과해?"

애매한 웃음을 지으며 최대한 부드러운 말투로 물었다.

스마트폰 진동은 금방 멎었다.

"어쩐지 신경 쓰게 만든 것 같네."

그건 뭐……. 신경 쓰이지 않는다고 하면 거짓말이 되겠지만, 그래도 지금은 의외로 그런 건 아무래도 좋다고 해야 하나.

"어머니는 무슨 용건이었어?"

"……."

"앗, 아냐, 딱히 추궁하려거나 그런 의도는 아니고. 이 얘기는 그만할까! 뭔가 즐거운 얘기 하자!"

양손을 모으고서, 나는 일부러 그러는 티가 난다 해도 일단 활짝 웃었다.

잠시 침묵하고서 아야가 조그맣게 입을 열었다.

"있잖아."

그 목소리는 깃털처럼 가벼워서 손을 뻗어 붙잡지 않으면 사라져 버릴 것처럼 덧없었다.

"아…… 응."

나와 눈을 마주치지 않으면서 입을 연 아야를 향해, 나도 모르게 자세를 바로잡았다.

아마 긴장되는 거겠지.

"우리 집은 엄마만 계셔. 그래서 그 집에 둘이서 살고 있고."

"응."

"원래는 할아버지와 할머니 집이었는데, 일찍 돌아가셔서 나도 뵌 적이 없어. 그래서 둘이 살아. 그렇다곤 해도 엄마는 거의 회사에서 묵거나, 어쩌다 돌아와도 밤늦은 시간이지만."

"……응."

그건 아야의 입에서 처음 나온 아야네 집안 이야기였다.

아야네 집에 갈 때마다 누군가와 마주친 적은 한 번도 없었다. 지금까지 아야와 함께 보냈던 시간 동안 어떻게 그럴 수가 있었을까, 그 답이 맞춰지는 느낌이었다.

"그래서 세탁 같은 건 주로 내가 해. 청소는 한 달에 두 번, 도우미분이 와주셔서 그때 부탁드리고 있어. 엄마와는 일반적으로 사이좋은 관계라고 부를 수는 없겠지만, 돈도 두고 가시고, 불편했던 적은 그다지 없으려나."

"그랬구나."

"응. 바에서 아르바이트도 하다 보니, 밤늦게 들어가도 잔소리 들을 일이 없으니까 편하고 좋아."

거기까지 말하고 나서야 드디어 아야와 눈이 마주쳤다.

아야가 미소를 지었다. 그 무리해서 짓는 듯한 미소에 나는 어쩐지 가슴이 아팠다.

그래서 무심코 입을 열었다.

"저기 아야. 그다지 말하고 싶지 않으면 말 안 해도 괜찮아."

"어?"

"그치만 왠지, 괴로워 보이니까……."

"……."

아야에 대한 거라면 뭐든지 알고 싶다.

하지만 아야가 괴로워하는 건 바라지 않는다.

두 가지 바람을 비교했을 때, 역시 나는 있는 그대로의 아야를 우선하고 싶다.

내가 모르는 부분이 있다 해도, 지금의 아야가 지닌 가치가 변하는 건 아니다. 가장 중요한 건 나에게 다정하고, 사랑스럽고, 예쁜 아야의 있는 그대로의 모습이다.

“만약 아야가 나한테 말하지 않은 게 있어서 켕기는 마음을 품고 있다면…… 그런 건 전혀 신경 쓰지 않아도 괜찮아. 내가 좋아하는 건 지금 여기, 눈앞에 있는 아야니까.”

“…….”

한동안 아야는 나를 응시한 채 입을 다물었다.

무거운 침묵. 주변에서 보기엔 헤어지자는 얘기를 나누는 중인 커플처럼 보일지도 몰라── 그런 쓸데없는 생각이 머릿속을 스친다.

“내가.”

습, 하고 아야가 숨을 삼키는 소리가 들린 것 같았다.

“──아니라, 있지.”

아야의 목소리가 상기되었다.

“엄마가 어쩌면 재혼할지도 몰라서, 그래서, 재혼할 사람과 만나봐 줬으면 좋겠다는 얘길 듣고 있어. 같이 사는 건 아닌 모양이니까, 나는 엄마 마음대로 해도 된다고 대답했는데 꼭 좀 만나달라고 끈질겨서──.”

아야는 기세 좋게 거기까지 단숨에 말을 쏟아냈다.

나는 눈을 끔뻑끔뻑.

“그, 그렇구나.”

“으, 응……. 그래.”

이번엔 방금까지와는 다르게, 뭔가 미묘한 침묵. 어떤 식으로 말을 꺼내야 할지 망설이는 풋풋한 커플 같은 느낌.

“그, 그런 거라면 한번 만나보는 게 어때?”

"싫어. 귀찮고."

"귀찮다니."

내가 입꼬리를 느슨하게 풀자, 드디어 분위기가 정상적으로 돌아온 듯한 느낌이었다.

어쩐지, 겨우 숨이 쉬어진다.

"재혼이라, 큰일이겠네. 성이 바뀔 수도 있어?"

"잘은 모르겠는데 바뀌는 일은 없지 않을까."

"다행이다. 나는 후와 아야라는 이름 좋아하니까."

"응……. 고마워……."

아야는 입을 우물거리며 또다시 고개를 숙였다.

보자……. 일단은 제대로 털어놔 준…… 걸까?

하지만 고작해야 부모님과 사이가 안 좋다는 말을 하려고 이 정도로 용기를 쥐어짜내는 모습을 보여줄 줄이야. 어쩌면 아야가 나한테 하지 않은 말은 그렇게 많지 않을지도 모르겠다.

나도 아빠 얘기는 그냥『단신 부임 중이셔』정도밖에 말 안 했으니까. 부모님이랑 특별히 사이가 좋은 게 아니라면 그다지 할 말도 없지.

아야네 집은 싱글맘. 그 넓은 집에서 단둘이 생활. 별로 사이가 좋지 않다. 지금까지 아야가 보여준 행동에 비추어 맞춰 본다. 응, 뭔가 이해가 가네.

손을 뻗었다. 다시 아야의 손을 꼭 쥐었다.

"응응, 노력했구나, 아야."

"……뭐가?"

“『이런 얘기 상대방은 관심 없을지도 몰라—』싶은 얘기를 할 땐 긴장되지. 아니 뭐, 나는 아야가 하는 얘기는 언제나 흥미진진하지만.”

“새삼 그런 식으로 얘기하니까 부끄러운데…….”

어색해하는 아야의 손을 양손으로 잡고, 친척 아주머니처럼 응응, 하고 고개를 끄덕여 줬다.

“일단은 뭔가 진전이 있으면 얘기해줘. 그것 말고도 하고 싶은 얘기가 있다면 뭐든 괜찮아. 뭐든 얘기를 들어줄 테니까.”

“왠지 마리카가 한없이 상냥해…….”

“어? 몰랐어? 나는 원래 아야한테만은 상냥한데.”

“……알아.”

눈을 피하는 아야의 뺨은 붉었다. 귀여워!

아야와 함께 하는 귀갓길. 전철에서 마침 운 좋게 앉은, 마주 보는 좌석.

짐을 잔뜩 들고 있으니, 왠지 예전에 아야가 품에 들려준 대량의 만화책을 들고 전철을 탔던 기억이 떠오른다.

맞다! 말 해야지 해야지 하다가 잊고 있었다.

“앗, 그러고 보니 말인데!”

나는 활짝 웃으며 목소리 톤을 올렸다.

“이제 얼마 있으면 우리, 일 년이네!”

“……일 년?”

“아니, 봐봐, 사귀기 시작한 지 말이야!”

입가에 손을 대고서 목소리를 낮췄다. 설마 진짜로 잊어버린 건 아니지?

그러자 아야는 관심 없다는 듯이 고개를 돌렸다.

"……그랬던가."

엥?!

왜 그런 쌀쌀맞은 태도야?!

이럴 정도로 기념일을 대수롭지 않게 여기는 애였던가?!

잠깐, 아야──.

하고 아야의 얼굴을 자세히 들여다보았더니.

"……아야?"

"몰라, 나는 아무것도 몰라."

그곳엔 어색하게 시선을 피하는 굳은 표정의 아야가 있었다.

아야는 한층 더 내 시선에서 벗어나려고 엉뚱한 곳을 본다.

음……. 으응……?

"저기저기―, 아야―."

"1주년이라니 처음 듣는 얘기야. 그렇구나. 지구의 공전 주기로는 365일이 지나면 일 년이 되는구나. 헤에―."

"아무리 그래도 너무 어색하잖아!"

이건 설마.

워낙 눈치가 빠른 나는 거기서 딱 감을 잡고 말았다.

명백하게 눈이 흔들리고 있는 아야. 마치 유리창을 깼냐고 취조당하는 듯한 모습. 그건 평소에 나한테는 절대 거짓말을 하지 않겠다고 선언했던 아야가 최선을 다해 뭔가를 숨기려는

©Wata

노력…….

그렇구나……. 수학여행에서 꾸미고 있는 서프라이즈라는 게 사귄 지 1주년 기념 축하 이벤트였구나…….

뭔가를 기획하고 싶었던 아야가 유메와 치사키한테 상담했고, 그걸 듣고서 마치 자기 일처럼 유메와 치사키가 신이 나서 동참했고, 아야가 필사적으로 나한테 들키지 않으려고 애쓰는 중이라는걸.

전부 눈치채고 말았다…… 어쩌지……!

아냐아냐, 이럴 때는 모르는 척해줘야지! 그리고 짠, 하고 공개됐을 땐 온 힘을 다해 리액션을 보여주는 게 배려라는 거야!

아야의 얼굴이 창백해지거나, 난처해하는 모습을 보고서 즐거워하는 마음은 전혀…… 그야 조금은 있지만……! 그래도 나를 위해 애써주는 모양이니까, 상냥함을 베풀어야 해!

나는 아야의 팔을 톡톡 두드렸다.

"뭐! 그래도 1주년 같은 건 딱히 아무래도 좋지! 왜냐하면 아야와 함께 보낸다면 365일 매일이 기념일이나 마찬가지인걸!"

아하하— 하고 태평스레 웃자, 이번엔 거꾸로 아야가 충격을 받고 말았다.

"……아무래도 좋아……?"

"아니, 아무래도 좋은 건 아냐! 내가 말이 지나쳤네! 1주년은 그럭저럭 기대되지만, 그래도 뭘 해야 좋을지 도무지 떠오르는 게 없네—!"

"으, 응. 그렇구나."

그러자 우리 (살짝 허당끼가 있는) 공주님은 이번에야말로 명랑한 미소를 지었다.

"그럼…… 기대해도 돼."

그건 이미 자백한 거나 마찬가지인데…….

그래도 뭐, 실제로 기대되기 시작했으니 됐나!

그리고 순식간에 수학여행 날이 다가왔다——.

＊ ＊ ＊

집합 장소에 도착한 나는 하품을 삼켰다.

아침 9시에 하네다 공항 집합은 역시 힘들었다……. 집에서 출발한 시간이 7시 좀 넘어서였는데? 그야 졸리지.

수학여행 당일. 키타자와 고등학교 3학년은 하네다 공항의 깨끗하고 넓은 로비에 모였다.

이제부터 비행기로 약 3시간을 날아 목적지—— 오키나와로 가는 거다.

"나 비행기 타는 거 처음이야—."

"그렇구나."

중간에 만나서 함께 온 아야는 아침 일찍부터 하와이에서 돌아온 연예인 같은 미모를 뽐내고 있었다. 평범한 고등학생으론 보이지 않는 아우라다.

우리 옆에는 저번 쇼핑 때 사 온 커다란 캐리어가 두 개. 커플로 맞춘 캐리어다. 안에는 3박 4일 여행의 필수 아이템들이 가득 담겨 있다.

본격적인 여행은 오랜만이라 이것도 저것도 챙겨오려고 했더니 완전히 용량을 오버해 버렸단 말이지……. 그래서 드라이어기나 에센스 같이 공용으로 돌려쓸 수 있을 법한 물건은 아야와 분담해서 챙겼다. 연인과 같은 조라는 점을 최대한 활용한 결과다.

피부와 머릿결에 맞고 안 맞고가 있긴 하겠지만, 이미 서로의 집에 묵을 땐 빌려주기도 하고 빌려 쓰기도 하는 게 대부분이거든. 진즉에 저항감 같은 건 사라졌다. 공유하지 않는 건 칫솔 정도 아냐? 이 기세로 나도 아야의 예쁜 피부를 갖고 싶다.

"아야는 해외에 가본 적 있댔지?"

"캘리포니아랑 파리랑 그리고 괌. 그 정도려나."

"와, 엄청 많이 갔잖아. 헤에—, 그럼 비행기도 익숙하겠구나."

"그렇지. 무서우면 내 품에 안겨도 돼."

아야는 턱끝에 손가락을 대고서 장난스럽게 웃었다.

윽…… 좋아해……!

큰일이다. 이런 별것도 아닌 일상 속의 장면 하나만으로도 좋아한다는 마음이 흘러넘쳐……. 아야는 툭하면 귀여운 표정을 보여주니까 이유도 없이 안겨들고 싶어져.

안 되지, 안 돼. 이번에 아야와 사귄다는 걸 커밍아웃했다고는 해도, 애들한테 반감을 살 만한 행동은 최대한 피해야 해. 남들 앞에서 커플이 벌이는 애정 행각만큼 사람을 열받게 만드는 행동도 없으니까!

나는 자연스럽게 아야한테서 시선을 돌리며 주변을 둘러보았다.

"그나저나 이제 곧 집합 시간인데."

사실 걱정되긴 했다. 벌써 학생들 대부분이 모였는데 마리카조는 아직 우리 둘밖에 안 왔다.

"괜찮을까?"

"유메 혼자였다면 상당히 염려스러웠겠지만, 치사키가 같이 있으니까 괜찮지 않겠어?"

"마츠카와 씨도 꽤 자주 지각하는데."

"그건 시간을 지킬 생각이 없었을 뿐이지."

안절부절못하며 기다리고 있자, 우당탕 뛰어오는 소리가 들렸다. 커다란 캐리어를 끌고서 유메가 드라마 등장인물처럼 달려왔다.

"미안—! 제1터미널이랑 제2터미널을 헷갈려서!"

"지하, 뛰어왔어…… 힘들어……."

질색하는 표정으로 치사키도 다가왔다. 이걸로 유메치사는 오케이.

"그래그래, 수고했어. 늦지 않아서 다행이네."

숨을 헐떡이는 유메가 "더워—!"하고 외치며 손수건으로 이마를 훔쳤다.

"둘 다 국내선인데 타는 곳이 다르다니, 이건 함정이야! 공항 너무 넓고 말이야! 있지, 치— 짱! 그런 건 치— 짱이라도 헷갈릴 만하지?! 치— 짱, 너무 자책하지 마!"

"얘, 위로하는 척하면서 전부 치사키 탓으로 돌리고 있어."

"어쩔 수 없지. 유메는 자아가 없으니까."

"있거든?!"

이러면 남은 건 히나노뿐인데…….

"시라하타 씨, 제시간에 올까."

아야가 걱정스러운 기색으로 스마트폰 시계를 보았다. 나도 왠지 조마조마해졌다. 비행기는 기다려 주지 않을 테니까…….

"애초에 오긴 할까? 시라하타."

치사키의 예리한 지적에 나는 얌전히 고개를 끄덕였다.

"듣고 보니……?"

"뭐어—?! 무조건 오겠지! 수학여행인데?!"

"그치만 히나노니까……."

나는 머릿속으로 히나노의 행동을 시뮬레이션해봤다.

눈을 뜬 히나노. 스마트폰을 보는 히나노. 당장 집에서 출발해도 집합 시간에 절대로 맞출 수 없다는 사실을 깨달은 히나노. 다시 잠들어서 평온한 꿈을 꾸는 히나노…….

너무 쉽게 상상돼.

"좋아, 그럼 히나노는 안 온다는 걸로."

심의 결과가 나온 순간, 놀랍게도 히나노가 나타났다.

"여어."

"히나뿌요, 왔구나! 믿고 있었다고!"

"오오, 잠기운을 이겨냈구나, 히나노. 제법이잖아."

"뭔데?"

등산가 같은 커다란 배낭을 멘 히나노는 석연치 않은 기색.

하지만 곧바로 주변을 신기한 듯이 둘러보며.

"공항이란 거 뭔가 좋네. 평소에 올 일이 없으니까 구경하다 보니 조금 늦어버렸어."

히나노도 그런 소녀다운 감성이 있구나.

"맞아—! 기념품 가게도 엄청 많고, 여기저기에 콘센트도 잔뜩 있잖아! 우리 학교도 이랬으면 좋겠어!"

히나노와 유메가 태평하게 대화를 나누자, 선생님이 "다 모인 조는 보고하러 와—" 하고 손을 들었다. 조장이 나설 차례다.

"잠깐 다녀올게."

"응."

기본적으로 수학여행 중에 조장이 할 일은 이것뿐이다. 조원들 다 모였습니다—, 라고 선생님께 보고해서 멤버를 체크하기 쉽게 해주는 것.

이번엔 거기에 더해 선생님한테 다섯 사람 몫의 항공권도 건네받았다. 오오, 처음 봤어. 이게 비행기 티켓.

순간 불길한 생각이 들었다. ……지금 우리 조로 돌아가 애들한테 건네주기 전에 내가 항공권을 잃어버릴 경우, 아무도 오키나와의 하늘로 날아오를 수 없게 되겠지…….

조장 같은 건 아무나 해도 상관없잖아, 하고 생각했는데 확실히 이건 내가 하는 편이 정신 건강에 좋겠는걸. 우리 조로 가서 애들한테 티켓을 나눠줬다.

"자, 아야. 자, 히나노. 그리고 자, 치사키. 끝."
"나는?!"
"치사키한테 맡겼어."
"아, 그렇구나. 그럼 됐어. 부탁할게, 치— 짱!"
괜찮은 거냐…….
치사키도 당연하다는 듯 유메의 티켓을 대신 맡았다. 연인 사이라고 해야 하나, 부모 자식 같네.
"자자, 티켓을 받은 조부터 위탁 수하물을 맡기러 간대. 가자 가자."
"그래."
조별로 우르르 수하물 위탁 장소로 향했다.
드럼 세탁기처럼 생긴 게 옆으로 쭉 늘어서 있고, 항공권에 붙은 바코드로 각자 알아서 짐을 부치는 시스템인 모양이다.
"일일이 가방 안을 보여주거나 하진 않는구나."
"터치패널로 조작하나 봐."
먼저 내가 해봤다. 정해진 위치에 캐리어를 놓고, 스티커 같은 태그를 감은 다음 패널을 톡톡 두드려 조작. 그러자 철컥, 하고 뚜껑이 내려오더니 다시 뚜껑이 열렸을 땐 짐도 회수된 상태였다.
영수증처럼 삐— 하고 나온 위탁 수하물 확인증을 받았다. 끝.
"엄청 쉽네."
"쭉쭉 가보자."
치사키, 유메, 히나노에 아야까지 짐을 다 부치고 나니 드디어 몸이 가벼워졌다!

기내 반입용 파우치를 안고 불끈 주먹을 쥐었다.

"좋아, 선물을 사러 가볼까!"

"지금 막 손을 비운 참이잖아."

무심코 신이 나버렸다. 치사키한테 타당한 지적을 듣고서, 어쩔 수 없이 집합 장소로 되돌아갔다. 다음은 보안 검사 게이트다. 다시 줄을 선다.

치사키가 게이트를 가리키며 유메에게 뭔가를 속삭였다.

"저기 게이트를 지날 때 오키나와로 가는 이유를 꼭 대답해야 해."

"앗, 그거 TV 같은 데서 본 적 있어!"

"맞아, 또박또박 큰 소리로 『사이트시잉』이라고 말하지 않으면 비행기에 안 태워주거든."

"알겠어!"

나는 무심코 고개를 휙 돌리며 웃음을 참았다. 아야는 진실을 가르쳐 주는 게 좋을지 어떨지 머뭇거리고 있었다.

이윽고 우리 차례가 됐다. 먼저 유메를 보냈다. 유메는 파우치와 주머니 속 물건을 바구니에 넣은 다음 게이트를 통과하려다가.

"사이트시—잉!"

한 손을 들고서 선언했다. 마, 말했다—!

직원 오빠의 쓴웃음을 받으며 무언가 주의를 들은 뒤, 유메는 게이트를 통과했다.

여기서 봐도 알 수 있을 정도로 얼굴이 새빨갛게 물들어 있었다.

불쌍한 유메…….

우리가 게이트를 통과해 합류하자 치사키는 유메에게 투닥투닥 등을 얻어맞았다.

"치— 짜아아앙!"

"아하하하하하!"

치사키와 나는 폭소했고, 아야는 역시나 곤란한 표정을 짓고 있었지만, 이 상황엔 히나노도 웃고 말았다. 이 분위기, 완전히 수학여행에 들뜬 여고생들이다.

벌써부터 여행의 추억을 쌓아가며 우리는 공항 탑승구에서 비행기를 기다렸다.

공항 대합실(?)에서 본 비행기는 엄청나게 커다랬다.

"와— 박력 있네—."

유리창에 달라붙어 비행기를 구경했다.

집보다 커. 이렇게 커다란 게 하늘을 난다니 믿을 수가 없네.

……정말로 나는 걸까? 불안해졌다. 상식적으로 생각하면 못 나는 거 아닌가? 이런 건 말이 안 되잖아.

"후훗."

옆으로 다가온 아야가 쿡쿡 웃었다. 가늘어진 눈으로 짓는 미소에 무심코 심장이 뛴다.

"엇, 왜?"

"마리카, 비행기에 푹 빠진 모습이 어린아이 같아서."

"그치만 그럴 만도 하잖아? 전철이나 소방차와는 다르다고. 비행기인데? 무진장 세잖아."

"그러네."

아야가 미소 짓는다. 그 눈빛이 너무나도 다정해서 그만 부끄러워졌다. 자기는 몇 번이나 해외여행 가봤다고 우쭐거리고 있어…… 큭.

발끈해서 되받아쳤다.

"아야도 처음 비행기를 봤을 때는 이랬을 거야."

"안 그랬어."

"아니— 그랬겠지. 눈을 반짝반짝 빛내면서 유리창에 뺨을 찰싹 붙이고선!"

"비행기구나, 라고만 생각했어."

아야가 디스 이즈 어 펜, 같은 소릴 꺼냈다. 뭐, 확실히……. 아야는 그런 걸로 신을 내는 이미지가 전혀 없다.

"뭐, 그래도 이번엔 조금 즐거울지도."

"됐어, 그러지 않아도. 내 얘기에 억지로 맞춰주지 않아도 돼."

"그런 게 아니고."

토라지려던 내 귓가에 아야가 살짝 속삭였다.

"마리카랑 같이 타는 첫 비행기니까……."

……. 나는 아야의 팔뚝을 찰싹 때렸다.

"비행기보다 아야가 더 귀여워!"

"어? 응, 고마워……. 고마워?"

미묘한 표정으로 변한 아야가 한층 더 귀여워 보여서 내 마음이 가득 차오른다. 수학여행이라 그런지 텐션이 이상해졌다. 아까부터 그랬던가.

그때 뒤에서 누군가 말을 걸었다.

"거기 두 분."

돌아보자, 목에 끈으로 디지털카메라를 건 히나노가 조금도 들뜬 기색이 없는 무표정으로 우뚝 서 있었다.

히나노는 디카를 살짝 들어 올리며.

"괜찮다면 찍어줄까?"

"엇, 뭐야. 갑자기 웬 서비스 정신?"

"이참에 여행 중엔 카메라 담당을 맡아볼까 싶어서."

"……나중에 돈을 청구하거나 그러진 않겠지—?"

내가 물끄러미 쳐다보자 히나노는 못 이기겠다는 듯이 시선을 피했다.

"……좋은 사진이 찍히면 우리 가게 홍보에 써볼까, 하고 생각했는데."

"실토했네."

그래도 그 정도라면 별로 상관없나. 나는 SNS에 숨김없이 얼굴을 공개하고 있으니까. 창문 너머 비행기를 배경으로 아야와 나란히 섰다.

"좋아—, 그럼 부탁할게—."

"자, 치즈."

찰칵찰칵 사진을 찍고 있었을 때, 화장실을 다녀온 유메와 치사키도 프레임 안으로 들어왔다.

"헤이헤이—!"

"그럼, 자."

몇 장 더 찍고 나서 치사키가 히나노에게 손을 내밀었다. 카메라 담당 교대하자, 라는 마음 씀씀이다.

거기에 내가 잠깐 기다리라며 끼어들었다.

"아, 그래도 이왕이면 히나노도 같이 찍자. 마리카 조 단체 사진인 걸로."

"그래? 그럼 누군가한테."

이럴 때 히나노는 의외로 분위기를 잘 맞춰준다. 애초에 거절하는 게 더 귀찮다고 생각하는 걸지도 모르지만.

히나노는 주위를 두리번거리다가 마침 지나가던 여자한테 말을 걸었고——.

"레이나. 사진 좀 찍어줄래?"

으겍.

"어? 레이나 씨? 아니, 뭐 괜찮긴 한데."

어리둥절한 표정으로 카메라를 건네받는 레이나.

어이어이. 반의 여왕인 니시다 레이나한테 셔터 심부름을 시키다니, 이 녀석은 정말로 겁이 없다고 해야 하나, 뭐라고 해야 하나……. 무적이냐? 히나노.

나와 약간 말썽이 있었던 레이나는, 이젠 그런 일은 전혀 기억 안 난다는 듯한 얼굴을 하고 파인더를 들여다보며.

"오, 꽤 좋은 카메라네—. 흐흥, 그러면 아주 잘 나오게 찍어

줄게—.”

역시 현역 모델……. 피사체일 때뿐만 아니라 카메라맨으로서도 나름의 자부심이 있는 모양이다. 치—

“마리카, 뭐 하는 거야— 좀 더 가운데로. 딱 붙어. 다섯 명 다 안 들어간다니깐—. 자자, 치—도 미소 미소.”

“알면서 말하는 거지, 너…….”

“시키는 게 많긴!”

마구 찰칵찰칵 몇 장이나 찍히고 나서 간신히 풀려났다 싶었더니.

“앗—! 사진 찍고 있어! 내가 대신 찍어줄게, 니시다 씨!”

이번엔 목소리 큰 애가 나타났다!

우리 반의 반장, 이토 나츠미 짱이다.

“응, 니시다 씨! 자, 사카키바라랑 같이 찍고 싶지? 둘이 절친인걸!”

트레이드 마크인 포니테일을 강아지 꼬리처럼 기쁘게 흔들면서, 나츠미 짱은 레이나에게서 카메라를 건네받았다.

아니라고! 반 애들 앞에서 벌였던 그 화해쇼는 그냥 연출이야!

당연히 그런 말을 할 수는 없으니, 레이나가 재미있다는 듯 웃었다.

“아, 그래—? 그럼, 반장한테 부탁할게—.”

교대하고서 이번엔 이쪽으로 다가오는 레이나.

허리를 끌어안겼다.

“떨어지라고…….”

"뭐—? 『절친』인데에—?"

열받는 미소야……!

"앗, 뭔진 잘 모르겠지만 같이 찍을래—!"

"찍을래—!"

레이나 그룹의 키시나미와 토마츠까지 다가왔다. 끝없이 인원이 늘어난다!

"간다—!"

나츠미 짱이 셔터를 누를 때쯤엔 이미 반 애들 절반 가까이가 모여들었다. 이렇게 거창한 일이 될 줄은 몰랐다고! 창피해!

"아하하, 느낌 좋은걸!"

엄지를 척 세우는 나츠미 짱.

"기념사진이 아니란 말이야!"

내 태클에 주변 여자애들이 꺄르르 웃었다.

뭐, 아니나 다를까 나중에 선생님한테 『너무 소란스럽다』라고 혼났지만 말이야! 대표로 내가!

그 후엔 얌전히 탑승 시간까지 대기했다. (진짜야.)

그리하여 드디어 비행기에 탈 차례가 되었다.

지붕이 있는 육교 같은 통로를 지나 그대로 비행기 안으로 들어갔다.

"우와, 좁다."

비행기 안으로 들어가자마자 신음했다.

천장도 낮고, 뭔가 압박감이 엄청나다.

그야 날기 위해서 아슬아슬한 수준까지 무게를 가볍게 만들어야겠지만, 뭔가 좀 숨 막혀…….

"뒤쪽이었네."

티켓의 좌석 번호를 확인하면서 전진. 비행기 꼬리 쪽. 옆으로 나란히 있는 2열과 중앙 3열 좌석이 우리 마리카 조의 구역인가 보다.

3열 좌석 쪽은 유메와 치사키, 그리고 히나노의 자리다. 나는 2열 시트 앞에 서서 일단 아야에게 물어봤다.

"으음…… 아야는 어느 쪽이 좋아?"

"마리카가 창가에 앉아도 돼. 처음 타는 비행기잖아?"

"으, 응…… 고마워."

뭔가 속마음을 간파당한 듯한 기분이 들면서도 자리에 앉았다.

갑자기 죄책감이!

"미안…… 물어보면 아야가 나한테 창가를 양보해 줄 거라는 걸 알고 있었는데…… 나는 내 욕망을 위해 아야의 선의를 이용했어……! 나는 비열한 여자야……!"

"마리카는 재미있네."

"어째서?!"

진심으로 하는 말인데!

자리에 앉아 안전벨트를 조였다. 묘한 긴장감과 함께 기다리고 있었더니 주변이 키타자와 학생들로 가득 찼다.

비행기에 욱여넣어진 지 10분 정도 지나자 드디어 비행기가 움직이기 시작한다.

"드디어 나는구나……."

"마리카, 혹시."

움찔했다. 아야는 얼굴을 가까이 하고서 작은 목소리로 물었다.

"……무서워?"

나는 꿀꺽 마른침을 삼켰다.

"아니? 하나도?"

호랑이의 위세를 빌려 우겼다. 무슨 소릴, 고등학교 3학년씩이나 돼서 처음 타는 비행기가 무섭다니, 에이 설마……. 그럴 리가…….

아야가 살며시 손을 잡아줬다. 윽.

"그렇구나, 그렇구나."

그래, 나는 전부 다 이해해, 라는 듯한 목소리에 내 허세가 흔들렸다.

"저기…… 만약에 내가 비행기가 무섭다고 한다면 어쩌실 건가요?"

"가여우니까 마리카를 안심시킬 수 있도록 노력할게."

나는 의심스러운 시선을 보냈다.

"……언제나처럼 『마리카도 참, 비행기가 무서워—? 어휴— 어린애 같아—♡ 너무 귀여워—. 엘렐레 까꿍—♡』같은 소리 안 해?"

"그런 소리 안 해. 그보다 그런 심한 말은 한 적 없는데……."

"에엥……."

고개를 절레절레 젓는 아야. 그랬던가?

"그리고, 비행기는 내가 띄우는 게 아닌걸."

"무슨 뜻이야."

아야는 검지를 세우면서 진지한 얼굴로 장황한 설명을 늘어놓았다.

"나 때문에 생겨난 마리카의 감정이라면 책임지고 즐겁게 받아들이고 하나도 남김없이 맛보고 싶다고 생각하지만, 그 화살표가 나를 향하고 있는 상태가 아니라면 그저 마리카가 건강하고 행복하길 바라는 마음으로만 가득하니까."

응……. 뭔 소린지 전혀 모르겠어!

다만 지금의 아야는 적이 아닌 것 같다. 아니, 평소의 아야도 딱히 적은 아니지만.

쭈뼛쭈뼛 아야의 무릎 위에 손을 올렸다.

"그러면 저기…… 일단 손을 잡아줬으면 싶은데요……."

"알겠어. 마리카가 건강하고 행복할 수 있도록 노력할게."

"그렇게 거창한 얘기는 아닌데……!"

우우우웅, 하고 커다란 소리가 나면서 비행기가 활주로를 향해 천천히 나아간다.

덜컹덜컹 흔들릴 때마다 나는 쥐고 있는 아야의 손에 꽉 힘을 줬다. 아야는 내 손을 감싸듯이 양손으로 잡아 주었다.

조금은 든든하려나…….

"아니, 애초에 이렇게 커다란 쇳덩이가 하늘을 난다는 것부터가 이상하잖아……. 매일 엄청난 수의 비행기가 날고 있고, 사고 확률도 거의 없다는 건 알지만……. 그래도 하늘에서 사고가 나면 도망칠 곳도 없는 거잖아……!"

전혀 의식하지 않았는데 혼잣말이 새어 나온다.

주변 학생들은 내 불안은 아랑곳없이 시끌벅적 떠들고 있다. 혹시 기장님이 떠드는 소리에 집중력이 흐트러져서 운전을 실수하면 어쩔 거야!

이럴 줄 알았으면 교통안전 기원 부적이라도 사 올걸 그랬어. 후회된다. 지금 당장 기절하듯이 잠들고 싶다.

"……."

걱정스러운 표정을 짓던 아야는 손을 맞잡은 채로 갑자기.

"?!"

스윽…… 하고, 다른 한쪽 손으로 내 허벅지를 쓰다듬기 시작했다.

어째서?!

아야는『괜찮아』라고 말하는 것처럼 가만히 내 눈을 응시한다. 환자를 구하려고 온 힘을 다하는 의사처럼 진지한 기색이다.

"아, 아야……?!"

하지만 어쩐지, 손놀림이…… 야릇한데…….

피부에 닿을 듯 말 듯한 미묘한 손놀림이 간지럽다.

그 손은 마침내 치마 안쪽까지 파고들었다.

"자, 자자자잠깐!"

황급히 치맛자락을 손으로 눌렀다.

아야는 괜찮아, 걱정 말라는 듯이 고개를 끄덕여 주었다.

아니, 하나도 괜찮지 않은데요! 앞자리 뒷자리 빠짐없이 반 친구들이 타고 있는데요?!

그야 좌석 간격도 좁고, 아야 몸에 가려서 뭘 하는지는 안 보일지도 모르지만……! 아무리 그래도!

서, 설마 아니겠지……?

나는 매달리는 듯한 눈빛으로 아야를 보았다……. 하지만…….

"……."

아야는 나를 보며 입꼬리를 의미심장하게 올렸다. 고양이가 장난치듯이 손가락을 더욱 허벅지 안쪽 깊숙이 밀어 넣는다.

거, 거짓말이지.

콕콕 뺨을 찔러온다면 귀여울 법한 손가락. 하지만 팬티의 중심부를 콕콕 노크해 온다면 얘기가 달라진다. 너무 다르다.

평소라면 때려서라도 멈추게 해주겠다고 마음먹었을 텐데……. 하지만 아야는 아마 나를 위해서 이러는 걸 테고…….

"괘, 괜찮으니까, 아야……. 이런 짓 하지 않아도……."

나는 애처로운 미소를 지으면서 작은 목소리로 호소했다.

겁먹은 내 신경을 딴 데로 돌리기 위해서, 일부러 야한 짓을 하는 거다.

그러니 멈춰달라고 말하면 분명 멈춰 줄 게 분명——.

"…………."

앗, 진짜 안 멈추잖아! 눈빛이 예사롭지 않게 변하고 있어!

"아, 아야 씨……?!"

"……마리카."

아야, 혹시 흥분한 거야?!

"안 된다니깐……!"

허벅지를 오므려 아야의 손을 꽉 끼웠다. 아무리 그래도 이러면 그만할 줄 알았는데, 그랬더니 손끝만 움직여서 치마 안쪽을 간지럽혔다.

큰일이다, 정말로. 자극은 상냥하지만 끈질겨서.

"……읏."

땀이 솟아난다. 목소리를 내지 않으려고 목구멍을 닫고서 견뎠다.

이런 장난 정도로 기분 좋아지거나 하진 않지만…… 그래도, 그래도…….

신경이 집중된 부위를 계속 자극당하고 있으니 어쩔 수 없이 의식이 그쪽으로 쏠린다. 시야가 점점 좁아진다.

"아야……."

입가를 누르며 몸을 웅크렸다.

허벅지로 더 세게 아야의 손을 압박하지만, 하반신의 삼각지대로 파고든 손가락은 조금도 개의치 않는 것처럼 계속해서 못된 짓을 벌였다.

아야는 손가락을 세우더니, 할퀴는 듯한 움직임으로 바꿨다.

깔짝깔짝, 깔짝깔짝.

아까보다 찌릿찌릿하고 강한, 애가 탈 정도의 자극을 내 뇌에 새겨넣는다.

"싫어, 이거, 정말로…… 흣."

허리가 튀어 오를 것 같다. 이젠 허벅지로 감싼 아야의 손조차 또렷이 전해져 오는 살결의 온기 때문에 기분 좋게 느껴진다.

이윽고 아야는 팬티 가장자리를 애태우듯 더듬기 시작했다. 요염하게 꿈틀거리는 하얀 손가락. 마치 치마 속이 투명하게 비쳐 보이는 것처럼, 옷 안쪽에서 이루어지는 은밀한 행위를 상상하게 된다.

설마 직접 만질 생각은 아니겠지……?

아닌 거 맞지? 아무리 그래도 역시 그건. 그건 너무 변태적이야.

등줄기가 오싹거려서 몸을 떨었다. 마라톤 도중인 것처럼 숨쉬기가 힘들다. 그치만 그런 건, 그런, 여기는, 비행기 안인데——.

우뚝, 아야의 손이 멈췄다.

"…………?"

고개를 들었다.

"끝이야."

아야는 슥, 손을 빼고서 그 손으로 창문 밖을 가리켰다.

"봐, 날고 있어."

"어……? 앗."

창밖에 펼쳐진 구름의 바다. 어느새 비행기는 이륙한 상태다.

주변 학생들을 살펴보니 다들 이미 긴장을 풀고서 제각기 기내에서의 시간을 보내고 있었다. 비행기의 흔들림도 안정적이다.

아야는 상냥하게 미소를 지었다.

"잘 참았네, 마리카."

©Wata

"……."

나는 아야의 옆얼굴에 촙을 날렸다.

"……?!"

당황한 듯 눈이 동그래진 아야. 핑크빛 열기를 전부 토해내듯이 으르렁거렸다.

"이거 분명 하던 도중에 목적 따윈 까먹은 거지! 너!"

"그, 그렇지는……."

허둥대는 아야에게 고개를 돌리고서 나는 한동안 언짢은 얼굴로 창밖을 노려보았다.

그러니까 밖에선 안 된다고 몇 번이나 말했잖아! 진짜!

하늘 여행은 쾌적했다.

비행기가 제일 많이 흔들릴 때는 이착륙 때인지, 이제 안전벨트를 풀고서 자유롭게 좌석을 오가도 괜찮다나.

가운데 쪽 좌석에선 치사키와 유메가 히나노와 우노를 하며 놀고 있었다.

하지만 나는 혹시나 멀미가 나는 게 싫어서 아야와 수다를 떨거나 적당히 음악을 들으며 시간을 보내기로 했다.

그런데 아침 일찍 일어난 탓도 있어서 왠지 꾸벅꾸벅 졸게 된다.

"……졸려."

"자도 돼. 나도……."

아야가 하품을 씹어 삼켰다.

"졸려 보이는 아야라니 레어하네."
"어제 별로 잠을 못 자서."
"그건 혹시 수학여행이 기대돼서?"
놀리는 듯한 태도로 묻자, 아야가 말문이 막혔다. 어머어머.
"뭐야 그게, 아야 짱 귀여워."
아야가 입을 삐죽인다.
"나는 1박 이상의 학교 행사에 그다지 좋은 추억이 없거든."
"그랬어?"
"초등학교 임간학교 땐 일사병에 걸려서 혼자 누워있었고. 중학교 수학여행 때는 이미 친구가 없어서 계속 선생님하고만 같이 다녔으니까."
"으, 응…… 그랬구나……."
아야의 희박한 인간미를 보완하는 것처럼 가끔씩 튀어나오는 가슴 아픈 에피소드 모음집이다.
이렇게 귀엽고 미인에 성격도 좋은데, 그렇다고 해서 꼭 친구가 생기는 건 아니라는 게 여자의 어려운 점이지…….
그렇구나, 그래서 기대감에 잠을 못 이뤘구나……. 불쌍하면서도 귀여운 아야 짱…….
"알겠어, 아야."
나는 아야의 손을 쥐었다.
"추억에 남을 수학여행으로 만들자!"
"……응."
아야는 부드럽게 미소 지었다.

옆자리에서 목소리가 날아온다.

"꼭 재밌는 여행으로 만드는 거야!"

유메였다. 히죽 웃고 있다.

……뭔가 꿍꿍이속이 있는 웃음이었다. 뭐야, 얘.

아야가 돌아보며 힘주어 고개를 끄덕였다.

"응, 미츠미네 씨."

"그치—! 아야야!"

……. 누가 봐도 작당 모의를 한 두 사람.

아냐, 나는 눈치채지 못한 척하기로 결심했어. 설령 이번 여행이 사귄 지 1주년 기념일을 화려하게 장식하기 위한 것이라 해도. 아야가 유메와 치사키에게 상담해서 그 계획을 꾸몄다는 게 너무 뻔히 보인다고 해도……!

나는 팔짱을 끼고서 좌석에 기댔다. 그대로 눈을 감고 자는 척이라도 해볼까 했는데.

"흐암……."

굳이 그럴 필요도 없이 자연스럽게 졸음이 오기 시작했다.

나중에 들은 이야기로는 기압 탓에 비행기 내의 산소가 희박해져서 머리가 멍해지는 현상이 있다나.

차츰 다른 학생들도 점점 조용해졌다.

"잠깐 잘게, 아야……."

"응, 나도."

우리는 어깨를 맞대고서 눈을 감았다.

이럴 때 옆자리가 연인이라는 건 정말 편해서 좋아. 마음 놓고

기댈 수 있고, 서로 손이 스쳐도 전혀 신경 쓰이지 않는걸. …… 뭐, 아까 이륙할 때 있었던 일처럼 곤란할 때도 있지만!

"음……."

멍하니 눈을 떴다.

어깨에는 여전히 묵직한 무게가 느껴진다. 몸을 움직이지 않고서 시선만 돌려 옆을 보니 예쁜 손이 툭 흘러내려 있었다. 아무래도 내가 먼저 잠에서 깬 모양이다.

딱히 할 게 없어서 자기 전에 닫아 뒀던 창문 덮개를 열었다.

계속 구름 위라 경치가 달라지질 않아서 의외로 재미없구나, 하고 생각했는데…….

그런데!

"와아, 저것 좀 봐, 아야!"

"……으응."

아야의 어깨를 붙잡고 흔들었다. 나는 창밖을 가리켰다.

"바다야, 바다! **오키나와의 바다**!"

내 목소리에 자고 있던 다른 학생들도 하나둘씩 눈을 떴다. 창가 자리에 앉아 있던 아이들이 순식간에 들뜬 목소리를 낸다.

"와아." "오키나와다―!" "어디어디?!" "오오―!"

파도 소리처럼 목소리가 들려온다.

아야도 몸을 내밀어 내 몸 너머로 창밖을 보았다.

"정말로 바다네."

"응!"

조그만 창문을 통해, 푸른 바다에 비스킷을 띄운 것만 같은 섬의 모습이 선명하게 내려다보였다.

저게 오늘부터 우리가 3박 4일 동안 지내게 될 곳. 오키나와 본섬.

이렇게 보니 드디어 실감이 난다.

"우와— 굉장해—. 정말로 오키나와에 왔구나."

바다에 반사되는 빛이 눈부셨다. 나도 모르게 입꼬리가 올라가 미소를 짓게 된다. 멀리까지 왔다는 감회와 미지의 설렘에 가슴이 뛴다.

그때 승무원분의 안내 방송이 들려왔다.

이제부터 착륙 준비에 들어가니 자리에서 일어나지 마세요——라는 안내다.

맞다! 아직 무사히 도착할 수 있다고 정해진 게 아니었어!

"어쩌지, 아야! 착륙에 실패해서 비행기가 산산조각 나 버릴지도 몰라!"

"으, 응. 괜찮을 거야. 설령 실패하더라도 죽을 땐 둘이 함께니까, 마리카."

"그런 말로『아하, 그렇구나』라고 진정할 수 있겠냐!"

영화 클라이맥스 같은 대사를 아무렇지도 않게 내뱉는 아야. 각오가 너무 확고해서 진지한 표정이 무섭다고. 아야의 허벅지를 찰싹 때렸다.

그러자 아야는 청초하게 미소를 지으며.

"그럼, 또 **쓰담쓰담** 할래?"

나보고 보란 듯이 가운뎃손가락 첫 마디를 굽혀 보이는 아야의 옆머리에 다시 촙을 먹였다.

"아파."

"하지 마!"

이런 주제에 잘도 남보고 야하다는 소리를 하는구나?! 어휴, 정말이지!

비행기는 섬 주변을 갈매기처럼 선회한 다음 무사히 나하 공항에 착륙했다.

착륙하는 순간은 역시 무서워서 아야의 팔에 매달리고 말았지만, 그래도 우리는 무사히 여행의 첫 여정을 마칠 수 있었다!

그리고――.

『더워!』

나하 공항에 내린 마리카 조는 한 목소리로 비명을 질렀다.

아니구나, 아야만 태연한 표정이야!

나는 아야에게 기대고 서서 신음했다.

"뭐야 이게, 전혀 상쾌하지 않은데…… 그냥 일본 여름이잖아……!"

"일본 맞아."

"그렇긴 한데! 그런 게 아니고!"

아야의 손을 흔들었다. 맞닿아 있으니 더워! 휙 뿌리쳤다.

"뭔가 좀 더, 산뜻한 이미지였는데!"

“멋대로 상상한 이미지야. 오히려 오키나와는 기온이 더 높아.”

“오키나와야 미안해!”

내 멋대로 산뜻한 지역이라고 착각했을 뿐, 오키나와는 원래부터 고온다습한 아열대였다……. 더위의 막이 온몸을 뒤덮고 있는 듯한 기분이다.

“안 되겠어, 치— 짱! 나 이렇게 더운 건 못 견뎌! 벗을게!”

“그만둬 그만둬.”

“그냥 알몸으로 지낼게!”

“그만둬! 시라하타도 카메라 들지 마!”

교복을 벗으려는 유메와 그걸 말리는 치사키. 카메라를 들이대는 히나노. 역시 오키나와. 이곳에 있는 것만으로도 사람의 마음을 동심으로 되돌리는 무언가가…… 아니, 얘들은 평소에도 이러는구나.

주변을 둘러보았다.

오키나와 공항은 도착하자마자 오키나와 느낌이 물씬 풍긴다. 야자수 같은 장식도 그렇고, 여기저기 적힌 ‘멘소레’$(역주 : 오키나와 말로 어서오세요라는 뜻)라는 글자. 온 힘을 다해 오키나와임을 어필하고 있다. 뭔가 이 느낌, 중독될 것 같아.

소란스러운 마리카 조를 데리고 이동.

모두 모여서 점호를 마친 뒤, 이번엔 짐을 찾으러 갔다.

오오, TV에서 본 적 있어. 벨트 컨베이어다.

“여기 위에 짐이 흘러가는 거구나……. 엇, 한 번 놓치면 그대로 끝이야?”

"그러면 다시 한 바퀴 돌아서 와."

"그렇구나. 회전 초밥 방식이네. 그런데 이러면, 다들 비슷한 캐리어를 들고 온다면 자기 건지 헷갈릴 것 같아."

"일단 태그가 붙어있긴 하지만, 자기 번호를 제대로 확인해야겠네."

"나랑 아야는 똑같이 생긴 캐리어라 다행이야! 우리 둘 중 한 사람이 찾으면 되니까."

"응."

아야는 눈을 부릅뜨고 벨트 컨베이어를 감시하기 시작했다. 나는 비행기를 처음 타니까, 경험자인 자기가 리드해야 해! 라고 생각하는 걸지도 모른다. 귀여운 녀석이다.

별문제 없이 나와 아야는 각자 짐을 챙겼다. 집합 장소로 돌아와서 다시 애들을 기다렸다. 애들이라고 해야 하나, 정확히는 키타자와 학생들 모두가 모이기를.

바로 바깥이 오키나와인데 여기서 발이 묶여 먹이를 기다리는 강아지 꼴이 된 건 솔직히 맥이 빠진다.

"나는 내가 협조성 있는 편이라고 생각했는데…… 그런데 벌써 단체 행동이 지긋지긋해지기 시작했어……."

이제야 첫날, 오키나와에 막 도착한 참. 이런 상태로 3박 4일을 잘 보낼 수 있으려나…….

얼굴을 찌푸리고 있자 아야가 후후후, 웃었다. 뭔데—.

"아야는 아무렇지도 않아 보이네. 마음을 비우고 있어?"

"아니. 마리카를 보고 있어."

"어? 왜, 왜?"

올곧은 시선을 받으며 어리둥절해하는 나에게 아야는 얼마든지 시간을 때울 수 있는 비결을 알려 주었다.

"마리카와 하는 수학여행은 처음이니까. 질리지 않고 볼 수 있어."

귀여운 녀석!

그렇게 기뻐하는 표정으로 말하지 말라고! 주변에 반 친구들도 있는데 무심코 껴안아 버리잖아!

그래도 확실히, 학교를 졸업하고 나면 단체로 여행 갈 일은 기본적으로 없을 테니까……. 그런 의미에선 이렇게 무료하게 기다리는 것도 귀중한 시간……? 청춘의 한 페이지……?

아니, 아무리 그래도. 그건 아니지.

아야는 레어 컬렉터라서 내 표정을 전부 보고 싶다는 소릴 하지만, 나는 그냥 재밌는 일들만 즐기고 싶어…….

단체 여행이 아니라 친구와 함께하는 여행이었다면 이렇게 기다릴 일도 없고. 척척 보고 싶은 곳을 보고 싶은 대로 돌아다닐 수 있는걸.

좋아, 정했어. 나는 망상의 날개를 펼쳤다. 언젠가 반드시 또 아야와 비행기 여행을 하겠어. 그리고 이번엔 내가 하고 싶은 대로 즐길 거야.

"나 결심했어, 아야."

"응, 알겠어."

"건성으로 대답하지 마!"

"언젠가 꼭 다시 함께 어딘가로 여행 가자."

"?!"

얘는 정말로 나에 대해 전부 아는 거야……?!

"우, 우연이지?"

아야는 아무 말 없이 의미심장하게 미소 지었다.

오늘은 계속 아야의 손바닥 위에서 놀아나는 느낌이다. 이 녀석, 자기는 여행에 익숙하다 이거지. 오늘만 이러는 거면 좋겠지만 과연…….

정체 모를 긴장감이 차오른다. 여행하는 동안 계속 우위를 점하도록 놔둘 수는 없다. 왜냐하면 대부분의 시간을 아야와 함께 보낼 예정이니까.

드디어 선생님이 "키타자와 고교 출발합니다―."하고 외쳤다.

우리는 캐리어를 끌고서 이번엔 바깥에 기다리고 있는 버스로 향했다.

이리하여 총 4시간 반의 여정을 마치고, 드디어 오키나와 수학여행이 시작되었다.

우와아! 바깥은 더 더워!

* * *

"후유……. 드디어 호텔이다……."

나는 양팔을 벌리고 침대에 쓰러지듯 누웠다.

평화 학습이라는 이름이 붙은, 강당에서 높으신 분의 얘기를 듣는 행사를 마치고, 한참 버스 안에서 흔들린 뒤 겨우 호텔에 도착했다.

첫날 수학여행은 『학문을 닦는다』는 이름에 걸맞게 반쯤 수업이나 마찬가지였다.

본격적인 여름이라고 하긴 애매한 시기라 강당에는 아직 에어컨도 켜져 있지 않아서 정신적인 면뿐만 아니라 체력까지 단련된 기분이었다. 힘든 하루였다…….

"피곤해—. 역시 나, 중학교 때보다 체력이 떨어졌네……."

호텔에서 식사도, 목욕도 마쳤다.

이제는 진짜로 자기 전까지 자유 시간이다.

가져온 파자마로 갈아입고, 스마트폰 충전기를 콘센트에 꽂는다.

호텔방은 심플한 가구와 깨끗한 인테리어로 깔끔한 인상이었다. 조금 내륙에 자리 잡은 호텔이라서 창문으로 푸른 바다를 볼 수 없는 건 아쉬웠지만, 그건 내일 이후 묵을 호텔의 즐거움인 것 같다.

그리고 방에는 트윈 베드.

즉.

"마리카, 드라이어 고마워."

드라이어의 코드를 잘 정리해서 내게 내민 사람은 마찬가지로 파자마 차림인 아야였다. 나야말로, 하고 대답하면서 내민 드라이어를 받은 다음, 잘 빌려 쓴 에센스 세트를 돌려주었다.

아야와 한방을 쓰게 됐다.

내가 선생님이었다면 서로 사귀는 커플을 절대로 같은 방에 배정하지 않았을 텐데 그냥 넘어가 주셨다.

어째서일까, 학교 측에도 사귀고 있다는 걸 들켰을 텐데. 여자끼리니까 별로 상관없다고 생각한 걸까. 뭐, 어차피 다른 방이었어도 우리끼리 바꿨을 거지만!

"마리카."

침대에 앉은 내 옆에 아야가 와서 나란히 앉았다. 막 목욕을 마친 뒤의 무방비한 달콤한 냄새가 풍긴다. 얇은 반바지 밑으로 쭉 뻗은 맨다리는 여전히 촉촉하게 젖어있는 것 같았다.

……단둘이 있으니, 어쩐지 의식하게 된다. 지금은 수학여행 중이라는 사실을 잊지 말아야지.

아야가 스마트폰을 들고서 셀카를 찍었다. 그런 다음 그대로 내게 몸을 붙였다.

"저기, 마리카도 찍어도 돼?"

"갑자기 왜?"

"바 사람들한테 보내려고. 수학여행을 간다고 길게 쉴 수 있도록 해주셨으니까, 일단 그 보답 삼아."

"아, 그런 거구나. 물론 되지."

표정을 지었다. 찰칵 소리가 났다.

아야가 바 사람들이 있는 라인 단체방에 나와 아야의 투샷 사진을 올렸다. 답장은 각양각색. 하지만 대부분이 고등학생 시절 수학여행을 그리워하거나 부러워하는 반응이었다.

어깨너머로 화면을 들여다보고 있자, 아야가 내 쪽으로 고개를 돌렸다. 입술에 가벼운 키스를 해온다.

"음. 이것도 찍어서 보낼래?" "싫어."

웃으면서 아야가 고개를 가로저으며 내 목덜미를 끌어안았다.

그대로 체중을 실은 탓에 나는 침대 위에 깔리는 모양새로. 으왓.

"에이— 안 돼, 아야—. 내일도 아침 일찍 일어나야 하잖아—?"

"……."

언니인 체하는 목소리로 어리광쟁이를 타이르자, 아야의 손바닥이 내 가슴 위에 놓였다. 앗.

아야의 손가락이 빙글빙글 가슴 주변을 어루만졌다.

"안 되는 거구나. 그런 거구나. 흐응—."

후배를 가지고 노는 선배 같은, 어딘가 재미있어하는 목소리였다.

윽…… 방금 전까지의 순수한 아야가 아니야……. 이건 소악마 아야 짱…….

나른하게 가늘어진 눈이 내 쪽을 향하자, 순식간에 목소리가 사그라들고 만다.

"으, 응. 안 되니까……. 안 돼, 안 돼."

"헤에—. 흐응—."

어디에서 스위치가 켜졌는지는 모르겠지만, 아무래도 아야는 나를 희롱하기로 마음먹은 모양이다.

치사해. 나도 목욕을 마치고 나온 아야한테 두근거리고 있었는데…….

"그럼 마리카한테 가볍게 마사지를 해줄게. 하루 종일 이동하느라 피곤하잖아?"

"마사지라니…… 저번에 했던 그런 거?"

"아니. 오늘은 말이지, 가슴 마사지야."

아야는 턱을 괸 채 다른 한쪽 손으로 내 가슴을 흔들었다.

완전히 방심하고 있었던 나는, 어차피 아야랑 같은 방이니까 뭐, 하고 평소 그대로 노브라 상태였기 때문에 아차, 싶었다.

아야의 손끝이 젤리를 톡톡 튕기듯이 파자마 위로 내 가슴을 더듬었다.

그 미약한 자극에 나는 코에서 새어 나오는 듯한 소리를 흘렸다.

"응…… 으응……."

이런 건 마사지가 아니라는 걸, 나도 아야도 알고 있는데. 그런데 어째선지 그걸 지적할 마음은 들지 않아서, 아야의 손에 몸을 내맡긴 채였다.

마치 춤추는 것처럼 손가락이 내 가슴 위를 몇 번이나 왕복했다. 그런데 아까부터 결코 돌기는 건드리려 하지 않는다. ……짓궂게 구는 건가?

하지만 아야는 자기에게 소중한 보석을 상자에서 꺼내 정성스레 닦는 것만 같은 눈빛을 하고 있어서. 그래서 나는 어쩐지 그대로 아야에게 몸을 맡기고 말았다.

이건…… 어떤 짓궂은 장난이라도 아야라면 괜찮다는 걸까. 아니면 아야는 짓궂게 굴어도 마지막엔 기분 좋게 해주겠지, 라고 믿고 있기 때문일까.

어쩌면 둘 다일지도.

"……으읏……."

계속해서 희미한 목소리가 새어 나온다. 큰일인 건 오늘 하루 종일 여기저기서 아야한테 희롱당했다는 점이다. 몸이 민감해져 있다.

지금은 수학여행 중이고 내일도 있다. 아까 말한 변명은 진심이지만, 그래도, 그래도…….

어중간하게 끝내는 것도 싫어.

가슴 끝이 단단하게 부푼 걸 스스로도 아니까, 엄청 부끄러운데도. 그런데도 나는 내 가슴을 밀어 올리듯이 팔짱을 끼고서 지그시 아야와 눈을 마주쳤다.

내 시선을 받아들인 아야는 만족스레 미소 짓고는 내 파자마 단추를 하나씩 하나씩 풀었고——.

띵—동, 하고 초인종 소리가 울렸다.

입에서 우왁, 하고 심장이 튀어나올 정도로 놀랐다. 벌떡 일어섰다.

"아, 누가 왔네."

"그러게!"

태연하게 구는 아야를 옆으로 걷어찬 뒤, 캐리어를 뒤졌다. 갈아입을 속옷을 움켜쥐고 서둘러 착용. 셔츠를 정돈했다.

맞다, 여기는 우리 집도, 아야네 집도 아니었어. 수학여행 도중이라고!

문으로 달려가 기세 좋게 열었다.

"네, 네에, 누구신가요!"

"야호— 마리카, 아야야—. 놀러 왔어—."

"여어."

예상대로 유메와 치사키였다. 둘 다 파자마 차림이다.

"아, 으응! 어서 와!"

내 옆을 지나쳐 들어가는 유메.

그런데 치사키는 그대로 멈춰 선 채 히죽히죽 웃고 있다. 뭔데?!

"마리, 볼이 새빨간데."

"어?! 그, 그렇구나! 목욕하고 나와서 그러려나!"

"그래그래, 목욕하고 나왔다 이거네—."

치사키가 다 안다는 듯이 내 말을 따라 했다. 큭.

전에 치사키네 집에 수영복 사진을 찍으러 갔을 때의 복수인가……?! 그건 현관에서 쪽쪽거린 너희 잘못이잖아!

그럼 수학여행지 호텔에서 아야랑 꽁냥댄 내 잘못이라는 뜻인가……. 그건 맞긴 해……!

"그, 그래서 뭔데?"

"둘이 무슨 일 있었어?"

묘하게 땀을 삐질삐질 흘리는 나와 달리 태연한 아야. 치사해!

내 앞에선 그렇게나 다양한 표정을 보여주는데, 평소엔 정말로 포커페이스다. 그거 어떻게 하는 거야? 나한테도 요령을 가르쳐줘.

넷이서 적당히 앉았다. 빈손으로 온 유메는 갑자기 폭탄을 투하했다.

"그래서 그래서 둘이 야한 짓 하고 있었어?"

"뭐어?!"

포커페이스와는 거리가 먼 나는 있는 힘껏 눈을 부릅뜨고 말았다.

아직 시작도 안 했는데요?! 평범한 마사지였는데요?!

반사적으로 소리칠 뻔했다. 간신히 삼킨 말은 심장 주변에서 날뛰었다.

"야야, 유메. 갑자기 너무 급발진이잖아."

"에헤헤, 미안!"

"뭔데 진짜……."

"그래서, 한창 즐기던 중이었어?"

"뭔데 진짜!"

나도 모르게 벌떡 일어섰다.

"저번 일의 앙갚음이냐?! 오늘은 나를 가지고 놀 차례야?! 미리 말해두겠는데 나는 궁지에 몰리면 이빨을 드러낼 거거든?!"

웃는 유메와 치사키에게 양손을 들고 어흥— 하는 포즈로 위협했다.

그보다, 그보다 말이지! 너희가 오지만 않았어도 지금쯤 본격적으로 즐기고 있었을 거라고! 바보야!

그런 내 욕망으로 가득한 마음의 외침은 아랑곳없이 유메가 얼굴 앞에서 붕붕 손을 흔들었다.

"아니, 그게 아니고 있지. 보자…… 치— 짱, 패스!"

"그게, 우리가 후와랑 얘기해서 어떤 계획을 세웠거든."

"아야랑 상담……."

나왔다. 짐작하고 있었던, 사귄 지 1주년 기념 계획이다.

마침내 이 타이밍에!

쳐다봐도 아야는 인형처럼 얌전히 앉아 있었다. 그건 어떤 텐션의 표정? 주변 소리를 차단하고 있는 거야?

자, 대체 어떤 로맨틱한 계획을 털어놓으려나 싶었는데, 어째선지 입을 연 사람은 유메였다.

"훗훗후, 이름하여——."

나는 불길한 예감이 들었다.

유메는 예전에 『스폰을 받는 건 어때!』라고 말해서 내가 아야한테 터무니없는 꼴을 당하게 만들었을 때와 똑같은 텐션으로 소리높여 외쳤다.

"——밝고, 즐거운, 꽁냥꽁냥 러브러브 수학여행!"

나는 유메가 무슨 소리를 하는지 전혀 이해할 수 없어서, 결국엔 소리쳤다.

"말도 안 되잖아!"

설마 아야가 유메와 치사키한테 상담한 결과, 모든 피해는 내가 뒤집어쓰게 될 줄이야. 내 수학여행은 틀림없이 추억에 남을 수학여행이 되고 말 것이라는 사실을, 이 순간 확신했다.

여자끼리라니
말도안된다고 주장하는 여자애를
백일 동안
철저하게 함락시키는
백합 이야기

꽁냥 러브

수학여행 2일 차

시 각	장 소	활동 내용
7:30	아침 식사	○ 조별로 아침 식사
8:30	로비	○ 호텔 이동을 위해 짐 정리
9:00	버스 이동	**학생 집합**
		【조장】점호
		○ 귀중품 주머니 반납
10:00	류큐 문화 체험	**각 조 워크숍**
		○ 유리 페인팅
		○ 오키나와 도예 체험
		○ 산신 악기 체험
12:00	버스 이동	**학생 집합**
		【조장】점호
12:30	점심 식사	
13:15	버스 이동	**학생 집합**
		【조장】점호
14:00	해양 박물 공원	○ 각 조 자유행동
		○ 비세자키 수족관
		○ 식물공원
17:45	버스 이동	**학생 집합**
		【조장】점호
18:15	호텔 도착	**학생 집합**
		【조장】점호
		○ 각 방 열쇠 배부
		○【조장】귀중품 주머니 받기, 조원 귀중품 수거 담임에게 맡기기
		○ 귀중품 주머니는 내일 아침 반납
19:15	저녁 식사	**학생 집합**
		○【조장】점호
		○ 모두 모인 다음 식사합니다
20:15	입욕	**각 방에 있는 욕실만 이용**
		○【조장】내일 스케줄 확인
		○【조장】각 조 점호 후, 담임 보고
23:00	취침	**소등**
		○ 소등 후엔 잡담 금지

마리카 조는 유리 페인팅이네

이번 여행의 핵심!!

20:00 미유유와 합류

제 2 장

여자끼리라니
말도 안 된다고 주장하는 여자애를
백일 동안
철저하게 함락시키는 백합 이야기

제2장

ARIOTO
onnadoushitoka ARIENAIDESYO to iiharuonnanoko wo hyokunichikan de TETTEITEKINI otosu yuri no ohanashi

후와 아야는 고민 중이었다.

수학여행 직전, 어느 날 방과 후에 있었던 일.

이날, 사카키바라 마리카는 부모님에게 택배 수령을 부탁받았다는 말과 함께 서둘러 돌아가 버렸다. 마리카만 먼저 돌아가는 건 드문 일이었지만 아야도 혼자서 차분히 생각할 게 있었기 때문에 마침 잘 됐다면 잘된 일이었다.

그렇다곤 해도, 이 고민은 어지간해선 쉬이 해결할 수 없는 어려운 문제. 점쟁이한테라도 나아갈 길을 알려달라고 부탁하고 싶은 심정이었다.

"아야야. 집에 안 가?"

"아, 응."

아직도 자리에 앉아 멍하니 있던 아야는 돌아갈 준비를 하다가.

앗, 하고 깨달았다.

"……아, 저기, 미츠미네 씨."

아야는 조심스럽게 유메를 불러 세웠다. 가방을 멘 유메는 그 가느다란 목소리를 알아채고 돌아보았다.

"응—?"

고개를 갸웃거리는 미츠미네 유메는 어딜 어떻게 봐도 요즘 여고생이란 느낌. 유행에도 밝고, 마리카와도 신나는 대화를 마치 주문을 읊는 것처럼 고속으로 주고받는다.

"왜 그래?"

거기에 옆에서 마츠카와 치사키도 다가왔다. 쿨하고 스마트한 치사키는 믿음직스러운 느낌을 한껏 뿜어낸다. 마리카에게는 놀라울 정도로 친구들이 잔뜩 있지만, 그중에서도 특히 치사키는 마리카의 단짝 같은 포지션으로 보인다.

아야는 일어섰다.

작게 손을 뻗어 그 손을 가슴께에 붙이고서 더듬더듬 입을 열었다.

"잠깐…… 바쁘지 않다면 말이지만…… 상담하고 싶은 일이 있어서."

유메와 치사키가 깜짝 놀라 서로의 얼굴을 마주 보았다.

실제로 아야가 두 사람에게 무언가를 부탁하는 건 처음 있는 일이었다.

같은 그룹으로서 일 년 가까이 가깝게 지내고 있는 만큼 나름대로 대화는 자주 나눈다.

유메는 마리카 다음가는 사교력의 화신이라 단둘이 있을 때도 아야가 전혀 어색해하지 않도록 쉴 새 없이 이야기를 건네주는 든든한 여자애고, 치사키는 게임 취향이 비슷해서 쉬는 날에도 종종 메시지로 대화하곤 한다.

다만, 아무래도 아야는 자신의 포지션이 어디까지나 『마리카의 여자친구』라고 인식하고 있었기 때문에 두 사람에게 깊이 관여하려 하지 않았다. 나중에 그룹에 끼어든 신세니만큼 주제넘은 짓을 해선 안 된다고 생각했던 것이다.

하지만 이번만큼은 별개였다. 아야에겐 절대로 실패할 수 없는 이유가 있었다.

그래서 용기를 내어 말을 걸어본 건데.

불안한 듯 눈동자가 흔들리는 아야에게, 유메가 와락 달려들 듯 손을 덥석 잡았다.

"와— 뭔데뭔데?! 웬일이야—! 좋아!"

"으, 응. 고마워."

"어라?! 뭔가 떨떠름해하는 거 아니야?!"

"너무 확 달려드니까 그렇지."

치사키는 바로 앞장서서 걷기 시작했다.

"그러면 역 앞 카페면 되지?"

순식간에 진행되는 이야기에 아야는 눈을 끔뻑였다.

"어, 응. 시간이나, 볼일은…… 괜찮아?"

"아야가 우리를 의지할 정도면, 그럴 만한 일이겠지. 괜찮아, 괜찮아. 어차피 둘이서 어디서 놀다 들어갈까, 하던 참이었으니까."

"감사합니다."

"그렇게 상사 대하듯이 말하지 않아도 돼! 우리 친구잖아!"

유메가 웃는 얼굴로 아야의 손을 잡아끌었다. 어째서인지 오히려 재촉당하는 것처럼 아야는 끌려갔다.

카페에 도착. 커플 사이에 끼어든 형태가 된 아야는 음료는 자기가 사겠다고 제안했지만, 치사키한테 거절당했다. 친구끼리 그럴 필요는 없다고 한다. (유메는 얻어먹고 싶은 눈치였다.)

테이블 자리에 앉자 아야 맞은편에 치사키와 유메가 나란히 앉았다.

"그래서, 마리에 대한 거야?"

다리를 꼰 치사키가 바로 본론으로 들어갔다.

유메가 칫칫, 소리를 내며 손가락을 흔들었다.

"치— 짱, 꼭 그렇다곤 할 수 없잖아. 예를 들면 시험 관련일지도!"

"아야는 전교 1등이야."

"……진로에 대해서라든가!"

"해도 유메한텐 절대 안 하겠지."

"씨이이이잉……!"

유메는 마치 과자를 사주지 않았을 때의 어린애처럼 입술을 비죽였다.

아야는 황급히 양손을 내저었다.

"앗, 그럼, 저기. 맞아, 진로 문제로도 고민 중이라."

"됐어. 그런 식으로 배려해 주지 않아도 돼."

아니, 그렇게 말해도…….

그런데 복어처럼 뺨을 부풀리고 있던 유메는 이내 언제 그랬냐는 듯이 밝게 웃고 있었다.

"그러면 그러면, 역시 마리카 얘기야?!"

"으, 응."

끄덕끄덕 고개를 움직이자, 치사키는 '내 말 맞지?'라고 말하는 시선을 보냈다. 연달아 표정이 바뀐다. 마리카와는 다른 의미에서 하늘을 수놓는 불꽃 같은 여자애다.

역시 치사키는 연인이라서 그런지 유메에 대해 잘 아는구나, 하고 감탄하면서 말했다.

"이제 곧 마리카랑 사귄 지 1년이야."

그래서 그게 뭐…… 싶긴 하겠지만, 이라고 덧붙였다. 다른 커플의 1주년 기념일 같은 건 솔직히 아무래도 좋겠지, 라는 게 아야의 거짓 없는 속마음이었다.

그런데 두 사람은.

『오오—!』

유메뿐만 아니라 치사키까지 들뜬 목소리로 관심을 드러냈다.

"그래, 그렇구나, 마리카랑 아야야가. 마침내 1년이나 말이지."

"그렇게 쉽게 질려하는 마리가. 지금까지 이어왔구나."

아야는 살짝 고개를 갸웃했다. 마리카가 쉽게 질려한다는 느낌은 없었다.

하지만 듣고 보니 좋아하는 음료는 휙휙 바뀌고, 다 읽은 만화책은 깨끗이 잊어버리곤 한다. 패션에 관해선 특히, 사놓기만 하고 입지 않는 옷도 많다. 그건 쉽게 질린다기보다는 그냥 쇼핑을 경솔하게 하는 탓인 것 같기도 하지만…….

"1년이면 긴 편인 걸까?"

아야의 기준은 아르바이트하는 바에 맞춰서 있어서 몇 년씩 함께한 커플과 비교하게 된다. 하지만 학생의 시간 감각은 또 다른 모양이라.

"에이— 길지, 완전 길지! 뭐, 우리는 벌써 1년 반이지만—!"

"대단하네."

"후후후."

아야는 순수하게 대단하다고 생각했기에 솔직한 감상을 말했다. 하지만 유메는 어째서인지 치사키에게 "으스대지 마."라면서 혼나고 있었다. 선생님 같았다.

슬슬 본론으로 들어가자. 이대로라면 언제까지고 잡담만 하게 될 것 같다. 두 사람의 시간을 빼앗는 건 미안하다.

"그래서 말인데, 이제 곧 여름방학이잖아. 그런데 마리카는 입시 학원에 다니면서 바쁘게 지낼 모양이라 별로 놀 시간이 없을 것 같아."

"아— 그렇구나. 그건 쓸쓸하겠네……."

쓸쓸하다고 느끼게 되려나, 잘 모르겠다.

딱히 문자나 전화를 전혀 주고받을 수 없게 되는 것도 아니니까. 자기는 꽤 아무렇지 않을지도 모른다. 마리카와 사귀고 있다는 행복감이 눈 오는 날 몸을 감싸주는 코트처럼 아야의 마음을 따뜻하게 지켜주고 있었다.

다만 마리카는 분명 쓸쓸해하겠지, 싶은 생각도 든다.

"열심히 하는 마리카를 응원해주고 싶어. 그래서 뭔가, 동기부여? 같은 걸 해주고 싶거든."

양손으로 두루뭉술한 상상 속의 모티베이션을 어루만지며 열심히 설명하는 아야.

"여름방학 전에 있는 수학여행이 딱 좋은 기회 아닐까 해서."

"그렇구나. 그래서 우리한테."

"말은 이렇게 해도 전혀 떠오르는 아이디어가 없지만."

아야가 작게 양손을 들었다.

수학여행에서 마리카에게 줄 수 있는 선물이라고 해봤자, 평생 한 번뿐인 추억 정도.

하지만 뭘 할 수 있을지 잘 모르겠다. 일단 같은 조가 될 두 사람에게 의견을 구해보고 싶다는 게 아야의 생각이었다.

"아야는 입시 학원은 등록 안 할 거야? 진학할 거잖아."

치사키가 아무렇지 않은 태도로 물었다.

"지금으로선 그럴 예정은 없어."

"왜?"

질문의 의도를 잘 알 수 없어서 아야가 되물었다.

"왜냐니……."

이유는 아르바이트를 계속하고 싶으니까. 그런데 어째서인지 아야는 가슴을 펴고 당당하게 대답할 수가 없었다. 왠지 주변 사람들보다 뒤처지는 느낌에 마음이 불편해서 그럴지도 모른다.

"아니, 아무것도 아냐. 음— 한마디로 사귄 지 1주년 기념 축하를 수학여행에서 해주고 싶다? 이거지."

"응."

요점을 짚은 치사키의 말에 고개를 끄덕였다. 자기가 한 말이지만, 따져보면 어려운 일일지도 모른다.

애초에 조별 활동이 메인이라곤 해도, 일정표가 다 정해져 있고, 자유행동 시간도 그다지 많지 않다. 할 수 있는 일은 상당히 한정적이다.

"일단은 말인데, 마리가 어떤 걸 좋아하는지 물어봐도 될까? 뭘 좋아하느냐에 따라 방향성이 달라질 테니까."

두 사람은 꽤 진심을 다해 힘을 보태줄 모양이다. 역시 마리카의 절친. 좋은 사람들.

좋아하는 것.

마리카는 새로운 걸 좋아한다. 근처에 새로 오픈한 가게가 있으면 바로 가보고 싶어 한다. 밖에서 노는 것도 좋아하고, 옷을 구경하는 것도 좋아한다. 소품이나 잡화 같은 것도 좋아하고, 푹 빠져 있는 캐릭터는 없는 모양이지만, 귀여운 건 대체로 다 좋아한다.

가끔은 눈이 부실 정도로 마리카에겐 좋아하는 것들이 잔뜩 있다. 마리카는 분명 이 세상 그 자체를 좋아하는 거겠지.

——하지만 그것들은 마리카가 좋아하는 것들일 뿐, 굳이 아야가 제공할 필요는 없다.

그래서 결국. 아야는 떠오른 걸 그대로 말했다.

"야한 짓…… 이려나."

치사키가 고개를 돌리면서 음료를 뿜었다. 유메는 자못 당연하다는 듯 고개를 끄덕인다.

"이해해……. 그건 전 인류가 좋아하는 거니까."

"그렇구나."

"좋은 생각이 떠올랐어!"

"정말? 빨라."

"응!"

유메가 눈을 반짝이는 것과는 반대로 치사키의 표정은 점점 어두워졌다.

"아니, 어차피 제대로 된 아이디어는 아닐 테니까…… 기대 안 하는 게 좋아."

"그렇구나……."

"잠깐, 치— 짱! 아야야! 나도 할 때는 하는 여자라고!"

"스스로 허들을 높이지 않는 편이 좋을 거야, 유메."

"아니아니, 이건 괜찮아! 왜냐면, 나라면 엄청 기쁠걸!"

"듣고 싶어, 듣고 싶어."

아야가 유메를 재촉했다.

그리고, 의기양양한 표정으로 유메가 꺼낸 말은——.

* * *　* * *

다음 날. 수학여행 이틀째, 아침 식사 자리다.

나는 유메의 선언을 들었던 순간과 똑같은 표정으로, 얼굴을 손으로 감싸 쥐고 있었다.

"대체 뭐야……. 밝고 즐거운 꽁냥꽁냥 러브러브 수학여행이란 게……."

"마리카가 좋아하는 걸 가득 담아 봤어."

이젠 뭐라 말할 기운조차 사라진다…….

화사하고 탁 트인 조식 식당 한구석에 교복을 입은 키타자와 고교 학생들이 자리 잡고 있었고, 그중 창가 테이블 자리에 우리 마리카 그룹 다섯 명이 모였다.

식사 메뉴는 미리 정해져 있었다. 조식은 팬케이크였다. 치킨 & 피시가 곁들여져 있었고, 디저트가 아닌 아침 식사 느낌의 팬케이크는 단맛이 적절하게 조절되어 있어서 아주 맛있었다.

그런데 이건 오키나와 요리가 아니라 굳이 말하자면 하와이 음식 아닐까. 맛있으니까 됐지만. 아— 맛있네— 아침 맛있어—.

딴생각을 하는 동안 유메가 한 손에 포크를 든 채 싱글벙글 웃으며 입을 열었다.

"나랑 아야야가 열심히 계획을 짰어. 그치—!"

"그치—."

『그치—』라는 맞장구가 어떻게 이렇게 국어책 읽기 같을 수가?

"치사키가 옆에 있었으면서……."

"그게, 뭔가 나까지 흥이 나서."

"이 자식."

남 일이다, 이거지!

"그래서 뭔데? 사귄 지 1주년이자, 고등학교 3학년의 추억 만들기로 계획한 게, 아찔한 그 아이디어야? 진심으로?"

"걱정 마, 마리카."

아야는 자신만만하게 미소 지었다.

"즐길 수 있을 만한 계획을 빈틈없이 가득 준비했거든. 수학여행 도중 여기저기서 미션을 줄 거야. 잔뜩 하자. 확실히 만족

시켜 줄 테니까."

"만족이라니……."

"여자친구로서, 듬뿍."

완곡하게 에둘러서 말하고 있긴 해도, 분명 저거 사랑의 행위를 의미하는 거잖아.

"오키나와까지 와서 할 짓이야?!"

"괜찮아. 도쿄에서는 할 수 없을 만한 일들을 가득 짜왔어."

"너 바보지? 어? 바보 아냐?"

뺨을 홧홧하게 달구며 욕설을 퍼부었다.

하필이면 1주년 기념으로 한다는 게, 여행지에서 나한테 야한 짓 하기♡ 라니, 머리가 어떻게 된 거 아니냐고!

단둘이라면 몰라도, 아니 그것도 부끄럽지만. 그런데 지금은 친구들이 있잖아. 내 창피한 마음을 어쩔 생각이야?!

"좋잖아, 마리. 연인의 멋진 선물이라고. 모처럼 열심히 생각해 준 거니까 받아 줘. 야한 짓 엄청 좋아하잖아?"

"네가 제일 열받아!"

안전지대에서 깐족거리며 약 올리던 치사키가 소리 내어 웃었다. 단정한 얼굴이 사악함으로 물들어 있었다.

"반대 입장이었다면 분명히 질색했을 거면서!"

"안 그런데? 이야— 마리가 부럽네—."

"요게……!"

악마의 송곳니가 보일락 말락 하는 치사키에게 슬슬 손이 나갈 것 같다.

그런데 거기서 손을 든 사람은 내가 아니라.

"잠깐 괜찮을까?"

구석에서 꼼지락꼼지락 팬케이크를 입에 넣고 있던 히나노였다.

"그러면 마츠카와 씨도 하면 되잖아."

"……어?" "엥?"

동시에 히나노에게 되묻는 나와 치사키.

"나는 후와 씨랑 미츠미네 씨한테 미리『이런 걸 할지도 모르니까 도와줘』라고 말을 들어서 내용은 대충 알고 있는데."

히나노는 아침에도 변함없는 졸린 듯한 목소리로 입을 뗀 다음.

"후와 씨를 보면서 좋겠다― 하고 미츠미네 씨가 부러워하고 있었거든. 그러면서 일단 마츠카와 씨를 위한 계획도 세워 둔 모양이야. 뭘 할지 자세한 내용까진 못 들었지만."

이럴 수가, 뜻밖에도 히나노가 유메에게 도움의 손길을 내민 거였다.

"아니아니아니."

치사키가 황급히 고개를 가로저었다.

"그건 그냥 그런 망상을 해봤을 뿐이잖아. 절대 제대로 된 계획은 아닐 테고. 그보다 우리랑은 상관없지 않아? 이번엔 마리와 아야의 1주년 기념 이벤트니까."

여느 때와 달리 말이 빨라진 치사키에게 유메가 수줍은 미소를 보였다.

"에헤헤. 그래도 나도 할 수만 있다면 치— 짱이랑 고등학교 마지막 추억을 만들고 싶네—, 하고 생각했거든."

"그럼, 졸업여행에서 한다거나. 애초에 고등학교 생활도 아직 반년이나 남았고."

분위기가 바뀌어 가는 와중, 나는 망설였다.

이 흐름을 타고 치사키를 아군으로 만들면 아야가 강매 중인 추억만들기를 뿌리칠 수 있을지도 모른다.

1주년 기념도, 여행을 마친 다음 맛있는 디너라도 예약한 뒤 둘이서 근사하게 차려입고 먹으러 가면 그만이다. 그게 가장 현명한 선택지다.

하지만…… 하지만.

실컷 옆에서 약 올리던 치사키를 골탕 먹이고 싶어……!

나는 가장 어리석은 선택지를 고르기로 했다.

온 힘을 다해 거부하려는 치사키의 어깨에 손을 올렸다.

"치— 짱♡"

"…………뭐야, 그 표정."

"연인의 멋진 선물이라고♡ 모처럼 열심히 생각해 준 거니까, 순순히 받아 줘♡"

"너……."

아연실색하는 치사키에게 나는 짐짓 악랄한 미소를 지으며.

"나도 치— 짱이 부러운걸♡"

"잠깐, 마리! 일단 진정하라고! 어느 쪽이 이득인지 잘 생각해 봐!"

당황하는 치사키에게 나는 게슴츠레한 시선을 보냈다.

“왠지 치사키를 끌어들일 수만 있다면, 그것도 괜찮겠다는 생각이 들었어.”

“왜 이러는데! 나는 안 할 거니까!”

내가 제 무덤을 파고 있다는 건 아주 잘 안다. 하지만 치사키가 허둥대는 모습을 보는 게 재밌어서, 즐거워서……. 후후, 끝장이구나…….

“저기저기, 치— 짱, 있지있지.”

유메가 먹이를 조르는 아기 새처럼 치사키의 팔을 잡아끌며 졸랐다.

고집스레 고개를 좌우로 젓는 치사키. 포기가 느리구나.

“싫어. 절대로 싫다고. 남들 앞에서라니, 절대 무리야.”

“그, 그러면 단둘이 있을 때만 할 테니까! 응? 응!”

우후후. 기품 있게 입가에 손을 가져가 댔다. 나는 이미 늪에 허리까지 잠겨 들어간 듯한 체념의 미소를 지으며 치사키에게 손짓했다.

“연인의 멋진 선물♡ 받아줘♡”

“싫어!”

세상에서 보기 드문 치사키가 마구 떼를 쓰는 광경이다.

아야가 소매를 잡아당겼다.

“……마리카도 그렇게 싫었어?”

연인의 올려다보는 눈길에 나는 “아—” 하고 목소리를 길게 끌었다.

©Wata

그러고는 방금 치사키에게 보여준 것과 똑같은 종류의 미소를 지었다.

"그렇지 않아♡ 전혀 안 그래♡ 아야의 추억 만들기 엄청 기대된다♡"

"응……."

아야는 내 말속에 담긴 속마음은 전혀 읽지 못한 채, 조그맣게 주먹을 꽉 쥐었다.

"알았어. 그렇게나 기대했을 줄이야…… 나, 열심히 할게."

불에 기름을 붓고 말았다. 눈에 불꽃을 피우고 있는 애가 코앞에 있는데도 어쩐지 등골이 서늘해진다.

아니, 괜찮으려나…… 모처럼 아야가 준비해 준 거니까……. 어차피 대야째로 엎질러진 물이고. 무슨 짓을 당하게 될지는 모르겠지만…….

히나노가 가만히 피스 사인을 그렸다.

"유메를 위해서…… 나이스 어시스트를 했는걸."

나는 싸우고 있는 커플을 곁눈질하며 온 힘을 다해『과연 그럴까?』라고 고개를 갸웃하고 싶었다. 히나노는 그저 불에 기름을 부었을 뿐이라고 생각해.

반쯤 자포자기한 치사키가 유메의 손을 뿌리치며 소리쳤다.

"나는 절대로 안 할 거니까!"

그렇게 선언하고서 한 시간 후.

나, 그리고 치사키는 밝고 즐거운 꽁냥꽁냥 러브러브 수학여행에 휘말리게 되었다. 네이밍 센스 진심 최악이잖아. 너무 멍청해 보여.

잔뜩 신이 난 기색인 아야와 유메. 어두운 표정을 지은 나와 치사키. 그리고 옆에서 한몫 거들어 놓고는 태연하게 마리카 조 애들의 사진을 찍고 있는 히나노.

이것도 나중에 돌이켜 보면『아아 청춘이었지』싶은 멋진 추억이 되는 걸까.

아니, 아무래도 아닌 거 같은데……!

* * *

둘째 날은 오키나와를 북상하며 관광지를 몇 군데 들렀다가 마지막엔 가장 크고 유명한 수족관으로 향하는 코스다.

그래서 이날은 버스 이동이 차지하는 시간이 많다.

『남한테 폐가 될 만한 행위는 NG니까……!』

『알고 있어.』

『다른 사람한테 들키는 일도 절대 없어야 해. 설령 치사키나 유메라고 해도……!』

『걱정하지 마.』

버스에 타기 전에 거듭거듭 주의를 줬는데 아야는 엄지를 척 세우며 괜찮다며 다짐했다. 엄지척 같은 포즈 지금까지 한 적 없었잖아…….

얘, 정말로 알긴 하는 걸까.

오키나와의 햇볕은 아침부터 사정없이 덮쳐들었다. 선크림을 뚫고 들어올 것 같은 자외선의 위력에 머리까지 어질어질했다.

조금 떨어진 자리에 앉은 아야를 보았다.

이번 자리 배치는 3인 좌석이다. 내 양옆에는 치사키와 히나노가 앉았다.

단순히, 모처럼 수학여행을 온 만큼 여러 애들과 어울리고 싶으니, 자리도 다양하게 바꿔 앉자는 흐름으로 이렇게 된 것뿐이지만, 방금 그 일 때문에 마치 아야를 최대한 피한 것처럼 되어버렸다.

나는 그런 의도가 아니야. 치사키는 모르겠지만…….

학교에서 빌린 관광버스는 오키나와의 아무것도 없는 길을 나아갔다.

버스 안에선 노래 대회가 한창이었다. 앞쪽 자리에선 니시다 레이나가 기분 좋게 팝송을 부르고 있었다. 게다가 잘 부른다.

나는 작게 한숨을 쉬었다.

가장 어리석은 선택을 하고 말았다는 후회가, 신주쿠의 인파급으로 밀려들어 온다…….

뭐, 그건 이제 괜찮긴 한데……. 아무래도 석연치 않은 부분은, 연인이 나를 오해하고 있다는 점이다.

먼저, 내가 야한 애라서 이 선물을 골랐다는 점 말인데…… 그것도 뭐 좋아. 백 보 양보해서 인정할게. 내가 야한 걸 좋아한다는 사실을.

그래, 나 야한 애라고요. 네가 날 그런 여자로 만들었잖아!

하지만 그렇다고 해도 말이지. 지금까지 몇억 번이나 말했지만, (그 정도론 말 안 했을지도 모르지만 그건 오차 범위 이내다) 나는 평범한 수준으로도 행복하다고.

평범한 여행이면 충분해. 평범한 수학여행으로도 즐거워. 하루하루가 따분한 나머지 더욱더 자극적인 경험을 찾아 헤매는 위태로운 여고생 따윈 되고 싶지 않아.

변태 같은 짓은 아야가 하고 싶어 하니까 하게 해주는 것뿐이지, 학교에서 한다거나, 독특한 플레이 같은 건 딱히 바라지 않는다고!

마음속으로 그렇게 외치고 있자 내 안에서 논리적 반박을 담당하는 부분이『아니, 그치만』이라며 쓸데없는 지적을 했다.

『얼마 전까지였다면 그 의견에 설득력이 있었을지도 모르지만, 얼마 전에 아야를 바 탈의실에서 덮쳤었지?』

이 자식!

갑자기 댓글로 시비를 거는 악플러의 등장에 나는 이를 악물었다. 저 악플러의 정체는 사카키바라 마리카다. 만만치 않은 상대다.

하지만 여기서 이 녀석의 코를 납작하게 만들어 주지 않으면 나는 평생 변태 플레이를 좋아하는 여자라고 낙인이 찍히고 말 거야. 내 마음에.

좋아, 상대해 주지. 어디 덤벼 보라고.

『변태 플레이가 뭐가 나빠? 실제로도 좋아하니까 됐잖아.』

내가 말했지! 창피한 건 싫다고!

『그러면서 평소엔 기뻐하고 있지.』

기쁘지 않다니깐!

알겠어? 너는 아야한테 세뇌당하고 있어. 아야가 툭하면 너도 기쁘지, 기쁘잖아, 이렇게 속삭여 대니까 그런 느낌이 들 뿐이야.

애초에 평소의 노말한 섹스로도 전혀 불만 없이 기쁘잖아! 그렇다면 어느 쪽이 더 좋다거나 하는 문제가 아니지?! 자, 논파 완료!

나는 승리를 확신했다. 문득 고개를 드니 이번엔 나츠미 짱이 요즘 유행하는 걸즈 팝을 신나게 부르고 있었다. 나츠미 짱은 귀엽네.

『그치만 아야가 기뻐해.』

…….

나는 마음속 우물 깊은 곳에서 솟아나는 목소리를 돌 뚜껑으로 덮어버렸다. 안 들려.

그렇게 결심했으니, 수학여행을 평범하게 마음껏 즐길 뿐. 이번 여행이 끝나면 수험 공부가 기다린다.

체육대회도, 문화제도, 3학년은 제대로 참가 못 하니까. 이게 마지막 자유라는 마음가짐으로.

『결국 아야가 기뻐하니까 그만큼 너도 평소보다 더 기쁘잖아. 그게 가장 흥분되는 요소 아니야?』

안 들려, 안 들려.

마이크가 점점 뒷자리로 넘어온다. 좋아. 나도 한 곡 뽑아볼까. 이런 머릿속 목소리 따윈 쫓아내고——.

『끝내주지. 평소에는 품행 단정한 아야가 푹 빠져 나를 갈구하는 그 느낌. 그야 내가 밖에서 야한 짓을 당할 땐, 바꿔 말하면 아야도 밖에서 야한 짓을 하고 있다는 뜻인걸. 그런 식으로 아야를 이상하게 만들 수 있는 사람은 나뿐이라고 생각하면 엄청나게 기분이 좋아져서, 아야가 시키는 대로 당하는 것도 뭐 괜찮지 않을까, 싶은 생각이 들고——.』

"시끄럽네!"

나는 머리를 감싸 쥐고 소리쳤다. 마이크를 쥐고 있던 유메가 놀라서 돌아보며 "어?! 시끄러웠어?!"하고 외쳤다.

"아니, 유메한테 한 말이 아니고! 미안, 계속 노래해!"

진심을 담아 사과한 후, 의자에 몸을 깊숙이 묻었다.

지금 그게 내 솔직한 마음이라는 걸 인정하고 싶진 않지만…… 전부 거짓말이라고 부정할 수도 없어……. 왜냐하면 내 마음의 소리니까…….

아야는 나를 위해 하는 일이라고 생각하고 있고, 나는 아야를 위해 당해주는 거라고 생각하고 있고, 그러면서 서로 상대의 부끄러운 모습을 보며 오직 나에게만 보여주는 표정에 흥분해 버리고…….

역시 끝장이다.

이런 기회, 두 번 다시 없다는 건 알고 있어. 마음껏 즐길 수 있는 것도 아직 미성년일 때뿐인걸. 여름이 지나면 이제 졸업까지 일직선. 아야와 보내는 고교 시절 마지막 여름은 두 번 다신 돌아오지 않아.

미래를 내다보면서 사는 것도 좋지만, 그것도 지금을 즐겨야 의미가 있는 법.

왜냐하면 지금 쌓아온 것들이 미래가 되는 거니까.

……끄으으으으응.

"있잖아, 치사키."

나는 목소리를 낮춰 옆자리에 앉은 여자에게 호소했다.

"아무리 그래도, 납득이 안 가지 않아?"

"아앙?"

표독한 미소가 나를 향한다. 그 눈은 새끼를 키우는 곰처럼 잔뜩 날이 서서, 다 네 탓이잖아, 라고 말하고 있었다. 아니아니아니.

나는 무심코 공손히 두 손을 모았다.

"아니, 미안하다니깐! 그보다 그건 치사키가 먼저 약 올려서 그런 거잖아! 피차일반! 자, 화해!"

찌릿 노려보는 시선. 꾹 참으며 시선을 맞받아치자 마침내 눈빛이 살짝 누그러졌다. 이제 조금은 대화를 나눌 수 있다.

"……그래서 뭔데. 이제 와서 우리 둘이 역시 안 할래—, 라고 하려고?"

"그런 건 아닌데. 그래도 어차피 할 거라면 즐겁게 하고 싶지."

나는 치사키에게 귓속말했다.

"저쪽에서 억지를 쓴 거니까, 우리도 교환 조건 정도는 내걸어도 되잖아."

"……."

치사키는 척, 하고 팔짱을 꼈다.

"과연 그러네."

"그치 그치."

좋아, 이걸로 드디어 나 자신에게 들려줄 변명거리도 생겼다.

내가 생각해도 스스로가 어이가 없다. ……나란 녀석, 참 귀찮은 녀석이야…….

아야가 그렇게 잔뜩 신이 나서 제안했을 때부터 어차피 나에게 선택지 따윈 없었던 거야.

왜냐하면 거기서 딱 잘라 거절했다간 수학여행 내내 시무룩해진 아야와 같이 오키나와를 구경해야 했을 테니까.

결국 갈팡질팡하다 아야의 의도대로 넘어갈 때까지가 정해진 한 세트라면, 아예 처음부터 생각이란 걸 그만두고『응, 알겠어♡ 전부 아야 말대로 할게♡ 알콩달콩 러브러브 아야 너무 좋아♡ 뽀뽀 쪽 하자♡ 뽀뽀♡』이렇게 부끄부끄 하면서 받아들이면 얘기가 빠를 텐데!

왜 나는 그게 안 되는 거야! 이런 난 귀엽지 않아!

어쩌면『치사키를 골탕 먹이고 싶어서』라는 것도, 솔직해질 수 없어서 댄 핑계였던 게 아닐까……?! 그렇다면 치사키까지 말려들게 만든 내가 대죄인이잖아!

머리를 감싸 쥐었다. 이젠 나도 나 자신을 잘 모르겠다.

"있잖아, 치사키……."

"뭔데. 이번엔 왜 풀이 죽어 있는 거야."

“치사키는 유메를 좋아하지……. 그러면 유메가 바라는 건 뭐든지 해주고 싶다고 생각해……?”

“그것도 한도가 있지.”

딱 잘라 말하는 치사키.

“사람한텐 존엄성이란 게 있어. 자존심도 있고. 이 정도까지 하면 나는 내가 아니게 된다는 선이 나한텐 있거든. **나한텐**.”

“그럼 나는 없다는 거야?!”

“모르겠는데. 그런데 있다면 너무 망설이는 거 아냐?”

“………….”

사카키바라 마리카, 논파당하다.

레이나도 이긴 나를 논파한 치사키가 키타자와 고교에서 최강이란 뜻……? 아니, 그게 아냐. 그냥 지금의 내가 빌어먹게 허접할 뿐……. 사랑은 나를 강하게도 약하게도 만들어.

맞아, 과정이 질질 늘어질 뿐이지, 어차피 나는 마지막엔『응, 알겠어♡ 전부 아야 말대로 할게♡ 알콩달콩 러브러브 아야 너무 좋아♡ 나한테 신경 써주지 않으면 삐질 거야♡ 흥흥♡』거릴 여자였어…….

치사키와는 전혀 달라. 나는 내 존엄성과 자존심보다도 아야가 소중해……. 양보할 수 없는 선도 옛날엔 있었을 텐데 (학교에서 해버렸고, 바에서도 해버려서) 이젠 없어………….

히나노가 찰칵, 내 얼굴을 찍었다.

“웃긴다.”

“……………….”

유메가 마이크를 치켜들었다.

"다음, 노래 부를 사람—."

그 마이크를 내가 뒷좌석에서 획 낚아챘다.

이러면 이젠 노래할 수밖에.

"사카키바라, 한 곡 뽑겠습니다!"

평소 부르는 것보다 조금 더 록한 느낌의 곡을 부탁하고서, 스트레스 해소를 위해 힘껏 소리 질렀다.

문득 돌아보니 아야가 손뼉을 치며 즐겁게 내 노래를 듣고 있었고.

그 화사한 미소에 나도 모르게 『좋아해……!』라는 마음이 넘쳐흐를 것 같아서, 나는 마음을 독하게 먹고 아야를 노려보았다.

이번만 특별한 거니까! 내가 항상 아야 말을 순순히 들을 줄 알았다면 크나큰 착각이거든! 바보!

"말도 안 돼!"

우뚝, 아야의 움직임이 멎었다.

무심코 내 입에서 튀어나온 말은 세이프 워드로 아야와 사전에 약속해 둔 말이었다. 어떤 플레이 도중이라도 내가 『말도 안 돼』라고 말하면 그 플레이는 중지. 요컨대 그건 진심으로 싫어! 라고 주장하기 위한 말인데.

아야가 지그시 나를 올려다본다. 나는 "윽" 하고 몸을 뒤로 젖히며 고개를 돌렸다.

"괘, 괜찮아……."

"……그래도."

역시 세이프 워드를 들은 탓에 아야의 손길은 무거웠다.

"괜찮아! 정말 괜찮으니까! 지금 건 말버릇이 무심코 나온 것뿐이야!"

"그렇구나."

나와 아야는 **화장실 개인 칸에 함께 들어와 있었다**.

진심으로 말도 안 된다. 속으로는 몇 번을 말하더라도 OK니까, 주문처럼 속으로 연이어 되뇌었다. 말도 안 돼 말도 안 돼 말도 안 돼 말도 안 돼…….

"그 대신, 밤에는 각오하고 있으라고……."

"……좋아."

내가 번뜩 떠올린 교환 조건.

그건 바로『낮에는 아야가 시키는 대로 할 테니, 밤에는 내 말을 들어』였다.

즉, 아야가 평소 내키지 않아 하던 공수 역전. 내가 아야를 마음껏 희롱해 줄 테니까, 라는 의사의 표명.

물론 아야는 우리의 1주년 기념을 축하하기 위해 좋은 마음으로 하는 행동이니까, 교환 조건을 내세우는 건 불만스럽겠지.

그렇지만 그 점에 대한 내 대답은 그런 건 알 바 아니야, 였다.

일단 명분상으로도『아야가 나를 기쁘게 해주려고 하는 거라면, 나도 아야를 기쁘게 만들어 줄게♡』니까, 말은 된다.

당한 만큼 갚아주는 거다. 그게 내 존엄성이자 자존심……! 다행이야, 아직 제대로 남아 있었어. 존엄성 & 자존심.

그렇게 생각하며 위세 좋게 스스로를 북돋고 있긴 했지만…………

아야가 손에 든 **그걸** 알코올 티슈로 닦은 다음 혀로 할짝 핥았다.

"일단, 적셔 둘게. 사실 로션을 가져오는 게 제일 좋았겠지만."

"됐으니까 빨리 해줘……."

이건 재촉하는 게 절대로 아니야.

단체 행동 도중에 둘이서 화장실에 오랫동안 들어가 있는 것도 부자연스러우니까. 누가 상황을 보러 왔다가 같이 개인 칸에 들어가 있는 장면을 들키면 부자연스러운 정도로 안 끝나니까.

"응. 이제 괜찮으려나."

"…………."

좌변기에 앉은 내가 가볍게 한쪽 다리를 들어 올렸다. 아야가 스윽, 내 팬티를 벗겼다. 부끄러워……. 하지만 태도를 표정에 드러내진 않을 거야. 아야의 포커페이스를 완벽하게 카피하는 거야…….

아야는 팬티의 중심부, 피부와 맞닿는 쪽에 에메랄드 블루색의 물체를 놓았다. 부속품인 자석으로 천을 끼워 물체를 고정했다.

"그럼, 위치를 좀 조정할 거니까 다시 입어봐."

"응……."

뭔가 말하기도 어색해서 시키는 대로 했다.

팬티를 다시 입었다. 가랑이 사이에 느껴지는 실리콘의 감촉.

피부에 착 달라붙는 소재라서 불쾌감은 거의 없었지만…….

아야가 위치를 살짝 조정했고, 이제 이걸로 완성인 모양이다. 일어서서 몸을 위아래로 흔들어 봤는데 자력으로 고정된 물체는 전혀 움직이지 않을 것 같다.

"……끝이야?"

"응, 오케이. 그러면 말이지——."

아야가 스마트폰으로 앱을 켰다.

그러자.

"읏……."

찌릿찌릿한 진동이 내 하반신에서부터 서서히 퍼져나간다.

쾌락 신경이 집중된 부위에 정확히 자리 잡은 그 물체가 덜덜 떨리면서 기계적인 쾌감을 밀어붙였다.

"이, 이거……."

나도 모르게 벽에 손을 짚었다. 복통을 참을 때처럼 부자연스럽게 다리가 오므라들고, 미간이 찌푸려진다.

"혹시 모르니 소리가 울리지는 않는지 좀 확인해 볼게."

"엇, 그 말은…… 흣?!"

전해지는 진동이 점점 커져서 입가를 손으로 막았다.

뭐야 이거, 뭐야 이거. 완전 장난 아니야.

소리가 나는지 어떤지 신경 쓸 여유가 없다. 변기에 앉아 입술을 깨물고서 참고 있자, 금방 진동의 파도가 물러갔다.

"하아, 하아……."

순식간에 심박수가 급상승한 느낌이다. 땀을 흘려버렸어…….

아야가 생긋 웃었다.
“응, 밖이라면 소리는 괜찮겠네. 안심해도 돼, 마리카.”
“아야, 진짜로 할 생각이야……?”
내가 여전히 망설이는 태도를 보이자, 아야는 손에 든 스마트폰을 조작했다.
“잠깐, 그, 그걸로 대답하지 말아 줘. 알겠으니까.”
부르르르르, 아야의 손가락과도, 혀와도 다른 자극에 나는 얌전히 굴복했다.
다시 스위치를 끈 아야가 청초하게 미소 짓는다.
“대단하지, 요즘 **리모컨 로터**는 블루투스로도 조작할 수 있으니까. 이거, 30미터나 떨어져 있어도 조작할 수 있대.”
“아, 알 바 아닌데.”
그렇다.
아야가 수학여행 2일 차에 나한테 하고 싶었던 일.
그건 리모컨 로터를 부착한 상태로 다니는 오키나와 관광이었다.
인터넷으로 성인용품 샵을 봤을 때, 이런 걸 누가 쓰는 건가 싶었는데…… 그렇구나, 아야 같은 애가 쓰는구나…….
질색하면서 신음했다.
“발상이 너무 변태 같아…….”
양보할 수 없는 선이라는 게 사라져 버린 나라도 알 수 있다.
이건 선 하나는커녕, 두 개, 세 개쯤은 한참 넘은 행위라는 걸…….

"그치만 도쿄에서 하면 화낼 거잖아."

"어디서 하든 화낼 거라고, 이런 건!"

아야가 애완동물한테 채찍을 보여주는 것처럼 천천히 스마트폰을 들어 올렸다.

"윽……."

반사적으로 하려던 말을 삼킨 나를 보며, 아야가 황홀한 한숨을 내쉬었다.

"멋져. 즐거워. 최고야."

"그거 최악의 대사거든! 너! 아니, 그보다 사귄 지 1주년을 축하하려고 이런 걸 계획하다니 대체 뭐야?! 축하라는 단어를 사전에서 찾아보고 오라고!"

"평생 잊지 못할 추억을 선물하고 싶어서."

"확 팬다!"

주먹을 움켜쥐고 번쩍 치켜들어 보지만.

"후후후."

쭉 가지고 싶었던 인형을 크리스마스 선물로 받은 어린아이처럼 아야가 미소 짓는다.

큭……. 저 미소를 보면 리모컨 로터를 팬티에 부착당한 나도, 아아, 해주길 잘했다, 하고………….

생각할 리가 없지!!

나와 아야는 집합 장소로 돌아와 우리 조 애들과 합류했다.

다음 프로그램은 류큐 문화 체험이다. 각 조는 저마다 사전에 신청한 과외 수업에 도전해서 오키나와의 문화를 제대로 보고 익히자! 라는 식. 한 마디로 워크숍이다.

끝난 다음에 점심을 먹으며 보고서를 써야 하는 게 귀찮지만, 그것만 빼면 뭐, 거의 노는 거나 마찬가지니.

우리 조는 다수결을 통해 유리 페인팅 체험으로 정했다. 나는 산신 악기 체험도 포기하기 아까웠지만, 아야가 악기를 엄청 싫어하는 모양이라 동정표를 던져 주었다.

아야는 노래도 잘 부르는 주제에 왜인지 유난히 음악 쪽을 거북하게 여긴단 말이지. 부끄러워하는 것 같다. 뭐, 나는 어느 쪽이든 상관없었다.

하기 전엔 분명 재미있을 줄 알았는데……!

워크숍이 시작되고, 우리 마리카 조는 나이 지긋한 여성 강사님에게 배우며 유리컵, 사진 액자 등등에 붓으로 물감을 칠했다.

실제로 그 작업은 아마 즐거웠겠지만…….

지금 나는, 아야한테 심장을 붙잡힌 것만 같았다.

아야가 스마트폰을 만질 때마다 대체 언제 스위치를 켤까, 하고 움찔움찔 예민하게 반응하며 몸에 힘이 들어갔다.

그런 상황이라 신경을 분산시키려고 한층 더 작업에 몰두했고, 정신을 차려보니.

"오, 마리카, 제법이잖아!"

"헉…… 언제 완성됐지."

인간의 현실 도피 능력이란 엄청난 것 같다.

"마리, 미술도 꽤 잘하는걸."

"아니, 뭐, 매일 내 얼굴에 그림을 그리고 있으니까."

"그게 상관이 있나? ……어라, 그런데."

치사키가 고개를 갸웃거렸다.

"어쩐지 **하트 마크가 많지 않아**?"

"——."

나는! 마음을 비우고! 작업했을 뿐인데!

투명한 류큐 글라스는 마치 연인이 같이 쓰는 커플 머그잔이라도 되는 것처럼 여기저기 하트투성이였다. 이것도 나름 귀여울지도 모르긴 하지만……! 그래도!

"아니, 그게 요즘 하트 모양 모티프에 빠져 있거든!! 이런 것도 좋지!!"

"갑자기 목소리가 커졌네. 왜 그래."

"아무 일도 없는데요?!"

치사키가 "시끄러"라며 눈살을 찌푸린다. 나는 방금 완성한 세상에 단 하나뿐인 글라스를 바닥에 내동댕이치고 싶어졌다.

아니, 팬티 안에 그런 걸 넣은 상태니까 말이지. 뭘 하든 아야를 의식하게 된다는 것, 거기까진 그나마 괜찮아. 그런데 그 상황에서 내가 유리에 하트 마크만 잔뜩 그려놨다면 이미 글렀잖아. 내가 있는 힘껏 싫어하는 중이라는 대전제가 무너지잖아.

유메가 일일이 "이거 어때—?" 하고 치사키한테 의견을 물어보며 즐거워하고 있다.

히나노는 묵묵히 병에 색을 칠하며 "너무 잘했잖아. 이건 꼭 가게에 장식하자."라며 뭔가 자화자찬을 하고 있고…….

그리고 아야는, 아야는…….

나와 눈이 마주쳤다. 아야는 싱글벙글 웃고 있었다.

"마리카, 얼굴이 빨간데 무슨 일 있어?"

"………………."

내 생각이 틀렸다. 내가 만든 글라스를 내동댕이칠 거였다면 바닥이 아니라 아야 머리에다 해야 했다.

"아무렇지도 않거든요? 오키나와 날씨가 더워서 그런가 보네요?"

"그래, 그렇구나. 날이 더워서 마리카 얼굴이 빨간 거구나."

"그야 그렇겠죠 당연하죠 애초에 그것 말고 다른 이유가 있나요?"

"아니? 딱히? 그냥 물어봤을 뿐이야. 왜 그렇게 불쾌하다는 듯이 반응하고 그래."

그야 너 때문이잖아! 라고.

물감으로 아야 얼굴에 커다랗게 X자라도 그려줄까, 하고 생각했을 때, 아야가 붓을 놓고 스마트폰을 들었다.

윽…………!

아야가 장치해 둔 폭탄의 위치에 주의가 확 쏠리면서 심장이 마구 뛰었다.

이런 곳에서. 그건 싫거든?! 아야……!

아까까지만 해도 호랑이처럼 굴던 나는, 어느새 발톱도 송곳니도 없는 애완동물이 되어, 그저 아야의 자비를 기대하며 그 눈을 응시할 수밖에 없었고…….

그러자 아야는 입술만으로 호선을 그리면서 살며시 스마트폰을 내려놓았다.

큭…….

"좀—, 왜 갑자기 싸우는 거야, 둘 다."

유메가 귀찮게 왜 그러냐는 듯이 말을 걸어서, 나는 아무런 반응도 하지 못했는데——.

아야가 다른 사람처럼 예쁜 미소로 둘러댔다.

"아니, 싸우는 거 아니야. 그치? 마리카."

"……으, 응."

"더워서 살짝 짜증이 났을 뿐이지. 그치?"

"아하하……. 미, 미안해, 유메."

나는 바보처럼 웃으며 얼버무렸다.

아직 실제론 아무 일도 당하지 않았고, 스위치도 한 번도 켜지지 않았는데…… 아야한테 거스를 수 없어……!

내 감정보다 더 깊은 곳에 있는 무언가가 아야에게 굴복하고 만 모양이었다.

묘하게 어색한 분위기가 감돌았는지 (나한텐 이미 분위기를 살필 여유가 없었지만) 유메가 당황한 듯이 외쳤다.

"앗, 저기, 딱히 그렇게까지 진심으로 짜증 냈던 건 아니고! 어음, 그게, 맞다 아야야는 있지, 오늘 마리카한테 뭘 할 생각이야?!"

화제를 바꾼답시고, 유메가 가장 치명적인 화제에 발을 들이밀었다.

"야, 야!"

치사키가 여기서 그런 얘기하지 말라며 유메를 나무랐지만, 반면 히나노는 눈을 반짝였다.

"호오오, 나도 궁금해."

쿵, 쿵. 내 심장 소리가 들려온다.

설마 싶긴 하지만…… 말하진 않을 거지? 아야. 그야 나는 분명 신신당부했는걸. 남한테 들키는 건 싫다고…….

팬티 속 로터가 꿈틀거리는 듯한 느낌이 들었다. 팬텀 바이브레이션 증후군이다.

아이들의 시선을 받으며 아야는 잠깐 생각한 뒤.

짐짓 의뭉스럽게 입술에 검지를 대고서 웃었다.

"비밀."

……. 엄청나게 안심했지만 그래도 이런 걸로 아야한테 고마워하진 않을 거니까.

왜냐하면 애초에 문제의 원인은 아야라는 걸 똑똑히 기억하고 있으니까 말이지!

* * *

유리 페인팅 체험이 끝나고, 우리가 만든 유리 세공품은 나중에 학교로 보내주기로 했다. 대신 부셔줘도 상관없는데 말이야. 저런 경망스러운 핑크 하트 글라스…….

점심 식사론 오키나와 명물인 소키소바가 나와서 텐션이 확

오르는 순간도 있긴 했지만…….

버스 이동을 거쳐, 오늘의 하이라이트라 할 수 있는 장소에 도착했다.

공원 안에 커다란 수족관과 식물원이 들어서 있다. 류큐 박물 공원이다.

특히 일본 최대 규모를 자랑하는 비세자키 수족관은 나도 기대하던 곳인데……. 설마 아야 때문에 이런 상태로 오게 될 줄은 몰랐다고. 평생 추억으로 남을 경험이네♡ 죽일 거야.

류큐 박물 공원 안에선 자유행동이다. 오늘의 스케줄도 여기서 마무리라서, 시간도 넉넉하게 확보되어 있다.

뭐, 자유행동이라곤 해도, 역시 조별로 함께 행동하라는 당부를 들었지만.

버스에서 내려 인원수에 맞게 티켓을 배부받고 애들한테 나눠주자, 디지털카메라를 든 히나노가 가볍게 한손을 들었다.

"그럼, 난 여기서."

"히나노?"

내 말에도 개의치 않고 히나노는 식물원 쪽으로 걸어갔다.

처음부터 조별로 행동할 생각이 아예 없잖아! 자유로운 녀석…….

어쩔래? 라고 시선으로 묻자, 유메도 씩씩하게 손을 들었다.

"좋잖아, 여기선 따로 행동하자! 그럼, 나중에 봐! 마리카, 아야야!"

"……왠지 이렇게 되지 않을까 싶었어."

이번엔 유메가 치사키의 손을 잡아끌며 비세자키 수족관으로 향했다.

나와 아야만 남겨졌다.

권장 사항이었던 조별 행동은 붕괴했고, 마리카 조는 순식간에 뿔뿔이 흩어져 버렸다. 아니, 상관은 없긴 한데.

“그럼 우리도 가볼까.”

“응.”

아차. 자연스럽게 손을 잡을 뻔했다. 철렁했다.

아야와 사귄다는 건 이미 밝혔지만, 그래도 찰싹 붙어있는 모습을 반 애들한테 대놓고 보이는 건 별개의 얘기다.

하지만 너무 대놓고 손을 휙 빼버렸으니 어쩌면 아야가 기분이 상했을지도…… 싶어서 표정을 살폈더니.

“괜찮아. 마리카와 함께라면 즐거우니까.”

내가 무슨 말을 하려는지 눈치챈 아야가 고개를 살래살래 저었다.

“으, 어쩐지 미안.”

“아냐, 게다가.”

순간, 하반신이 찌릿 울렸다.

무슨……. 그 자리에 멈춰 섰다. 나도 모르게 아야의 팔을 붙잡았다.

갑자기 닥쳐온 희미한 저릿함은 반 친구들 앞에서 하는 연인 손깍지보다 훨씬 자극적으로 내 눈을 휘둥그레지게 했다.

바로 스위치가 꺼진다.

"가, 갑자기!"

"우리는 손보다 더 깊은 곳에서 연결되어 있는걸. 그렇지, 애정 같은 걸로."

남들 앞에서 외칠 수 없는 단어를, 말 대신 스마트폰에 문자로 쳐서 아야한테 들이밀었다.

『리모컨 로터겠지!』

아야는 후훗, 하고 즐겁게 웃었다. 뭘 웃고 있어……!

"자자, 가자."

연인과 해변에서 술래잡기라도 하는 듯한 표정으로 아야가 나를 재촉했다.

까딱까딱 손짓하는 아야를 따라가려고 걸음을 내딛자, 또 한 순간 스위치가 켜졌다.

"아, 진짜!"

오금이 저린 것처럼 걸음이 휘청이는 바람에 또 멈춰야 했다.

"아까까지는 얌전히 있었으면서!"

"그야 남들까지 끌어들이고 싶지 않다고 그랬으니까. 강사님도 있었고."

유리 페인팅 체험 땐 충분히 배려해 줬잖아? 라고 말하는 목소리가 들리는 것 같다.

에잇, 생색내기는!

신이 난 아야가 귀엽게 윙크.

"마리카가 따분해 보이면 내가 즐겁게 만들어 줄게."

"협박이잖아?!"

이, 이 녀석…….

일단 신중하게 물어보았다.

"……다시 말해, 내가 계속 즐거워 보이면 아야는 손대지 않겠다는 뜻?"

아야는 스마트폰을 턱 아래에 대고서 음—, 하더니.

"그러면 더 즐겁게 해주고 싶어질지도."

"이리저리 갖다 붙이긴……!"

아무래도 오늘의 하이라이트라 할 수 있는 장소는 수학여행에서도 손꼽히는 난관이 될 것 같았다. 보통 수학여행에 난관 같은 건 없는 게 정상인데!

비세자키 수족관은 오키나와 관광 명소로 유명한 수족관이다.

역시 유명한 만큼 규모도 어마어마했다.

입구에 들어서자마자 거대한 수조가 맞이해 준다. 수조 안에는 수많은 열대어가 유유히 헤엄치고 있었다.

어슴푸레한 수족관 안에 멈춰 서서 수조에 얼굴을 바짝 가까이 가져갔다.

"오오……. 봐봐, 아야, 정말 예뻐."

다른 애들을 먼저 앞서 가게 만들 생각으로 나는 여기서 잠깐 시간을 때운 다음 돌아다닐 작정이었다. 하다못해 우리 학교 애들한테만은 들키지 않겠다는 방어책이다. 의미가 있을지는 모르겠지만…….

아야도 내 옆에 나란히 서서 수조에 손가락을 댔다.

유리에 비친 그 옆모습이 너무나도 예뻐서 저도 모르게 가슴이 두근거렸다.

말없이 가만히 있을 때의 얼굴이 정말로 예쁘다……. 내용물이 엄청난 변태라고는 도저히 생각할 수 없다……. 단정한 이목구비의 아름다움도 그렇지만, 무엇보다 눈을 뗀 순간 수조 너머로 넘어가버릴 듯한 덧없는 분위기가 내 시선을 사로잡는다.

그치만 내용물이…… 내용물이 그 모양인데……. 얘의 미모는 대체 뭐야. 얼마나 신에게 사랑받아야 이런 미소녀가 태어나는 거야.

"나, 나는 어쩐지 물고기가 좋더라."

아야한테서 시선을 돌리기 위해, 반쯤 억지로 의식을 물고기에게 돌렸다.

"그랬구나. 어떤 점이?"

"그치만 뭔가 굉장하지 않아? 생김새라거나. 개나 고양이와는 전혀 다른 모습을 갖고 있고, 바닷속에서 생활할 수 있잖아. 엄청나지? 물고기. 게다가 맛있지."

"맛있다는 점은 동의하지만."

아야가 웃었다.

"좋아한다고 말한 다음 바로 먹는 얘기가 나오는 건 뭔가 이상하지 않을까."

"그렇지 않아. 아야는? 물고기 좋아해?"

"음…… 좋은지 싫은지 그다지 생각해 본 적 없을지도."

"눈앞에 이렇게 잔뜩 있는데. 그런 소릴 하면 물고기가 상처

받아.”

“괜찮아. 이렇게 눈에 띄는 곳에 놓인 수조 속에 있는 애들이니까. 말 그대로 프로거든. 고작 그런 말에 상처 입을 정도로 여린 마음은 진즉에 없어졌어.”

“그런가……. 일이라는 건 참 힘들겠네…….”

시시껄렁한 이야기를 주고받는 사이에 인구 밀도가 낮아졌다. 이걸로 우리 페이스대로 천천히 수족관 안을 걸어 다닐 수 있으려나…… 싶었는데.

“윽.”

“왜?”

“아니…….”

주변에 사람이 없어졌다는 건, 이때다 싶어 스위치를 켠다는 뜻 아닐까 해서…….

하지만 아야에게 그런 기색은 없었다. 돌아보는 시선에 아직 음흉한 의도는 파편조차 보이지 않는다.

경계하며 말했다.

“찬스! 라고 생각하는 거 아닐까 해서…….”

“물고기를 구경하는 중 아니었어?”

“아니, 그건 맞는데.”

아야가 작게 한숨을 쉬었다. 뭔데.

“있잖아, 마리카. 처음 온 수족관에서 마리카가 집중하며 수조를 구경하고 있는데 방해하는 짓은 안 해. 나는 마리카의 추억을 소중히 하고 싶으니까. 플레이는 플레이, 견학은 견학. 분

별력이 없어선 안 되잖아."
"그럼 지금 당장 이걸 떼달라고!"
뭘 상식적인 사람인 척 말하고 있어!
아야는 눈썹 하나 까딱하지 않고, 씩씩대는 나를 돌아보았다.
"그래서, 구경은 끝났어?"
"그래, 끝났다 끝났어! 다음 수조로 가자!"
"오케이."
그 순간, 아야가 스위치를 켰다.
히약……!
고꾸라질 뻔했다.
"앗, 자, 잠깐."
미약한 진동 하나만으로도 몸이 생각대로 움직이질 않는다. 확실히 이래선 느긋하게 수족관을 즐길 수 없다.
"다음 수조로 가기 전까지만."
"대체 뭐냐고, 진짜—."
몸을 숙인 내 손을 잡아당겼다. 으으으으…… 스치고 있어…….
다음 수조 앞에 도착하자 아야가 스위치를 껐다. 스위치를 켜는 건 수조에서 다음 수조로 넘어가는 짧은 통로 도중에서만인가 보다.
곰치가 있는 수조 앞에서 잠깐 휴식. 나는 거칠어진 호흡을 가다듬었다.
"……이건 이것대로 느긋하게 수조를 구경할 시간이 없는데."
불만을 토하자 아야는 미소를 지었다.

"걱정 마. 재촉하지 않을 테니까 마리카가 원하는 만큼 구경해도 돼."

"이 극 사디스트 변태 악당 같으니……!"

"후후. 왠지 마리카한테 욕설을 듣는 것도 오랜만이네."

"왜 기뻐하는 거야, 대체 왜!"

정말이지! 밤이 되면 두고 보라고!

아야가 가장 부끄러워할 만한 짓을 해줄 테니까!

마음속으로 외쳐 보았지만, 현실의 나는 캥캥 짖기만 하는 꼬리 만 개나 마찬가지.

"이런 기분으로 느긋하게 수조를 구경할 수 있을 리 없잖아……!"

아야가 즐거운 듯이 눈꼬리를 접었다.

"그러면 지금 수조를 보고 있지 않다는 뜻?"

"어? 아니——."

또 진동이 밀어닥친다. 이번엔 아까보다 컸다.

아야한테 희롱당할 때처럼 눈꺼풀 안쪽이 번쩍거린다. 의식이 끌려가 수조에 손을 짚고 말았다. 허리가 움찔 튀어 올라 눈을 감고 버텼다.

"아야…… 안 돼……."

그만둬 주지 않는다.

진동은 강하게, 점점 강렬해져 간다.

그 진동은 마침내 평소 아야가 내게 해주는 수준의 자극을 넘어서 한층 더 강해졌고…….

그리고, 분명 일정 수준을 넘어섰던 자극이 갑자기 슬쩍 약해지더니 정말 기분 좋은 수준으로 딱 고정되었다.

"어떻게."

영문을 모르겠다. 어떻게, 어떻게 아는 거야.

분명 내 반응을 살피고 있는 거야. 아야만이 아는 내 사인이 있고, 절대음감을 가진 사람이 사이렌의 음계를 알아맞히는 것처럼, 딱 적당한 진동으로 강도를 조절하는 거야.

"안 돼, 안 되니까, 아야…… 정말로 안 되니까……."

도저히 서 있을 수 없을 것 같아서 다리가 후들후들 떨리기 시작했다.

이대로라면, 밖인데, 이상해져 버려……!

진동이 멎었다.

아야의 손바닥이 뺨에 닿았다. 위를 올려다본다. 눈이 마주쳤다.

너무 세게 눈을 감아서 눈물이 그렁그렁해진 나를 보며, 아야가 자극당한 듯이 미간을 찌푸렸다.

"……기분 좋았어? 마리카."

"그럴, 리가……."

"정말로?"

앗, 하고 제지할 틈도 없었다. 옆에 선 아야가 몸으로 벽을 만들면서 손을 뻗은 것이다. 내 치마 속으로.

겉면을 쓰다듬었을 뿐이다. 그런데, 그런데…….

만져 보면 일목요연할 수밖에 없다.

"젖어있네, 마리카."

"………아, 아니야."

반사적으로 고개를 저었다. 그건 실질적으로 아무 말도 하지 않은 것만큼이나 의미 없는 행위였다.

"그렇게 좋았구나? 이 장난감. 남들 앞에서 당하는 게 좋아? 아니면……."

아야가 귓가에 얼굴을 가까이 가져가며 웃었다.

"남들 앞이라도 내가 해주면 이렇게 되는 거야?"

"……읏."

아야가 치마 속 허벅지를 손가락으로 쓸었다. 그것만으로도 방금의 진동만큼이나 내 몸이 떨렸다. 스니커즈를 신은 발가락이 꾹 오므라진다.

애타는 쾌락과 함께, 마음속 문까지 서서히 비집어 열리는 듯한 기분이었다.

앞으로 얼마나 더 만져지면 말해선 안 되는 것까지 말해버리게 될까. 모르겠다. 나는 나 자신을 조금도 신용할 수 없었다.

"마리카, 귀엽네."

물고기가 우는 듯한 목소리(울지 않지만)로 신음했다.

"……시끄러……."

뒤에서 누군가가 지나갔다. 수조에 손을 짚고서 몸을 지탱하고 있는 나는 아직 아슬아슬하게 수상한 사람으론 보이지 않을 거야…… 아마.

"사랑해, 마리카."

"…………싫다니깐……."

여기가 수학여행 도중인 수족관이 아니라 단둘뿐인 호텔이었다면 나는 지금 당장이라도 아야한테 안겼겠지.

그 정도로 내 몸은 확실히 달아올라 있었다.

아야는 전부 알고서 이러는 거다.

"아야, 성격 나빠……."

반쯤 감은 눈으로 있는 힘껏 노려보았지만, 완전히 후끈 달아오른 지금의 나로선 효과가 절반도 나오지 않는다.

스마트폰을 흔들며 오히려 나를 도발하는 아야.

"맞아, 미안해. 내가 성격이 나쁜 탓에 마리카는 솔직하게 기분 좋아지고 싶은데 전혀 그럴 수 없어서 괴로운 거지. 애태워서 미안해, 마리카."

"그런 뜻이, 아니라……."

점점 내가 왜 아야한테 화를 내고 있는지를 알 수 없어진다.

시야가 흐릿해지고, 주변의 소음이 귀에서 멀어져 간다. 아야의 말만이 전부 진실처럼 들리기 시작했다.

"자, 마리카. 다음 수조를 구경하러 갈까. 걸을 수 있어? 부축해 줄까?"

"됐어, 괜찮아……."

아야의 손을 뿌리치고, 무리해서라도 똑바로 섰다.

그러자 다시 아야가 스위치를 켰다. 으읏, 큭……. 이번 자극의 단계는 약함. 머릿속의 내가 위윙위잉위잉…… 하고 진동음을 읽어 내린다.

양다리를 움직일 때마다 이물이 팬티 속에서 피부를 스치는 감각이 커져서 그것만으로도 무책임하게 느껴버릴 것 같았지만.

이건 이제 아야가 내민 도전장이나 마찬가지다.

나는 절대로 내가 먼저 애원하지 않을 거야.

지고 싶지 않아. 뭐에 지고 싶지 않은데? 라고 물으면 그야 아야라든가, 나 자신에게라든가……. 뭐에 고집을 부리는 건지도 잘 모르겠다.

반쯤 기듯이 걸어서 다음 수조로. 스위치가 꺼졌다.

“예쁘네. 여기는 오키나와의 바다를 재현한 걸까?”

“…………그럴지도.”

내가 사나운 개처럼 으르렁대자 아야는 고개를 갸웃거렸다.

“어라, 마리카. 수족관이 별로 재미없어?”

“그런 건 아니지만! 내가 따분하지 않도록 배려해 줘서 그것 참 고맙네요!”

“괜찮아. 나도 즐거워서 하는 거니까.”

“그야 그렇겠지!”

지금 당장 아야의 뺨을 쭉 잡아당겨 끌고 다니고 싶다. 그러면 저 새치름한 예쁜 얼굴도, 조금은 내 취향에 맞는 꼴사나운 모습을 보여줄 텐데.

“다른 애들은 이제 거의 다 먼저 가버린 모양이야. 잘됐네.”

“……잘됐다니, 뭐가?”

“둘이서 천천히 수조를 구경할 수 있잖아.”

시치미 떼긴…….

오히려 사람이 있으면 아야는『주변 애들한테 들키지 않을 것』이라는 약속을 지키기 위해 자유롭게 스위치를 켤 수 없게 될 텐데.

지금부터라도 뛰어서 애들을 따라잡을까? 그러다 만약 팬티 속에 있는 게 떨어져 버리면 수습할 수 없을 테고…… 애초에 다리를 크게 움직이는 것조차 지금은 힘들어…….

"자, 그럼 다음 수조네. 저것 봐, 해파리가 가득한 구역이래."

"으응…………."

결국 나는 이대로 송곳니와 뿔과 날개가 돋아난 즐거운 기색의 악마, 아야에게 계속 수족관에서 농락당할 운명…….

이라고 비관적인 생각에 잠겨 있었을 때.

아야가 스마트폰을 보더니 "아" 하고 소리를 냈다.

"미안, 마리카. 버스에 충전기를 두고 와서 가지러 다녀올게. 여기서 기다려줘."

"어?"

멍하니 있는 바람에 바로 반응할 수 없었다.

"엇, 잠."

잠깐, 이라는 말이 채 끝나기도 전에 아야는 재빠르게 떠나버렸다.

문제는 **지금이 이동 중**이었다는 것.

그건 즉, 내 팬티 속에서 아야가 두고 간 선물이 여전히 계속 진동하며 자신의 존재감을 뽐어내는 중── 이라는 뜻.

"거짓말이지……."

사태를 파악함과 동시에 피가 싸늘하게 식는 듯한 감각이 나를 덮쳤다.

그치만 이런 건……. 어, 무리, 무리무리…….

"잠깐, 싫엇."

무심코 치마를 꾹 누를 뻔했다.

진동이 한층 강해졌다. 아야가 신호가 닿는 범위인 30미터 밖으로 나가버려서 컨트롤 불가능한 상태가 된 걸까. 읏, 뭐야 그게, 위험해.

"무리……."

이, 일단 아야가 돌아올 때까지 어떻게든 버텨야 해…….

나는 통로 가장자리로 이동해, 벽을 따라 사람이 적은 구역으로 피신했다.

다행히도 수족관은 에어컨이 웅웅거리는 소리로 가득해서 진동음이 밖으로 새어 나가진 않을 것 같다.

그럴 텐데……. 자신의 존재를 주장하는 그 소리가 나에겐 귀가 아플 정도로 크게 울렸다. 이게 골전도라는 거야……?

푸른 빛이 깜빡이는 어슴푸레한 수족관에서 스쳐 지나가는 학생들이나 일반 관광객들 모두가 나를 쳐다보는 듯한 느낌이 든다.

위험해, 위험해 위험해 위험해…….

누군가한테 추궁당한다면 변명할 말도 없다. 그럴 리가 없는데, 수상한 사람 취급을 받아 경비원이 말을 거는 상상이 내 머릿속을 가득 채웠다.

그런 건 절대 안 돼…….

커밍아웃 수준이 아니야. 대참사다.

어두운 곳으로 가서 어떻게든 벽에 손을 짚었다. 아야한테 지금 위치를 전송. 아야가 돌아올 때까지 참자. 괜찮아. 참을 수 있어, 분명……. 기분 좋은 거 안 돼, 참자, 참자…….

뭔가 다른 생각을 해서 신경을 분산시키자.

아야 생각은…… 안 돼. 역효과가 날 거야.

그래, 사람들한테 돌릴 여행 선물. 여행 선물은 마지막 날 국제 거리에서 한꺼번에 살 생각이지만, 지금 이럴 때 목록을 만들어 둘까. 엄마한테는 정석적으로 과자를 드리자. 이모는 뭔가 재밌을 것 같은 굿즈를 사달라고 그랬다. 순 억지다.

그 외에는 아르바이트 직장에도 돌리자. 패밀리 레스토랑이랑 바에. 바 사람들한테는 무슨 선물이 좋을까. 뭘 줘도 귀찮아할 것 같지. 그러면 아예 웃긴 쪽으로 가볼까. 국제 거리에는 돈키호테도 있는 모양이고……. 어, 그러니까, 으음……. 읏, 아아……. 으으…… 이런, 로, 로터라거나……?

안 되겠어. 무슨 생각을 해도 마지막엔…… 하반신의 자극 쪽으로 의식이 끌려가…….

으으으, 이젠 싫어. 빨리 돌아와 줘, 아야…….

그러지 않으면 나…… 나, 이제…….

"――저기, **잠깐 괜찮아**?"

심장이 멎는 줄 알았다.

벽에 몸을 기대고 있었던 탓이겠지. 컨디션이 안 좋은 줄 알고 말을 건 거야.

으아…….

"아니, 이건, 그게."

변명하려고 돌아보았다. 말을 건 사람은 니시다 레이나였다.

히이이이익……!

나는 사바나에서 티라노사우루스를 만났을 때보다 훨씬 절망적인 기분을 느꼈다.

"마리카……? 뭐 하는 거야, 그런 구석에서."

"자, 잠깐 사람을 기다리느라……. 시, 신경 쓰지 않아도 돼!"

이런 변태 플레이를 하는 걸 레이나한테 들켰다간…… 지, 진짜로 끝장이야……!

입막음을 위해 레이나를 죽인 다음 아야와 함께 시체를 파묻어야 할 상황이 되잖아!

"……? 어쩐지 상태 이상하지 않아? 진짜로 컨디션이 안 좋다거나."

"괘, 괜찮아! 다가오지 말아줘!"

너무 강하게 거부한 탓에, 오히려 레이나가 의심하기 시작했다.

"뭐어? 그런 소릴 할 때야? 레이나 씨가 마음에 들지 않는 건 알지만, 몸 상태가 안 좋은 상황에서까지 그럴 일은 아니잖아—."

불쾌감을 드러내며 다가오는 레이나.

자, 잠깐 잠깐! 이럴 때만 착한 녀석처럼 굴지 말라고!

싫어싫어, 정말로 위험하다니깐!

절체절명이다. 가까이 다가오면 진동음 때문에 들킬 거야!

안 돼 안 돼, 말도 안 돼──!

나는 양손을 앞으로 쭉 내밀었다.

"…………해줘……."

"뭐?"

새빨개진 얼굴, 결연한 눈으로 나는 앞뒤 따질 겨를 없이 레이나에게 호소했다.

"아, 아무도 나한테 다가오지 못하게 해줘!"

"뭐어? 무슨 소릴──."

"내 평온한 학교생활을 지켜준다고 했잖아?!"

레이나가 움찔했다.

"그건, 그렇게 말하긴 했지만……."

"그러면 지금이 바로 그때야! 부탁이야! 응?!"

학교에서 보여준 적 없는 내 필사적인 모습에 레이나는 뭔가 큰일이 벌어졌다는 사실을 이해해 준 모양이다.

"뭔데, 도대체……."

"됐으니까!"

반쯤 짜증을 내면서 레이나는 내게서 등을 돌렸다.

"아— 진짜! 영문을 모르겠네! 잠깐뿐이니까?!"

사, 살았다……!

나와 협정을 맺은 레이나는 파수견이 되어 어둠 속으로 누구도 다가오지 못하도록 막아섰다.

이, 이건 정말로 든든해.

다행이야…… 덕분에 나도 드디어 남의 시선을 신경 쓰지 않고 쾌감에 집중할 수…….

아니! 그게 아니잖아!

그치만…… 아야를 기다릴 뿐이라, 달리 할 일도 없고………….

벽에 쓰러지듯 기대어 양손으로 입가를 막았다.

으으…… 레이나한테 망보게 하고서 뭘 하는 걸까, 나…….

자극이 이성을 먹어 치우려는 것처럼 하반신을 덮쳐 온다.

하아, 하아……. 큰일이야. 이거, 점점 기분 좋아져서……. 이런 곳에서 기분 좋아지면, 안 되는데……. 안, 되는데에…….

하지만 내 잘못도 아닌걸……. 아무리 생각해도 이런 곳에 나를 버려둔 아야가 나빠……. 그래, 나는 피해자야.

애초에 로터부터가 여자애를 기분 좋게 만들려고, 열심히 고안해서 만들어 낸 물건이니까, 그야 기분 좋아지는 게 당연하잖아……. 내가 특별히 야한 애라 그런 건 아닐 거야…….

그렇다면 이제 저항해 봤자, 소용없으니까――.

긴장을 푼 그 순간.

"……읏!"

나는 몸을 떨었다.

아까부터 쭉 한계에 가까웠던 것 같다. 마음을 감싼 두툼한 교복을 벗자, 단지 그것만으로도 쉽사리 가버리고 말았다.

가버렸어…….

으으, 이런, 바깥에서…….

포기했다고는 해도, 죄책감이 천천히 등줄기를 타고 흐른다.

괜찮아, 조금 떨어져 있는 만큼 레이나한텐 들키지 않았어.

나는 조금 안심하고 나서 손수건으로 몸에 흐른 땀을 닦으려고 하다가.

깨닫는다. 진동은 멎지 않았다.

아니…… 어?

그야 당연하다. 오르가슴에 도달하면 끝이라는 건 사람끼리 할 때나 통용되는 배려니…….

로터는 무자비하게 나를 계속 몰아붙였다.

자, 잠깐 기다려, 기다려 기다려……!

이, 이러면……. 나 또…… 흣.

으으으으……. 몸의 커다란 떨림은 멈췄지만, 다리가 잘게 떨려 온다.

싫어, 또……. 가버…… 앗.

우와, 이렇게나 쉽게…….

이거 설마…… 가버리기까지의 간격이 점점 짧아지는 거 아닌지…….

얼굴이 새파래졌다.

……이대로 아야가 돌아오지 않으면 나, 어떻게 되는 거지…….

절정에 다다른 채, 계속 내려오지 못하고, 평생 기분 좋아져서……. 바닥을 더럽히고 그대로 의식을 잃어버리는 거야……?!

싫어싫어, 무리, 말도 안 된다니까!

부탁이야, 아야, 빨리 돌아와 줘, 아야――.

그러지 않으면 또, 기분 좋아져, 버렷…… 읏……!

소리가 멀어져 간다. 빛이 명멸하는 와중, 앞에서 다투는 목소리가 들렸다.

"그러니까! 아무도 통과시키지 말라고 그랬다고! 다른 길로 가 주지 않을래?!"

"그치만 마리카가 여기 있다고——."

아아, 아야의 목소리가 들려.

아야 생각을 너무 해서 환청이 들리는 걸까—— 하고 멍하니 생각하고 있었더니.

……아, 그러고 보니 레이나한테 사람이 못 오게 막아달라고 했던가.

나는 힘껏 숨을 들이쉰 뒤 말했다.

"레이나, 이제 괜찮아……!"

"뭐어?!"

레이나의 옆을 지나 쏜살같이 아야가 달려왔다.

나를 정면에서 끌어안는다.

"마리카."

"으으, 아야아……."

아야의 냄새를 맡자마자, 나는 또 가볍게 가버렸다. 부들부들 떨리는 내 몸을 눈치챈 아야가 눈을 동그랗게 떴다.

"와아……."

그런 다음 귓가에 얼굴을 가져가고서.

"굉장한 표정을 짓고 있네, 마리카."

"누구 때문이라고 생각하는 거야아……."

혀도 제대로 안 돌아가…….

"응, 미안. 착하지 착해, 잘 버텼네."

아야가 스마트폰을 조작하자 드디어 내 하반신을 덮치던 진동이 멎었다. 지금까지 그곳에 있던 게 갑자기 사라지자, 억수같이 쏟아지던 폭풍이 지나간 듯한 기분이었다.

아야는 내 앞에 무릎을 꿇었다. 손수건으로 치마 속을 닦아준다.

"대단해…… 이렇게나 흘러내렸구나."

……으으, 너무 창피해…….

"후후후, 그렇게 기분 좋았어?"

"바보……."

콕, 하고 아야의 이마에 내 이마를 맞댔다. 매달려 있지 않으면 지금 당장이라도 주저앉을 것 같았다.

아직도 다리가, 후들후들거려…….

아야는 내 뺨을 쓰다듬으며 즐겁게 웃었다.

"그래도 쾌락을 견디는 마리카는 아주 귀여웠어."

"바보오……."

투정 부리듯 입술을 비죽이고 나서 문득 위화감을 느꼈다.

응……?

지금 그 말은.

"……설마 아야, 어딘가에서 나를…… 지켜보고 있었다거나?"

아야는 감격한 것처럼 한숨을 쉬었다.

"응, 물론 계속 보고 있었어. 나한테 『빨리 와줘, 빨리 와줘』 하고 애걸복걸하는 모습, 귀엽고 사랑스럽고, 정말…… 최고였어…….”

진심으로 기뻐하는 아야를 보며.

나도 아야가 기뻐하니 무엇보다 기쁘다고——.

“생각하겠냐!”

쾅, 하고 아야의 머리에 박치기를 먹였다. 아야는 “아팟!”하고 비명을 질렀다. 말 그대로 한 방 먹여 줬다. 나도 아프지만!

서로 이마를 누르며 웅크리고 있었을 때, 보다 못한 듯 레이나가 얼굴을 내밀었다.

“레이나 씨한테 망보기를 시키더니, 뭘 하는 거야 너네…….”

뭘 하는 걸까, 그건 나도 알고 싶어…….

나는 1초라도 빨리 이 리모컨 로터를 빼고 싶었지만, 여기서는 빼도 가져갈 방법이 없었기 때문에 결국 뺄 수 있었던 건 호텔로 돌아오고 나서였다.

화장실 세면대에서 꼼꼼히 씻은 다음 비닐봉지에 넣어서 아야에게 돌려줬다. 여행 중에는 그 비닐을 절대 개봉하지 말라고 엄명을 내렸다.

가능하면 버려 주길 바랐지만, 가격이 1만 엔 가까이 한다고 하니……. 큭, 가격을 들으니 마음이 약해져……. 아야 이놈……!

단, 각오하라고.

밤은 내 시간이니까!

* * *

파자마 차림의 아야는 침대 위에 다소곳이 앉아, 여유로운 미소를 짓고 있었다.

"오늘은 즐거웠네."

"……(너야) 그렇지."

나는 이를 악물듯이 대답했다. 그런 짓을 해놓고 네가 즐겁지 않았다면 내 오늘 하루는 최악이었어!

저녁 식사를 마치고, 방 욕실에서 교대로 목욕하고 나니 오후 8시 반. 이르지만 우리는 이미 잘 준비 OK. 그 말은 즉, 싸움의 무대가 갖춰졌다는 뜻이다.

"그래서 뭐 하고 놀래?"

"아야를 창피한 꼴로 만들어 줄 거야……."

"눈이 무서워, 마리카."

그렇게 말하는 아야는 아직 웃고 있다.

어디 한번 덤벼 보라는 듯한 도발적인 포즈로도 보여서, 이미 불타오르던 내 안의 불꽃이 더욱 불똥을 튀겼다.

"떠올리는 것만으로도 아야가 얼굴을 새빨갛게 붉히면서 당장 이불속에 뛰어 들어가 『와아아아악!』 하고 비명을 지르고 싶어질 만한 짓을 해줄 테니까……!"

"그렇구나. 열심히 해 봐."

마치 꼬마애가 『난 커서 우주비행사가 될래!』라고 선언하는 걸 격려하는 듯한 말투다. 열받아.

게다가 무릎을 끌어안고 앉은 아야의 눈은 『뭐, 무리라고 생각하지만』이라 말하고 있었다.

이게—!

……아니지 아냐, 일단 진정해야 해. 내가 발끈하면 아야 생각대로 되는 거야. 『애쓰는구나, 마리카』라는 식으로 비웃음이라도 당하면 온몸의 피가 끓어오를지도 몰라.

나는 마음을 가라앉히기 위해 우선 행동에 나서기로 했다. 파우치에서 리본 2개를 꺼냈다.

"아야, 잠깐 머리 좀 만지게 해줘."

"상관은 없는데."

침대에 올라가 아야의 머리를 묶었다. 드라이어로 꼼꼼히 말린 머리카락은 공기처럼 가벼웠고, 부드럽게 윤기가 흐른다.

높이 머리를 묶으니 눈 깜짝할 사이에 완성. 트윈테일 아야다.

"멋지잖아!"

거울을 보여줬다. 아야는 머리카락을 손가락으로 만지작거리며 미간에 살짝 주름을 잡았다.

"이게…… 창피한 일이야?"

"아니, 그냥 내가 보고 싶었을 뿐이야."

예상대로 아주 잘 어울린다. 예전부터 생각했다. 부드러운 머릿결과 아야의 일본인답지 않은 이목구비는 트윈테일과 궁합이 좋다. 아스타와 비교해도 지지 않는다.

"음…… 뭔가 어색해."

"에이— 그렇지 않다니깐. 익숙하지 않은 스타일이라 어색하게 느껴질 뿐이야. 엄청 귀여워. 어울려, 잘 어울려."

"그러려나."

시선을 이리저리 흔드는 아야는 살짝 쑥스러워 보였다. 노리고 한 건 아니지만 부끄러워하는 트윈테일 아야는 아주 귀여웠으니 만족.

기세를 타기 시작했다. 나는 다음 수를 선보였다.

"짜잔—."

"아이 마스크?"

"맞아. 이동 중에 자야 할 때도 있을까 싶어서 가져왔어. 아야한테 이걸 씌우도록 하겠습니다."

"흐응—, 알겠어. 눈 가리기 플레이 같은 느낌?"

"뭐, 대충 그렇지."

그러자 이번엔 망설임 없이 아이 마스크를 착용했다. 트윈테일은 약간 꺼리는 눈치였으면서 이쪽은 저항감 제로. 아야의 호불호 포인트는 여전히 수수께끼다.

"어때? 아무것도 안 보이지?"

"응, 깜깜해."

나도 산 다음 시험 삼아 써 본 적이 있다. 아무것도 보이지 않는다는 건 검증 완료. 좋아좋아.

이어서 스마트폰으로 적당한 BGM을 틀었다.

"뭐야 그거, 보사노바?"

"뭐, 대강 적당한 걸로 틀었어."

이걸로 오케이다.

나는 아야 뒤에 앉아, 내게 몸을 기대게 했다. 아야를 뒤에서

©Wata

끌어안는 듯한 자세.

부드러운 피부. 파자마 천 너머로 아야의 체온을 느낀다.

이제부터 할 일은 나도 조금 부끄럽지만……. 그래도 살을 내주지 않으면 뼈를 취할 수 없으니까…….

“자, 그러면 지금부터 아야의 몸을 만질 건데 아야는 움직이기 없기야.”

“응.”

“그러면서 지금 느끼는 기분을 자세히 설명해 주세요.”

“음…… 그런 플레이?”

플레이라고 하지 마. 맞는 말이긴 하지만.

“자, 시험 삼아 해볼게.”

끌어안고서 아야의 예쁜 형태를 가진 머리를 쓰다듬었다.

“마리카가 머리를 쓰다듬어 주고 있어.”

“그건 그냥 실황 중계잖아. 그게 아니라 지금 느끼는 기분을 말로 해봐.”

아야는 조금 생각하더니 입을 열었다.

“……마리카가 머리를 쓰다듬어 주면 기분이 좋아. 햇살 냄새가 나는 목욕 수건으로 머리를 닦아주는 것 같아.”

“좋잖아, 그 느낌이야. 그러면 본격적으로 가볼게.”

“본격적이라니. 야하네.”

“쓸데없는 말은 안 해도 돼!”

나는 뒤에서 아야의 가슴으로 손을 뻗었다. 까슬까슬하고 단단한 감촉.

"브라 차고 있네."
"누가 올지도 모르니까."
"벗길게."
대답은 듣지 않고 브래지어의 후크를 풀었다. 어깨끈을 내리고 팔을 빼게 한다. 남색 레이스가 달린 브래지어가 스르르 떨어졌다.
"이걸로 아야의 가슴은 내 것."
"마리카 가슴은 내 거야?"
"그건 아니거든?"
아야의 허튼소리를 흘리고서 가슴을 양손으로 감쌌다. 툭툭 흔들어 보자 나보다 크고 부드러운 가슴의 볼륨감이 손바닥에 느껴진다.
"어때?"
"마리카가 가슴을 만지고 있어."
"떽."
"조금 간지러우려나. 그것 말곤 딱히."
"아, 그래."
아야의 새침한 태도를 일일이 따질 필요는 없다. 밤은 이제 막 시작됐으니까.
나는 한동안 아야의 가슴을 흔들며 즐긴 뒤, 잠옷 안에 손을 넣었다.
조금은 난폭하게 하는 편이 지금 누가 위고 아래인지 깨닫게 해줄 수 있지 않을까, 하고 생각하면서도 우선은 표면을 어루만지기로 했다. 손끝에서 느껴지는 감촉이 기분 좋다.

"아야."

"……마리카의 손, 따뜻하네. 목욕을 마친 참이라 그런 걸까."

"그럴지도 모르겠네."

이 타이밍에 가슴 끝부분을 꾹 꼬집었다.

그러자 아야의 몸이 움찔했다.

"지금은?"

"……찌릿했어."

"좀 더 구체적으로—."

짓궂은 말투로 아야를 재촉했다.

그러는 동안에도 가슴 끝부분을 짜내듯이 손가락으로 계속 문질렀다. 뿌리부터 꼭대기까지 반복해서 스윽스윽. 반복해서 스윽스윽.

음악이 흐르는 방 안에서 아야는 달뜬 숨을 흘렸다.

"응……. 마리카가 가슴을 만져주는 거, 기분 좋아……. 두근거리고, 가슴이 꾹 죄어와서…… 그런데 자극이 부족해서…… 더, 더 많이 만져주길 바라게 돼……."

눈을 가린 아야의 목소리가 너무나도 요염해서 나도 모르게 마른침을 삼켰다.

나까지 두근거려…….

"……끝부분, 엄청 딱딱해."

"응……. 마리카가 만져주고 있으니까. 서서히 기분 좋은 부위가 넓어져서, 애타는 열기가 점점 쌓여가는 느낌……."

"그 기세야."

나는 긴장한 걸 들키지 않으려고 짤막하게 말했다.

"한동안 계속 가슴을 만져줄게. 기쁘지?"

"……응, 마리카가 해주는 거니까."

그 마음은 나도 이해한다. 가슴 같은 건 스스로 만져봤자 별로 감흥이 없지만…… 아야가 해줄 땐 전혀 다르다. 그것 자체로도 충분히 기분 좋고 행복해진다.

"있잖아, 아야."

나는 눈이 가려진 아야의 미세한 변화를 일일이 지적했다.

"어쩐지 조금씩 다리가 벌어지고 있는데. 만져줬음 좋겠어?"

아야는 끄덕, 작게 고개를 끄덕였다.

나는 "안 돼"라고 말했다.

"똑바로 말로 해줘."

"…………가슴만 계속 괴롭히면 애달픈 기분이 드니까. 좀 더 세게 해주길 원해."

나랑 한 약속을 지키며 솔직히 대답하는 아야.

그런 그녀가 사랑스러워서 절로 머리를 쓰다듬게 된다.

"좋아, 벗겨줄게."

허리를 든 아야의 반바지를 끌어 내렸다. 새하얀 다리가 드러난다.

팬티는 화관을 장식한 듯한 고급스러운 하얀 속옷.

먼저 허벅지를 쓰다듬으며 그 감촉을 만끽한다. 매끈매끈해서 속에 착 감기는 듯한 감촉. 적당한 탄력이 있어서 지나치게 부드러운 가슴보다 오히려 안심되는 감촉이다.

손바닥이 연이어 위아래로 왕복했다. 하지만 아야의 팬티 근처까지 갔다 싶으면 U턴. 허벅지 전체를 어루만지며 아야의 흥분을 고조시켰다.

아야는 내가 말하지 않아도 알아서 입을 열었다.

"마리카한테 다리를 만져지니…… 후우…… 허리가 움직여 버려……. 손길이 부드러워서, 애태우는 건가 싶어서……. 그런데 그것도 기분 좋아서……."

"……애태우는 게 기분 좋아?"

아야는 끄덕끄덕 가볍게 고개를 위아래로 움직였다.

"응……. 왜냐하면 이다음에 잔뜩 기분 좋은 거를, 해줄 거라고, 생각하니까……. 천천히, 안달 나게 만드는 것도, 싫지 않아……."

"아야는 극 사디스트인 것뿐만 아니라 꽤 마조 성향도 있구나."

그 말에는 대답하지 않았다. 뭐 상관없지만.

"해줄까, 아야."

팬티 가장자리를 손가락으로 덧그린다. 아야의 허리가 움찔움찔 튀어 올랐다.

"해주길, 원해……."

조르는 말에 오싹오싹한 기분을 느끼며 입꼬리를 올렸다.

"좋아. 하지만 말이지——."

그때, 초인종이 울렸다.

(……어?)

후와 아야는 몸을 굳혔다.

손님이 왔음을 알리는 초인종이 울렸으니까.

뒤에서 마리카가 일어섰다.

"네— 지금 나가요."

마리카가 침대를 내려가 문 쪽으로 간 모양이다. 눈이 가려져 있고, 움직이지 말라는 당부를 들은 아야는 들리는 소리로 짐작할 수밖에 없다.

(누군가랑 미리 약속했던 걸까……?)

그렇다면 마리카와 즐기는 밤의 행위는 여기까지인가.

한창 달아올라 있었던 참이었던 만큼, 몹시 아쉬운 기분이지만…….

"아, **그거 벗으면 안 돼**, 아야."

"어?"

아이 마스크에 손을 대려고 했을 때 마리카가 주의를 줬다. 하지만, 그랬다간…….

침대에 앉아 노브라로 아이 마스크를 쓴 상태. 게다가 하의는 팬티 한 장. 이 모습을 누군가에게 보여주게 되는 거다.

(그건, 좀…….)

마리카의 말에 강한 저항감을 드러내기도 전에 문이 열리는 소리가 났다.

"자, 들어와 들어와. 하지만 소리는 내면 안 돼."

(어, 어어……?)

마리카가 방에 누군가를 불러들인 것 같지만…….

음악이 틀어져 있어도 이 정도는 알 수 있다. 달리 누군가의 기척은 느껴지지 않는다.

(이건…… 그런 뜻이야?)

마리카는『아야가 가장 부끄러워할 만한 짓을 해주겠어!』라고 호언장담했다.

솔직히 방금까지의 애무는 눈이 가려진 상태라는 점에선 부끄럽긴 했지만, 그 정도까진 아니었다. 자기가 느끼는 기분을 솔직히 말로 하라는 것도 마찬가지다.

하지만 만약 이 행위를 제삼자가 보고 있다고 한다면…….

마리카가 돌아왔다.

"아야. 유메랑 치사키가 왔지만 아까 말한 건 그대로 지켜줘. 제대로 기분 좋게 해줄 테니까 안심해."

"하지만, 마리카……."

마리카는 아야의 몸을 아까와 똑같이 뒤에서 끌어안았다.

(그렇게 말해도…… 아무도 들어오지 않은 거지? 그야 아무 소리도 안 나는걸.)

귀를 기울여 봐도, 들려오는 건 스마트폰 BGM뿐. 누구의 숨소리도 느껴지지 않는다. 전부 마리카의 연극이다. 알고 있다. 나를 창피하게 만들기 위한…….

마리카가 아야의 허벅지를 붙잡았다.

"자, 아까처럼 다리 벌려. 왜 오므리고 있어?"

"읏…… 그야 그 정도쯤은."

그래, 별거 아니다. 여기 있는 사람은 자신과 마리카뿐.

그러니 방금과 아무것도 달라지지 않았다.
마리카는 아무도 없을 공간에 말을 걸었다.
"둘 다, 잘 봐둬. 아야는 평소엔 쿨하고 어른스러워도 이런 걸 할 땐 엄청 귀엽거든."
그 목소리는 마치 정말로 앞에 있는 누군가한테 말을 건네는 것 같아서 대단한 연기력이라는 생각이 들었다.
그런데 단지 그것만으로도――.
"하읏."
마리카의 손이 갑자기 팬티 중앙을 쓸어 올렸다. 깜짝 놀라서 소리가 나와 버린다.
"아―야―."
놀리는 말투의 마리카.
"귀여운 소리 내버리고."
"……그렇지 않아. 지금은 그냥 놀랐을 뿐."
"그렇지 않잖아, 아야."
마리카의 손가락이 이어서 팬티를 문질렀다. 그곳이 젖어 있다는 걸 아야 스스로도 깨닫고 만다.
"자, 말해봐. 어떤 기분?"
"…………기분 좋아."
"더 자세히 말해야지."
이유는 알 수 없었지만 입이 잘 떨어지지 않는다. 머리로는 알고 있을 텐데도.
"마리카의 손가락이 왕복할 때마다 기분 좋은 부분을 스쳐서……. 아까보다 훨씬 강한 자극이 찌릿찌릿찌릿, 등골을 타고 올라가는 느낌……."

"그래그래, 그런 식으로."

(이건…… 상당히 부끄러워…….)

마리카는 규칙적으로 손가락을 상하로 움직였다. 팬티 위에서 눌려서 기분 좋지만…… 그 아슬아슬하게 아쉬운 미묘한 쾌감은 아야의 이성을 녹여버릴 정도까진 이르지 못한다.

그래서 여전히 수치심을 떨쳐낼 수 없었다.

"기껏 목욕했는데 이래서는 얼룩이 생기겠네."

(……그렇게 만져대면, 그럴 수밖에 없다고…….)

마음속으로 마리카를 비난한다. 자기도 로터로 질척질척해졌으면서.

"그럼, 이것도 벗겨줄게."

"앗."

잠깐── 이라고 외치는 것보다 빠르게, 마리카의 손이 팬티를 끌어 내렸다.

"──읏."

온몸의 피가 확 달아올랐다.

새삼 마리카한테 보여주는 건 신경 쓰이지 않는다…… 라고까진 말하지 않더라도 전보다는 훨씬 익숙해졌다고 생각한다. 하지만, 그런데도.

"이런 건, 안 돼……."

마치 울음이 나올 것 같을 정도로 애절한 목소리가 새어 나왔다.

"왜? 괜찮잖아. 아야의 귀여운 부분, 잔뜩 보여주자."

아야는 작게 고개를 가로저었다.

마리카에게 뒤에서 끌어안겨 다리가 벌려지고……. 공기에 노출된 부분이 너무나도 조마조마해서 불안감이 아야의 몸에 스며든다.

"자, 기분 좋게 해줄 테니까."

드디어 마리카가 아야의 민감해진 곳을 직접, 짓누르듯이 만졌다.

"응읏……."

애타게 기다려 오던 예리한 쾌감이다. 하지만 지금의 아야로선 그걸 순순히 즐길 여유가 없었다. 그치만 **만약 정말로 누군가 보고 있다면**――.

"너무 큰 소리 내면 안 돼, 아야. 옆방에 안 들리게 해야지. 그래도 어떻게 느끼고 있는지는 똑바로 말로 해줘."

"마리카아……."

손가락을 깨물어 억지로 목소리를 죽일 수도 없다. 움직이는 건 금지였다.

(부끄러워…….)

흥분과 공포에, 아플 정도로 가슴이 두방망이질 친다. 취기와도 같은 감각이 발끝까지 퍼졌다.

존재하지 않을 시선이 아야에게 꽂혔다. 유메는, 치사키는, 요즘 드디어 친해졌다고 생각한 두 사람은 아야를 대체 어떤 눈으로 보고 있을까.

곤혹. 냉소. 경멸. 실망.

(싫어…… 이건 그게 아니야…… 그런 게 아냐…….)

그런데도 가슴이 아프면 아플수록 아야는 어두컴컴한 기쁨에 휩싸여 간다.

(마리카한테 당하는 모습을 보여서…… 나, 이런 거, 엄청 창피한데…….)

마리카의 손가락이 격렬함을 더한다.

손놀림은 난폭해서 오로지 아야를 기분 좋게 만들기 위한 폭풍 같았다.

얼마 전까진 아야가 일방적으로 마리카를 기분 좋게 해주기만 했는데, 이젠 마리카도 아야의 약점을 똑똑히 알고 있다. 마리카는 워낙 요령이 좋으니까.

마리카가 아야의 귀를 달콤하게 깨물었다.

"말해봐, 자. 두 사람한테 잘 들리도록."

"기, 기분 좋아…… 기분 좋아……. 마리카의 손으로 아주 질척질척해져서……. 계속, 계속 엄청 기분 좋아서……!"

"더 말해. 멈추지 마."

"점점 한계가 다가와…… 아앗, 안 돼, 이런 거, 마리카 말고 다른 사람한테, 보이면…… 읏. 싫어……!"

"아야, 좋아해, 아야."

"나도…… 좋아해…… 마리카를 정말 좋아해……. 아, 아, 아앗, 이제, 안 돼 안 돼, 안 돼애…… 읏!"

긴장으로 팽팽해져 있던 아야의 몸이 단숨에 탁 풀리며 터져

나오듯 떨렸다. 아이 마스크 아래에서 눈이 꽉 감기고, 그 어둠 속에서 새하얀 빛이 흩어진다.

뒤에 남은 건 차분한 BGM과 격렬한 숨소리.

그리고 그런 아야를 뒤에서 끌어안은 마리카의 온기.

"가버렸구나, 아야."

"……하아…… 하아……."

"보여주는 걸로 기분 좋아지다니, 아야는 정말 완전 변태."

"…………앗. 마, 마리카."

마리카는 이대로 끝내줄 생각이 없는 모양이었다.

다시 아야의 하반신에 마리카의 유연하고 나긋나긋한 손이 맞닿는다.

"나 이미, 기분 좋아졌는데……?"

"하지만 모처럼 유메랑 치사키가 와줬는데 이걸로 끝내면 아쉽잖아. 나는 더더욱 아야의 귀여운 모습을 보여주고 싶은걸."

"귀, 귀여운 거라면 마리카, 쪽이."

"아야를 부끄럽게 만드는 게 목적이니까 나로선 의미가 없잖아. 밤은 아야 차례."

"나는, 이렇게까진, 안 했어엇."

"이런 건 당하는 쪽이 어떻게 느꼈느냐가 중요한걸."

마리카는 집요하게 여자아이의 약점을 지분거렸다. 낮에 어지간히 화가 났던 거겠지. 평소와는 전혀 다른 끈질김이었다.

몇 번이나 반복해서, 아야는 절정에 이르렀다.

마리카는 만족하고 기분이 풀릴 때까지── 계속해서 아야의 몸을 실컷 탐닉했다.

그리고.

마침내 마리카가 아야의 아이 마스크를 벗겨줬다. 눈에 형광등 불빛이 들어온다.

빛의 고리는 흐릿해서, 뿌연 빛을 내뿜고 있었다.

"저기."

정면에 있던 마리카는 어딘가 서먹서먹하게 미안한 듯이 입을 열었다.

"조금 심했나, 싶었거든……."

"…………."

"아."

눈치챈 마리카의 몸이 굳었다.

아야의 눈꼬리에 눈물 자국이 있었다.

"미, 미안, 아야. 누가 보고 있었다는 건 거짓말이니까! 아무도 안 왔으니까!"

멍한 채로, 아야는 마리카를 마주 보았다.

마리카는 몹시 당황하고 있었다.

"봐, 나는 항상 아야한테 부끄러운 꼴을 당하니까, 그래서 아야한테 조금 따끔한 맛을 보여주려고…… 구경거리가 되는 쪽이 되어 보면! 아야도 내 기분을 이해하지 않을까 해서!"

빠른 어조로 말을 쏟아내는 마리카에게 아야는 꾸벅 고개를 숙였다.

"아, 응……. 그건 알고 있었는데."

"뭐?"
어리둥절해하는 마리카.
"그럼, 왜 울고 있었어……?"
아야는 손등으로 얼굴을 문지르며.
"어, 그야 기분 좋았으니까."
"………………."
마리카가 입을 다물었다.
하아, 하고 아야는 뺨에 손을 대고서 한숨을 흘렸다.
"가끔은 강압적인 마리카도 좋네……. 나를 기분 좋게 해주려고 이렇게나 열심히 생각해줘서 고마워. 부끄러움도 멋진 조미료가 돼서 좋았어. 다음에 또 하자."
미소를 지었다.
그러자 마리카는 힘이 쭉 빠져선, 역정을 내듯 소리쳤다.
"이러면 그냥 무적이잖아!!"

＊＊＊　＊＊＊

나는 무력감을 느끼고 있었다.
마음을 독하게 먹어야 한다고 생각했다. 그러지 않으면 나는 평생 아야한테 리모컨 로터를 부착당하는 인생이 될 거라고.
그래서 내가 맛봤던 치욕을 아야한테 마음이 풀릴 때까지 되갚아 줄 요량으로 엄청나게 악랄한 계책을 준비했는데…….
그랬는데!

아야는 만족스럽게 웃으며 『다음에 또 하자』라고 말하는 게 아닌가.

멘탈이 장난 아니다. 대체 뭔데? 친구한테 치태를 보였을지도 모르는데 어떻게 그렇게 태연할 수 있는 걸까. 제정신이 아니다.

나는 아야를 이해 못 하겠어…….

하긴, 애초에 거의 대화도 나눈 적 없는 반 친구를 100만 엔에 백 일 동안 사려고 했던 여자니까……. 처음부터 이해할 수 있을 리 없었을지도 몰라…….

내가 연인의 끝없는 변태성에 새삼 질색하고 있었을 때.

스마트폰에는 뜻밖의 애한테서 메시지가 와 있었다.

"히나노—?"

나는 호텔 로비로 내려와 있었다.

행위를 마친 뒤, 왠지 모를 패배감을 맛보며 샤워를 했고……. 뭐, 아야를 기분 좋게 해줄 수 있었던 건 다행이지만…… 그래도 이번 목적은 그게 아니었는데 말이야!

그렇게 몸을 가볍게 씻고 나온 나는 히나노가 메시지를 보낸 걸 깨달았다.

뭔가 상담하고 싶은 일이 있다나. 엥, 웬일이래.

메시지엔 약속 시간과 장소가 지정되어 있었다. 직접 만나서 이야기하고 싶다는 뜻이겠지. 아야한테 허락받고서 방을 나왔다.

아무리 그래도 파자마 차림으로 돌아다닐 수는 없으니 티셔츠

차림. 슬리퍼를 끌며 터벅터벅 로비를 서성였다.

히나노는 호텔 로비 구석 소파에 눈에 띄지 않게 앉아 있었다. 아니, 그 머리 색으로 눈에 띄지 않으려는 건 억지겠지만.

"히나노, 나 왔어."

스마트폰을 보다 고개를 든 히나노. 마찬가지로 막 목욕을 마쳤는지 평소에는 말거나 묶고 있던 머리를 풀어 내렸다.

편하게 걸쳐 입은 히나노의 모습은 처음 보지만 의외로 잘 어울린다.

여, 하고 손을 흔든다.

"미안해, 불러내서."

"아냐, 아직 안 자고 있었으니."

"여자친구랑 그렇게 뜨겁게 불타오르던 참인데."

"마치 직접 본 것처럼 말하지 마!"

제대로 샤워하고 흔적도 지우고 왔으니까!

"그러고 보니 초인종은 뭐였어?"

"그건 뭐, 별거 아닌 여흥이라고 해야 하나……."

참고로 방 초인종을 눌러준 사람은 히나노다. 분명 사소한 건 신경 안 쓸 것 같아서 시간을 지정해 부탁했다.

아니나 다를까, 히나노는 "흐응—"이라고만 말하고, 더 이상 캐묻지 않았다. 나도 여자친구랑 눈을 가린 채 매도하는 수치 플레이로 흥을 냈다는 소리를 굳이 하고 싶지 않아.

"그래서 뭔데? 상담이라고 그랬지. 미안하지만 돈은 없어. 히나노한테 받은 알바비도 수영복을 사느라 사라졌으니까."

히나노는 머뭇머뭇 입을 열었다.
“사실은 마리카가 도와줬으면 하는 일이 있어서.”
더더욱 웬일이냐 싶다.
“도와달라니……?”
“뭐, 사정이 있거든.”
말하기 어려워하는 히나노를 보며, 얘는 혹시 남한테 부탁하는 게 익숙하지 않은 걸까? 하는 생각이 들었다.
“뭔가 모토 같은 게 있는 거야?”
“뭐가?”
“아니 하라주쿠에서 가게 일을 돕는 것도 교환 조건이었으니까. 뭔가 그런 식으로 부탁할 땐 이래야 한다 같은.”
내 얼굴을 보며 히나노가 눈을 깜빡인다.
“있긴 있어.”
“역시나.”
“나는 최강이 되고 싶어.”
“최강.”
뭔가 엄청난 단어가 튀어나왔다.
“인간은 결국 마지막엔 혼자니까. 남한테 부탁하는 게 버릇이 되면 마음이 약해져. 혼자서 살아갈 수 있도록 단련해두지 않으면 나중에 곤란한 건 자기 자신이야.”
수학여행 도중. 초여름의 오키나와 호텔 로비에서 그런 얘길 늘어놓는 조그마한 시라하타 히나노는 마치 항상 무언가와 싸우고 있는 병사 같았다.

히나노는 어깨를 으쓱했다.

"미안, 쓸데없는 얘기였지."

"아니 뭐, 먼저 물어본 사람은 나니까."

게다가, 하고 말을 이었다.

"히나노가 『최강이 되고 싶어』라고 생각하고 있다면 왠지, 힘내, 라는 느낌. 언젠간 될 수 있을 것 같기도 하고."

"그렇구나."

히나노는 무표정인 채 고개를 끄덕였다. 여전히 무슨 생각을 하는지 잘 알 수 없는 얼굴이다.

"그러면 매일 정권 지르기라도 해볼까."

"물리적으로 최강이 되겠다는 뜻이었어?! 그건 무리니까 포기해!"

짤막하고 가녀린 팔로 팟, 하고 공기를 가르는 소리가 날 정도로 날카로운 정권 지르기를 날리는 히나노. 설마 될 수…… 있는 거냐? 너.

"그래서, 최강이 되고 싶은 히나노가 주의 주장을 굽히면서까지 나한테 부탁할 일이라니, 흥미가 생겼어. 수족관에서도 혼자 멋대로 사라졌으면서."

"……달리 방법이 없으니까."

"호오오."

내가 짐짓 으스대듯 고개를 끄덕인 그때.

히나노의 옆에 누군가가 다가왔다.

검은 머리카락을 어깨 어림에서 가지런히 자른, 또래로 보이는 여자애.

"저, 저기요!"

똑바로 나를 향해 말을 걸더니, 심지어 고개까지 꾸벅 숙였다.

"어? 뭐야 뭔데?"

크고 시원스러운 쾌활한 눈매.

위아래로 운동복을 입고 있었고, 성실해 보이는 인상이었다. 여름방학 숙제를 매일 꾸준히 할 것 같은 타입. 틀림없이 우리 학교 학생은 아니다. 하물며 히나노와는 평생 한 번도 말을 섞을 기회조차 없을 것 같은――.

시원스러운 눈동자가 나를 비춘다.

"언제나 히나노 짱이 신세를 지고 있어서…… 그게, 폐를 끼치고 있다면 죄송해요!"

"응……?"

히나노, 짱?

몹시도 위화감이 느껴지는 호칭에 나는 히나노를 보았다.

이런, 평생 한 번도 학교를 땡땡이쳐 본 적 없을 것 같은 여자애와, 매일 학교를 땡땡이치겠다는 선택지가 첫 번째 후보로 떠오르는 히나노가 대체 어떤 관계인 걸까.

히나노가 답지 않게 수줍어하는 태도로 작게 고개를 끄덕였다.

"아…… 응. 얘가 **내 여자친구**."

………………….

뭐어어어어어?! 완전 타입이 정반대잖아!

제 3 장

수학여행 3일 차

시 각	장 소	활동 내용
7:20	아침 식사	○ 조별로 아침 식사
8:30	로비	○ 이날은 호텔 이동 없음
9:00	버스 이동	**학생 집합**
		【조장】점호
		○ 귀중품 주머니 반납
9:30	선택 학습	**각 조 선택 학습**
		○ 사탕수수 수확
		○ 맹그로브 견학
		○ 골프 체험 투어
12:30	버스 이동	**학생 집합**
		【조장】점호
13:00	점심 식사	**호텔 점심**
		○ 조별로 점심 식사
13:40	자유행동	○ 각 조, 사전에 제출한 자유행동 계획표에 따라 행동할 것
18:00	호텔 도착	**학생 집합**
		【조장】점호
		반 열[illegible]
[illegible]	[illegible]	[illegible]
		[illegible]음 [illegible] 확인
		[illegible]점호 후, 담임 보고
23:00	취침	**소등**
		○ 소등 후엔 잡담 금지

마리카 조는 이쪽

여자끼리라니
말도 안 된다고 주장하는 여자애를
백일 동안
철저하게 함락시키는
백합 이야기

여자애가 같은 여자애와 사귀는 경우, 과연 자기와 비슷한 사람을 고를 것인가, 아니면 닮은 부분이 없는 사람을 고를 것인가에 대한 문제라는 게 존재한다. (내가 방금 생각해 냈다.)

예를 들어 유메와 치사키는 많이 닮은 편이다. 성격도 캐릭터도 정반대지만(한 줄 만에 모순), 그렇긴 해도 같은 그룹 친구 사이로 시작된 인연이다. 같이 놀아본 적도 없는 수많은 반 친구들과 비교하면 취미도 가치관도 틀림없이 비슷할 거다.

그 밖에도 나츠미 짱과 하루 짱도 그렇다. 두 사람은 원래부터 배드민턴부 선후배 사이였다. 활기찬 모습을 보면 특히나 닮았다는 느낌이 든다.

흔히들, 자신한테 없는 요소를 연인에게 바라게 된다고 말하는데, 애초에 연인으로 선택받기 위해선 어떤 식으로든 접점, 공통점이 있어야 한다.

그래서 나는 자신과 비슷한 상대를 고른다는 의견을 지지하고 싶다.

뭐, 나랑 아야의 경우엔…… 기본적으로 만나게 된 계기가 평범하지 않았으니 일단 제쳐두고…….

그 생각을 토대로 다시 한번 눈앞의 여자애를 보았다.

"죄송합니다, 자기소개가 늦었죠. 저는 하나자키 미유라고 합니다."

호텔 로비에서. 히나노 옆에 선 여자애는 몹시 정중하게 고개를 숙였다.

키는 나랑 비슷하거나 조금 큰 편. 다만 일본 무용이라도 배운 걸까, 싶은 생각이 들 정도로 아름다운 몸가짐이었다.

……역시 하나도 안 닮았지?!

나는 등줄기를 곧게 편 미유 짱과 그 옆에 구부정한 자세로 나란히 선 여자애를 번갈아 보았다.

"나는 사카키바라 마리카. 그런데…… 지금, 여자친구라고 그랬어?"

"응."

히나노는 쑥스러움을 완전히 떨쳐낸 것처럼 의욕이 담기지 않은 피스 사인을 그렸다.

……흠. 혹시 모르니 재확인하자.

"누가, 누구의?"

"미유가 나의. 또는 내가 미유의."

그렇군.

비슷하냐 아니냐의 문제에 나는 세 번째 이론을 추가했다. 이른바, 오랫동안 사귄 커플은 점점 닮아간다는 법칙이다.

나와 아야는 이쪽에 속한다고 생각한다. 이젠 휴일도, 화젯거리도 대부분 공유하고 있으니까 당연한 얘기겠지만.

그렇군, 그렇다면.

"방금 막 꼬셔서 데려왔다는 뜻인가."

"왜 그렇게 되는데. 소꿉친구라니까."

©Wata

그러고 보니 전에 그런 말을 들었던 것 같기도………… 초등학생 때부터 소꿉친구라고 했던가.

나만의 가설이 붕괴하는 소리를 들었다.

아니, 기다려. 아직 모르는 거야. 히나노도 고등학교 입학 전까지는 미유 짱 같은 느낌이었을 가능성이 있어. 동물이란 뭐든 어릴 때는 귀엽다고 하니까!

내가 억지로 스스로 이해해 보려고 하는 동안 미유 짱이 히나노의 손을 당겼다.

"저기 히나노 짱……. 역시 민폐야."

"걱정하지 마. 마리카는 얼핏 보기엔 골치 아프다는 표정을 짓고 있어도, 결국 이러니저러니 해도 술술 다 받아주는 타입이니까. 그런 취향을 가진 소심수거든."

뭔가 또 내가 모르는 단어가 튀어나왔네.

"부탁이란 건 미유 짱이랑 관련 있는 얘기야?"

"그런 거지. 미유유와 관련이 있다는 건 전 인류와 관련 있는 얘기라는 뜻이기도 하고."

"있겠냐."

미유 짱을 미유유라고 부르는 건가. 아야야(유메가 아야에게 붙인 별명) 같은 식으로 부르긴.

"히나노 짱, 적어도 설명을 제대로 하는 편이……."

"괜찮아. 마리카는 강압적인 걸 좋아하거든. 억지스러운 요구에 싫어하면서도 마지못해 받아주는 데에서 쾌감을 느끼는 타입이야. 총수라는 뜻."

"내가 도와주길 바라는 거야 아닌 거야 어느 쪽이야?!"

지금 상황에서 나를 놀려봤자 이득이 없겠지! 히나노가 손해득실을 따지면서 인생을 사는 애는 아니라는 건 잘 알지만!

히나노와 얘기해 봤자 진전이 없다. 나는 겉보기엔 일단 멀쩡해 보이는 애한테서 사정을 듣기로 했다.

"미안, 미유 짱. 설명을 부탁할 수 있을까."

"네."

미유 짱은 똑 부러지게 고개를 끄덕인 뒤, 똑 부러지게 설명해 주었다.

히나노한테 들었다면 8시간쯤 걸렸을 법한 앞뒤 사정을 2분 만에 정리해서 얘기해 준 미유 짱.

미유 짱은 다른 학교 학생이고, 고등학교 3학년. 오키나와에 온 이유는 배드민턴 합숙 때문이라고 한다. 내일 하루는 자유 시간이라, 히나노가 그러면 같이 하루를 보내자고 미유 짱에게 권했다는 모양.

"그래서 호텔에 왔는데요, 역시 다른 학교 학생이 수학여행에 끼어들면 히나노 짱이나 같은 조 분들에게 폐를 끼치게 되지 않을까 해서."

"착실한 애구나……."

"그치."

어째선지 히나노가 자랑스러워한다.

미유 짱은 쓴웃음을 짓고 있었다. 저 미소가 유난히 잘 어울려 보이는 건, 히나노를 보며 늘 쓴웃음을 짓고 있기 때문이겠지.

그 심정 잘 안다.

"히나노 짱은 자주 억지를 부려요. 저는 그래도 괜찮지만, 그것 때문에 다른 사람을 끌어들이는 건 조금."

"바른 감성을 가진 애야……."

폐를 끼치는 걸 지양하고 남을 배려할 줄 알다니……. 나는 감동했다.

어쩌면 오키나와에 와서 처음으로 제대로 된 사람과 말을 섞은 걸지도 모른다.

"그래서 우리 조 조장님을 호출한 거지."

"그렇구나."

뒤틀린 감성을 가진 애의 말은 흘려들으며 나는 팔짱을 꼈다.

"죄송해요, 밤늦게 불러내서요…… 폐가 됐죠?"

"그건 폐라고 할 정돈 아니긴 한데……."

그래도 연인과 때마침 오키나와에 온 시기가 겹치고, 자유 시간 날짜도 겹치다니, 엄청난 우연이니까 기회다―! 라는 마음이 드는 것도 이해한다.

무엇보다 미안한 듯 어깨를 움츠린 미유 짱이 가여워 보였다는 점이 결정타였다.

"……인원수를 속이면 되는 거지? 그렇게 어렵지 않을 것 같아. 한 명 늘어나는 것도, 줄어드는 것도."

나는 선뜻 말했다.

어제와 오늘의 흐름으로 봤을 때, 조원 관리는 거의 다 조장에게 맡겨두는 편이니까.

체험 연수 같은 건 한 명 늘리기 힘들지도 모르지만, 몸이 안 좋아서 호텔에서 자고 있어요, 라고 둘러대면 히나노가 몰래 빠져나가 어디 다녀오는 것 정돈 식은 죽 먹기겠지.

"역시 마리카. 귀여운 여자애의 부탁은 거절하지 못하는 호색한."

"여자친구 앞이지만, 슬슬 때려도 될까?"

"아, 안 돼요!"

미유 짱이 황급히 끼어들었다.

"아니 미안, 농담인데."

"앗, 그게 아니라……. 때리는 건 괜찮은데요."

"괜찮구나……."

"맞을 만한 소리를 하는 히나노 짱이 잘못이라고 생각해요."

그렇게 말하며 히나노의 머리를 움켜쥐는 미유 짱. 초등학생 때부터 히나노와 사귀어 온 애답게 아주 명쾌한 발언이었다.

그렇게라도 하지 않으면 착실한 성격을 가지고서 히나노의 연인 노릇을 하긴 힘들다는 뜻인가……. 마찬가지로 문제아를 여자친구로 둔 사람으로서 나는 미유 짱에게 몹시도 공감했다.

턱에 손을 대고서 응응, 하고 고개를 끄덕이는 히나노.

"귀여운 애지. 손 대면 안 돼."

"대겠냐."

미유 짱은 눈썹 끝을 축 내리며 말했다.

"하지만 히나노 짱이 몰래 빠져나오는 건 좋지 않아요. 들키면 히나노 짱이 혼날 거예요. 안 그래도 학교를 자주 땡땡이쳐서 제대로 졸업할 수 있을지 알 수 없는데."

"엄청 염려해 주잖아."

내가 게슴츠레한 눈으로 바라보자, 히나노는 따뜻한 미소를 지었다.

"미유가 염려해 주면 기분이 좋아져."

"저기 미유 짱, 왜 이런 애랑 사귀는 거야?"

어쩌면 약점을 잡혀 있는 걸지도 모른다. 심각한 목소리로 물었다.

미유 짱은 시선을 피하면서 뺨을 붉혔다.

"그건…… 아주 소중한 사람이니까요."

소녀다운 귀여운 리액션!

히나노는 내가 지금껏 본 적 없는 우쭐한 표정을 짓고 있었다.

"괜한 미사여구 같은 건 필요 없는 거야, 마리카. 더 깊은 부분에서 이어져 있으니까. 사랑이라는 이름의 인연으로 말이지."

"으, 응. 맞아, 히나노 짱."

히나노에게 손을 잡혀, 안절부절못하며 미소 짓는 미유 짱. 그건 마치 시골에서 막 상경한 미소녀가 나쁜 남자한테 붙잡힌 듯한 광경이었다.

정말로 괜찮은 거야??

나는 불안해졌다. 성실하고 순수해 보이는 미유 짱과 불성실하고 섹프 섹프 같은 소리나 일삼는 히나노의 조합은 너무나도 미스매치라.

오히려 두 사람의 오키나와 데이트에 협조해 주지 않는 게 미유 짱을 위한 일 아니야……?

＊＊＊

“시라하타의.” “여자친구?!”

다음 날, 아침 식사 자리인 호텔 식당.

오늘 메뉴는 아침부터 본고장 참프루다.

참프루라고 하면 여주가 들어간 타입이 제일 익숙하지만(정확히 말하면 그것밖에 모르지만), 원래 참프루란 그냥 『뒤죽박죽 섞는다』라는 뜻이라고 한다. 두부와 식재료를 볶은 요리는 거의 다 참프루라고 부른다나.

그래서 이 참프루엔 소면이 섞여 있다. 이름하여 소면 참프루. 담백하고 목 넘김이 시원하다. 술술 먹을 수 있어서 아침 식사로도 안성맞춤. 맛있어.

“응, 뭐, 응.”

치사키와 유메의 추궁에 히나노는 어색하게 고개를 끄덕이며 뺨을 긁적였다. 표정에 드러나진 않아도, 머뭇거리는 태도로 말을 우물쭈물할 때는 거의 다 부끄러워할 때인가 보다. 나도 이젠 알게 됐다.

히나노한테 허락을 받고, 어제 조 애들에게는 미리 사정을 전달해 두었다.

선생님의 눈을 속이려 해도 치사키, 유메와는 미리 말을 맞춰 둘 필요가 있으니까. 들키면 다 같이 혼날지도 모르는 거고.

그런데 예상대로라고 해야 하나, 치사키와 유메는 잔뜩 흥분해서.

"헤에— 나도 보고 싶은걸. 어떤 애야?"

"뭔가 말이지—. 엄청 성실해 보이는 인상인 착실한 애였어."

"히나뽀요랑 사귀는 애인데?!"

"그러게—."

다들 생각하는 게 똑같은 것 같다.

히나노는 소면 참프루를 입에 넣으며.

"미유유…… 미유는 초등학교 5학년 때 우리 학교로 전학 와서 그때부터 친구가 됐어. 고양이를 키우고 있어서 종종 고양이를 보러 다니다 보니 알콩달콩한 사이가 됐지."

고양이를 보다가 알콩달콩한 사이가 되기까지 수많은 과정이 생략된 느낌인데…….

히나노는 그것만으로도 설명할 책임을 다 끝냈다는 듯 긴장을 풀었지만 치사키와 유메의 추궁은 멈추지 않았다.

"저기저기, 히나뽀요랑 그 아이 중에 누가 먼저 사귀자고 고백했어?"

"미유."

"와아! 정말로?! 제법이잖아!"

"사진 같은 거 없어?"

"있긴 한데……."

"보여줘, 보여줘."

저 히나노가 쩔쩔매고 있어, 웃기네.

"이야…… 다들 좋아하는구나, 연애 얘기."

"그러네."

아야와 둘이서 절절하게 고개를 끄덕였다.

물 대신 나온 차는 산핀차라는 이름이라고 한다. 녹차의 일종으로, 재스민차 같은 향이 났다. 이거 좋네. 기념품으로 사 갈까.

"바 사람들도 연애 얘기를 엄청 좋아해. 연애 상담을 해주겠다고 하면서 손님한테 자주 치근거려."

"말을 건다는 것보다 더 심한 표현이 나왔네."

그야 나도 좋아하긴 하지만. 남의 연애 상담을 해주는 것도 꽤 좋아하고. 설마 나도 그 바의 점원이 될 소질이 있다는 뜻……? 큰일이네.

"저기, 아야는?"

"나는……."

신이 나서 떠드는 눈앞의 세 사람(히나노는 몹시 귀찮아하는 기색이었지만)에게 찬물을 끼얹고 싶지 않아서인지 목소리를 낮추는 아야.

"별로일까. 왠지 재밌어하는 게 미안한 기분이 들어서."

"어? 그랬어? 만화나 소설은 그렇게나 좋아하며 읽으면서."

"그건 사람을 즐겁게 해주기 위해 만들어진 이야기니까. 작품과 실제 얘기는 뭔가 달라."

그런 걸까. 오히려 창작물 속 연애 얘기보다 가까운 사람의 얘기가 더 재미있다고 생각하는데.

슬쩍 시선을 돌리자, 유메치사가 구슬리는 말에 넘어간 히나노가 줄줄 얘기하고 있었다.

"음, 뭐라고 해야 할까. 좋아하는 점은 잔뜩 있지만 제일은 역시 얼굴일까. 미유유는 평소에도 귀엽고, 무엇보다 표정이 좋거든. 진지한 표정을 지을 땐 나조차 무심코 두근거릴 때가 있어. 뭐랄까, 멋있단 말이지."

방금까진 쑥스러워했으면서! 이 녀석 아주 싫지는 않은 기색이라고!

"좋아하는 점이 얼굴이라니, 너도 참."

"에이— 나는 이해가 가는걸—?"

유메가 치사키를 올려다보는 포즈로 눈을 깜빡거리며 어필하자 치사키가 손으로 휙 밀쳐냈다. "무규" 하고 비명을 지르는 유메.

나는 아야에게 시선을 돌리지 않으려고 노력했다. 좋아하는 점이 얼굴이라니 불순하다고 생각해요! 저는 제대로 아야의 성격을 보고 골랐다고요! 백만 엔이요……? 대체 무슨 말씀이신지…….

아차. 슬슬 조식 시간이 끝나 버린다. 너무 여유 부렸다.

"여, 여하튼 오후부터면 되는 거지? 히나노."

"응. 그러면 호텔 앞으로 오겠대."

"오케이 오케이. 그럼 오후의 즐거움을 위해 힘내 볼까!"

손뼉을 치자 유메가 "으겍" 하는 소리를 냈다.

"그러고 보니 오늘 오전 일정은……."

치사키가 턱을 괴면서 미간을 찌푸렸다.

"씨 카약을 타고 맹그로브 견학 투어……."

"피곤할 것 같아……."

이름 그대로 한 척의 보트에 다섯 명이 타고 바다 주변을 도는 투어다.

이렇게만 들으면 시원해 보이지만, 듣기로는 노를 젓는 게 진짜 힘들다는 모양이다. 게다가 해수면에 태양 빛이 반사돼서 무진장 덥다나.

"가, 가 보면 재미있을지도 모르잖아!"

"어차피 바다에 갈 거라면 그냥 수영이나 하고 싶었어……."

"왜 이걸로 고른 거야, 마리."

"다른 선택지는 사탕수수 수확이랑 골프밖에 없었으니까 어쩔 수 없잖아! 다 같이 의논해서 정했잖아?!"

진즉에 까먹은 듯한 두 사람에게 꽉 쥔 주먹을 들이댔다. 한 대 맞아야 기억나겠냐? 응?

유메가 크게 탄식한 다음 치사키의 어깨를 토닥토닥 두드렸다.

"좋아, 치— 짱. 노 젓기는 맡길게."

"웃기지 마. 네가 노가 되라고."

히나노가 비스듬히 위쪽 허공을 보며 중얼거렸다.

"마리카. 어젯밤에 인원을 줄이는 것도 크게 어렵지 않을 것 같다는 식으로 말했지."

"땡땡이는 안 된다니깐, 미유 짱도 그랬잖아."

"…………."

인상을 와락 찌푸리는 히나노. 평소의 무표정은 어디 갔어.

“귀찮아…….” “힘드네.” “도망치고 싶어.”

나태한 삼총사에게 노성을 질렀다.

“너희들…… 굳이 말하자면 말이지! 나도 땡땡이치고 싶다고! 하루 종일 에어컨 빵빵하게 튼 호텔에 있고 싶어! 하지만 모처럼 오키나와에 왔는데 안 하기엔 아깝잖아! 수학여행 여비도 이미 다 냈다고?! 본전은 뽑아야지!”

“20엔 줄까? 마리카.”

“필요 없거든! 게다가 적어!”

유메가 내민 손을 찰싹 뿌리쳤다.

“내, 내가 열심히 할게. 열심히 노를 저을 테니까…….”

아야가 주먹을 불끈 쥐고서 씩씩하게 말했다.

착한 애야……. 얘만이 유일한 위안이야.

아니지, 위안이 맞나? 나는 속고 있는 게 아닐까? 이 녀석은 어제 나한테 터무니없는 짓을 한 녀석이라고.

그러고 보니 오늘도 또 아야한테 뭔가 어처구니없는 걸 요구당하게 되려나……. 사이좋은 마리카 조였을 텐데, 어째 내 편이 없지 않아?

나는 다른 테이블에서 화기애애하게 식사를 즐기는 체육계 그룹을 보았다. 나도 나츠미 짱네 조원이 될 걸 그랬어……. 노도 잘 저을 것 같고.

* * *

튀김옷이라도 바르는 건가 싶을 정도로 두텁게 선크림을 바르고서, 우린 씨 카약을 타고 맹그로브 숲 주변을 한 바퀴 빙 돌았다.

노 젓는 법부터 차근차근 배웠기 때문에, 투어에 걸린 시간은 총 3시간…….

튀어 오르는 물보라에 꺅꺅 소리를 지르고, 전복될 위기에 꺄아악 소란을 피우고.

힘들었지만 뭐, 역시 나와 보면 즐거운 법이라.

이야, 여고생은 참 활기차구나.

오전 일정만으로도 완전 피로에 절어 녹초 상태.

그런데도 호텔로 돌아와 미유 짱과 합류한 우리는 쉴 틈 없이 바로 이번 오키나와 여행의 하이라이트 장소로 향했다.

그렇다, 해수욕장!

오키나와의 바다로!

* * *

"신난다—! 바다다—!"

나는 비치 샌들을 신고서 해변으로 달려갔다.

눈부시게 빛나는 태양과, 그 열기를 듬뿍 머금은 모래사장.

마치 사막 같은 열기에 몸에선 땀이 솟아 흐르지만, 그래도 눈앞에는 드넓게 펼쳐진 푸른 바다!

"텐션 오른다—!"

양팔을 대자로 벌리고 신을 내고 있자, 뒤에서 목소리가 들렸다.

“야야— 마리! 혼자 가지 말고 거들어—!”

“앗, 맞다!”

나는 뒤돌아서 다시 돌아갔다.

모래사장에 부산한 발자국이 남았다.

치사키는 파라솔을 안고, 유메가 돗자리를 들고, 아야와 히나노와 미유 짱이 그밖에 음료수며 튜브 같은 걸 분담해서 옮기고 있었다. 빈손은 나뿐이었다.

“미안미안, 나도 드는 거 도울게.”

“괜찮아요, 이 정도쯤은.”

알통을 만드는 것처럼 가뿐하게 비닐봉지를 들어 올리는 미유 짱. 가녀린 외모와는 어울리지 않게 체육계 소녀일지도 모른다.

이곳은 호텔에서 조금 걸으면 바로 나오는 프라이빗 비치다.

프라이빗 비치라고 하면 개인 제트기를 소유한 대부호나 즐길 법한 곳처럼 들리지만, 이곳은 호텔 숙박객이라면 누구에게나 개방된 곳이라고 한다.

우리 학교는 여고고, 괜한 문제라도 생기면 안 되니까 프라이빗 비치 해수욕장으로 정한 거겠지. 훌륭한 결정이야!

덕분에 거의 전세 낸 듯한 텐션으로 즐길 수 있다. 나, 키타자와 고등학교에 들어오길 잘했어!

호텔에서 빌린 한 무더기의 도구들. 바다를 정면으로 볼 수 있도록 일등석에 돗자리를 깔고, 파라솔을 꽂으니 준비 완료.

무슨 준비냐고? 그야 당연히 바다를 마음껏 만끽하기 위한 준비지.

뒤돌아보니 드문드문 우리 학교 애들이 해변으로 오고 있었다. 하지만 가장 먼저 온 건 우리다!

"좋았어!"

나는 걸치고 있던 티셔츠를 돗자리 위에 벗어 던졌다. 마찬가지로 반바지도. 수영복은 미리 안에 입어 뒀다!

그렇게 드러난 건 빨간색 상하의 비키니.

"우와, 마리카 기합이 잔뜩 들어갔네!"

"오—."

히나노도 카메라를 들이대길래, 나는 의기양양하게 포즈를 취했다. 참 어쩔 수 없네—, 특별히 해주는 거야☆

시험 삼아 입어 봤을 땐 너무 화려한 게 아닌가 싶었지만, 지금은 이 정도가 딱 어울렸다. 반짝반짝 빛나는 태양의 존재감이 굉장해서, 이 해변에서만큼은 아무리 화려한 옷차림이라도 받아들여질 것 같은 느낌이다.

우리처럼 파라솔을 세우고 있던 다른 조 애가 이쪽을 보고선, 와아— 하고 환호성을 질렀다. 『사카키바라 귀여워—!』라고 외치는 목소리에, 나도 "고마워—!" 하고 피스 사인으로 화답했다.

"자자! 모두 어서! 빨리 벗어!"

재촉하자 유메와 치사키가 어쩔 수 없다는 듯이 어깨를 으쓱했다.

"마리카는 가끔 텐션이 하늘을 뚫지."

"맞아."

"아니아니, 바다인데?! 그럴 수밖에 없지 않아?!"

"그럴 수밖에 없지 않은 건 아니지."

그렇게 말하며 웃는 아야가 내 옆에서 파카를 벗었다. 커다란 가슴이 흔들린다. 나와 마찬가지로 비키니 차림인 아야가 그곳에 있었다.

큭! 포, 폭력적인 몸매……!

홀터넥 스타일 흰색 비키니를 입은 아야는 지금 당장 사진을 찍기만 해도 당장 그라비아 화보집을 낼 수 있을 만큼 눈부셨다. 안 그래도 진주처럼 하얀 피부가 햇빛에 반사되어 바다보다 훨씬 빛나고 있었다.

이곳이 일반 손님들로 북적이는 해수욕장이었다면 틀림없이 바로 해변의 비너스가 되어, 헌팅을 시도하는 기나긴 줄이 생겼겠지.

남의 몸매 같은 건 되도록 언급하지 않는 게 예의지만…… 아니, 여자친구니까 한마디 해야겠어!

"아야, 내 옆에 서는 거 금지야!"

"어? 왜?"

"왜고 자시고! 그, 저기, 봐! 있잖아! 여러 가지 이유가!"

나는 손바닥으로 내 허벅지를 가렸다. 배를 가렸다. 팔뚝을 가렸다. 가릴 손이 부족해! 결국엔 손바닥으로 아야의 눈을 가리기로 했다.

아야는 내 손바닥을 부드럽게 치우면서 미소 지었다.

"나는 마리카의 다리도 좋아해."

"내가 싫다고! 아니, 평소엔 그럭저럭 괜찮은데! 그래도 지금은 싫은걸—!"

해변의 비너스가 내 뺨을 쓰다듬었다.

"내가 좋아하는 것만으론 안 돼?"

윽…………! 그 미소는 나한테도 유효해……!

"으으으으음……! 안 되진…… 않아!"

"후훗."

쥐어짜내듯 대답하자 아야가 행복하게 웃었다. 좋아해……♡

뒤에서 "먼저 간다, 바보 커플" "갈게—"라는 치사키와 유메의 목소리가 우리를 스쳐 지나간다.

너희도 어지간히 바보 커플이면서!

"아야, 우리도 수영하러 가자!"

"그래."

요전에 사진을 찍었던 그 원피스 수영복을 입은 히나노는 튜브에 바람을 넣으려고 열심히 노력 중이었다.

한편 미유 짱만 아직 위에 셔츠를 걸친 채였다.

"어라? 수영 안 해? 미유 짱."

"앗, 저기, 저는……."

그렇구나. 다른 학교 수학여행 도중에 끼어들었으니 역시 긴장되는 거구나. 미유 짱은 바른 윤리관을 갖고 있을 것 같고.

나는 걱정하지 말라는 듯 가슴을 두드렸다.

"걱정할 것 없다니까! 이렇게 학생들이 잔뜩 있으면 한 명 한

명 구분 못 하니까! 절대로! 교복 차림도 아닌걸!"

바다에 오기 전에도 점호는 하긴 했지만, 그건 간단히 넘길 수 있었다.

미유 짱이 마음에 걸려 하던 프라이빗 비치를 이용해도 될지에 대한 점도 문제없음. 숙박객과 함께라면 놀아도 괜찮다고 홈페이지에 쓰여 있었다.

"당당하게 있으면 돼!"

명랑한 미소로 힘주어 말했는데, 미유 짱은 히나노를 힐끔거리고 있었다.

"으…… 그, 그런 게 아니라!"

여자친구의 시선을 눈치챈 히나노가 고개를 들었다. 튜브는 조금도 부풀지 않았다. 폐활량이 너무 없는 거 아닌가.

"왜 그래—?"

"……으으으으…… 히나노 짱도 날씬한 몸매라서……."

"어?"

눈을 질끈 감은 미유 짱은 얼굴을 새빨갛게 물들이며 외쳤다.

"그치만 저, 근육질이고! 연습을 하는데도 많이 먹은 탓에 살도 쪘고! 부끄럽단 말이에요!"

"뭐어?! 전혀 그렇지 않아! 그치, 히나노!"

"응, 부끄러운 게 아냐. 내가 너무 날씬할 뿐이니까."

그게 위로가 되나?

미유 짱은 히나노의 배를 쓰다듬으며 원망스럽게 중얼거렸다.

"으으…… 히나노 짱은 좀 더 밥을 든든히 먹어야 해……."

"귀찮아서."

넉살 좋은 여자의 가녀린 몸에는 군살 하나 찾아볼 수 없었다. 여름은 여자의 비밀을 발가벗기는구나…….

정말이지, 히나노도 아야도……. 이 녀석들은 언제나 몸매 때문에 고민하는 여자아이의 마음이란 걸 영원히 이해 못 하겠지……. 나는 그 마음 잘 알아, 미유 짱…….

어깨를 토닥토닥 두드렸다.

"서로 고생이 많네……."

"으으…… 네……."

우리는 마음과 마음으로 공감을 나눴다. 이게 바로 여자들의 연대감이라는 거다.

"미유 짱, 그러면 겉옷을 입은 채로도 괜찮으니까 비치볼 같은 건 어때? 이왕 바다에 왔으니까 같이 놀자."

"사카키바라 씨."

"마리카라고 불러도 돼! 자, 모처럼 친구가 됐으니까!"

생긋 웃었다.

그러자 부끄러워하던 미유 짱도 친구에게 보여주는 미소를 지어 주었다.

"응……. 마리카 씨, 고마워요."

좋아좋아. 신경 쓰이는 일이 있을 땐 즐거운 일로 덮어씌워 버리면 되는 거야. 인간이란 즐거운 일에는 거스를 수 없도록 만들어져 있으니까.

대성공! 이라고 말하는 것처럼 자신 있게 돌아보았다.

그러자 히나노와 아야가 나를 보며 어째서인지 한숨을 내쉬었다.

"나 참. 바로 남의 여자한테 마수를 뻗치다니."

"마리카는 정말로…… 아무한테나……."

"아니아니, 무슨 소리야?!"

그냥 친구로서 같이 놀자고 권했을 뿐이잖아?! 이것도 안 되는 거야?! 너무 엄격하잖아!

파도치는 해변에서 즐겁게 떠들며 하는 비치볼. 높이 튕겨 올린 공을 번갈아 토스할 뿐인데도 엄청나게 재밌어…….

질리면 적당히 수영도 하고, 튜브로 둥둥 떠다니며 일광욕도 하고, 그런 다음엔 히나노의 지도를 받으며 인생샷을 목표로 사진을 잔뜩 찍기도 하고.

우리는 바다를 만끽했다.

"후우—."

비치파라솔로 돌아와 한숨 돌렸다.

완전히 미지근해진 콜라를 입에 머금고 단맛 덩어리를 삼켰다. 다음에 바다에 올 땐 잊지 말고 아이스박스를 준비해 와야겠다고 마음먹었다.

"재밌어……. 왜인지는 잘 모르겠지만 바다, 재밌어……."

절절한 마음을 담아 말하자, 누군가가 혼잣말을 들었나 보다. 쿡쿡 웃는 소리가 들렸다.

"마리카 씨, 굉장히 즐거워 보였어요."

파라솔을 향해 다가온 사람은 미유 짱이었다.

아까까지 부끄러워하던 미유 짱도 지금은 완전히 들떠선 수영복 차림이었다. 피트니스 스타일 반바지 수영복이다.

몸에 근육이 탄탄히 잡혀 있어서 아주 날씬해 보이는데, 뭐 본인이 신경 쓰는 부분이니 굳이 말하지 말아야겠지.

"뭐, 그렇지. 나도 사실은 바다에서 반나절이나 시간을 때울 수 있을 리 없다고 생각했는데, 시간이 훌쩍 지나가서 깜짝 놀랐어. 마음이 초등학생 남자애가 되어 버린 걸까."

따라 웃는 미유 짱. 좋은 느낌. 꽤 허물없는 사이가 된 것 같다.

"미유 짱은 어때? 제대로 즐기고 있어?"

"네, 무척이나요. 여러모로 신경 써줘서 고맙습니다, 마리카 씨."

"뭘— 나는 그다지 한 것도 없는걸."

기껏해야 자주 말을 걸거나, 관심을 준 정도인걸. 다 함께 노는 거니까 그 정도는 당연한 거야.

누군가가 지루해하는 기색이면 신경이 쓰인단 말이지…… 이런 말은 잘난 척하는 것 같아서 굳이 말로 하진 않겠지만.

내가 다리를 뻗고 돗자리에 앉자, 미유 짱도 옆으로 다가왔다.

"그런데 깜짝 놀랐어요. 히나노 짱이랑 친하게 지내는 친구가 이렇게 잔뜩 있다니."

미유 짱의 시선 끝에는 삽으로 모래성을 만들고 있는 히나노의 모습이 보였다. 유메와 치사키도 함께 어울려 놀고 있었다.

고등학생이 돼서도 모래 장난이 즐겁다니, 새로운 발견이다.

"중학교 때까진 같은 학교였다고 그랬지?"

"네. 히나노 짱, 그다지 다른 사람과 어울려 다니는 걸 좋아하지 않는 것 같아서, 그래서 다른 고등학교에 간다고 들었을 때 걱정했어요."

"헤—."

호기심의 싹이 쑥쑥 자라났다.

나는 미유 짱에게 얼굴을 가까이하고서 소곤거렸다.

"있잖아, 이건 내가 관심이 생겨서 그런데 히나노에 대해 이것저것 물어봐도 될까? 싫으면 당연히 거절해도 괜찮지만!"

"아뇨, 괜찮아요."

따뜻하게 미소 짓는 미유 짱. 곱게 자라온 느낌이 나는 미소였다.

그 틈을 파고들어 나는 처음부터 직설적으로 물어봤다.

"미유 짱은 히나노의 어떤 점을 좋아해?"

"네에?!"

미유 짱이 놀라서 몸을 뒤로 젖힌 만큼 다가가서 얼굴을 들여다보았다.

리액션이 큰 미유 짱은 그 커다란 눈을 이리저리 깜빡이며.

"어, 어어— 으음……. 여, 여러 가지 있는데요—."

"응응응응."

"어, 엄청 흥미로워 보이시네요……."

"그게, 히나노가 하는 말은 항상 진짜인지 거짓말인지 잘 모르겠거든. 이참에 그냥 미유 짱한테 전부 물어보자 싶어서."

반짝 눈을 빛냈다.

미유 짱은 쑥스러움에 고개를 푹 숙이며 중얼거렸다.

"히나노 짱은 멋있어요."

웃기는 녀석을 잘못 말한 거 아니고? 농담 섞인 멘트가 바로 떠올랐지만 목구멍으로 삼킨다. 이 아이를 놀리는 건 아마 좋지 못한 짓일 거야!

"다른 사람이라면 용기가 나지 않아 망설일 법한 상황에서도 자기가 옳다고 생각하면 간단히 행동에 옮긴다고 해야 하나."

확실히 그런 면이 있다. 히나노는 상당히 마이웨이로 살아간다.

"저는 금방 남의 눈치를 보는데 히나노 짱한텐 그런 게 없어요. 그런 히나노 짱에게 저는 몇 번이나 구원 받아왔어요."

미유 짱이 무릎을 당겨 끌어안았다.

"울보였어요, 저. 전학 와서 친구도 아무도 없고, 외톨이라. 그랬을 때 히나노 짱이 말을 걸어줬고……. 지금도 그런 일의 반복 같아요."

띄엄띄엄 말하는 미유 짱.

그 미간에는 지나치게 성실한 아이 특유의, 인생을 너무 진지하게 생각하느라 생긴 주름이 잡혀 있었다.

"언제나 저만 도움을 받아서……. 오늘도 이렇게 히나노 짱이 권해준 덕에 즐겁게 놀고 있고요."

"흠—. 그래도 그건 서로 마찬가지 아니려나."

하늘에 던진 내 말을 듣고서, "네?" 하고 미유 짱이 돌아보았다.

"나도 굳이 말하자면 주로 남에게 권하는 쪽이라 아는 건데 말이지. 권하는 쪽도 상대가 권유에 응해 주니까 가볍게 말을 걸 수 있는 거거든. 간단한 거야. 이쪽은 사정 같은 건 고려하지 않아. 함께 놀면 즐거울지도 모른다는 생각만으로 일단 물어보는 거야."

요컨대, 깊이 생각하지 않을 뿐.

다만 이건 어디까지나 내 의견이니까 히나노한테 깊은 생각이 있었다면 면목 없다. 그래도 그런 게 아닐까 생각한다.

"그래서 먼저 말을 거는 쪽보다, 권유를 받은 애가 제대로 즐기려고 노력해 주는 게 더 대단하다고 해야 하나, 기쁘다고 해야 하나. 결국 본인의 마음가짐이 중요하다고 생각해."

물론 나도 즐겁게 해줘야지! 라고 마음을 먹긴 하지. 하지만 그래서 즐길 수 있느냐 없느냐는 역시 본인에게 달려있다.

즉, 요약하자면.

내 말을 이해하려고 나를 집중해서 바라보고 있는 미유 짱에게 말했다.

"어리광 부리는 거야, 히나노는 미유 짱에게."

"……어리광을 부린다?"

단호하게 손가락을 세웠다.

"맞아. 멋대로 휘둘러도 화내지 않고, 갑자기 권해도 와주니까. 어때? 짐작 가는 게 있지 않아?"

"그건, 그럴지도……?"

"응, 틀림없어!"

이때다 싶어 밀어붙였다.

"미유 짱은 관대하게 **권유에 응해 주는 거야**. 히나노가 어리광쟁이니까 어쩔 수 없지—, 이렇게! 분명 그게 히나노에겐 굉장히 기쁜 일일 거야."

실제로 히나노가 어떻게 생각하는지는 모르겠지만.

하지만 즐거운 일을 하고 싶어도 주변 사람들이 어울려 주지 않으면 불가능하다.

그래서 나는 권유하면 받아주는 사람이 고맙다. 서로 마찬가지인 관계라고 생각한다.

게다가 예전에 히나노도 이렇게 말했다.

작년 발렌타인데이.

『성실하고, 노력가에, 자상해. 그런데 의외로 고집도 있고, 제멋대로에, 욕심도 많아서 그런 구석도 귀여워.』

그런 말은 평소에 고마움을 느끼고 있지 않다면 할 수 없는 말이다.

근거가 빈약할지도 모르지만! 그걸로 지금 나와 대화하는 미유 짱의 마음이 가벼워진다면 그걸로 충분하잖아!

성실한 미유 짱은 그럼에도 잠시 고민하는 기색이었지만.

"응."

햇살처럼 환히 웃어주었다.

"마리카 씨는…… 대단한 사람이네요."

“어? 그래? 역시?”

“히나노 짱은 자기 마음을 그다지 말로 표현해 주지 않아서요. 소꿉친구니까 말 안 해도 알겠지, 하고 서로 응석을 부리고 있었을지도 모르겠다는 생각이 들었어요.”

“어쩌면 그런 것도 있을지도.”

나는 으음, 하고 신음했다.

“그래도 솔직히 말해 역시 힘들었지……? 히나노랑 소꿉친구인 거.”

“그건…… 어, 어떠려나요.”

목소리가 허둥대는 미유 짱.

“확실히 데이트 때 지갑을 깜빡하는 바람에 제가 전부 낸 적도 있고……. 스마트폰을 잃어버렸다고 그래서 하루 종일 둘이서 찾으러 돌아다닌다거나, 여러 가지 일들이 있었지만요……. 그, 그래도 그런 실수는 누구나 하니까요.”

“뭐, 뭐어, 그런가? 그럴지도.”

어떤 사람이든 결점이 없는 사람은 없다. 좋아하게 되면 그런 건 사소한 문제다. 특히 히나노는 재주가 좋아서 여자친구를 즐겁게 해줄 만한 수단도 잔뜩 가지고 있을 것 같고…….

그런데 그 녀석, 그 입으로 나한테 섹프가 되지 않겠냐는 말을 꺼냈었는데! 그건, 뭐! 무덤까지 가져가기로 할까!

파라솔을 떠나, 미유 짱과 음료수를 사러 근처 자판기에 왔다.

동전을 넣고 스포츠음료 버튼을 눌렀다. 평소에는 잘 안 마시지만 땀을 흘린 날엔 역시 이거지 라는 느낌. 미유 짱도 같은 걸로 골랐다.

"미유 짱은 있잖아—."

나는 페트병을 입에 대고 나서 살짝 말을 멈췄다.

"네?"

슬슬 속을 터놓기 시작했으니까 좋은 타이밍일지도 모른다고 생각했지만.

이쪽을 바라보는 아이를 응시하며, 거의 초면이나 다름없는데 할 얘긴 아니지— 싶은 마음과, 오히려 거의 초면이니까 물어볼 수 있는 이야기도 있는 거야—, 싶은 마음이 천칭에서 흔들렸다.

그때였다.

요란한 탄성이 울려 퍼졌다.

"앗——! 어어——?!"

비명을 지른 건 근처를 지나가던 나츠미 짱이었다. 음료수를 사러 다녀오던 중이었는지 양팔에 페트병을 다섯 병쯤 안고 있었다. 그러나 놀란 나머지 죄다 떨어트린 탓에 페트병이 데굴데굴 아스팔트 위를 굴러간다.

"나, 나츠미 짱?"

"하, 하나자키 선수?!?!"

"엥?"

몸을 구부려 나츠미 짱이 떨어트린 페트병을 주워 모으고 있자, 떨리는 목소리가 날아들었다.

나츠미 짱을 올려다보았다.

"아는 사이?"

대답한 사람은 몹시 허둥대는 나츠미 짱이었다.

"앗, 아뇨! 제가 일방적으로 알고 있을 뿐이라! 하나자키 선수 맞죠?! 항상 활약하는 모습을 지켜보고 있어요!"

"아, 저기…… 그렇구나. 키타자와 고등학교라면, 이토 씨?"

미유 짱의 말에 나츠미 짱은 꼿꼿하게 차렷 자세가 되었다.

"마—— 맞아요! 이름을 기억해 주실 줄이야, 기뻐요! 대회에서 직접 맞붙은 적은 없었지만요! 앗, 그, 인터하이 힘내세요! 응원하겠습니다!"

마치 군인처럼 각 잡힌 경례를 하고서 즉시 뒤로 돌아 뛰어가려고 하길래, 나는 "어이—!" 하고 불러세워 떨어트린 음료수를 내밀었다.

그렇게 나츠미 짱은 번개처럼 사라졌다. 나는 그 뒷모습을 눈으로 좇으며.

"그러고 보니 배드민턴부라고 했었지. 미유 짱은 혹시 유명한 선수야?"

"으음, 일단은…… 가끔 전국대회에 가는 정도……?"

"뭐?! 전국?! 대단해!"

전국대회라면 쉽게 말해 관동 지역에서 제일 강한 선수라는 뜻이잖아? 수천 명 중에서 톱…….

나는 미유 짱을 위아래로 훑어보았다.

스포츠 선수라고 하면 근육이 울근불근하다는 이미지가 있는데 미유 짱은 겉으로만 봐선 전혀 상상이 안 돼. 혹시 복근 장난 아닌 걸까. 힘을 주면 여덟 갈래로 갈라진다거나…….

"그, 그것보다, 방금은 무슨 말을 하려고 했어요?"

미유 짱은 창피한지 황급히 화제를 바꿨다.

윽, 그건.

"아니 그게, 여자끼리 오랫동안 사귀었던 거지, 미유 짱은."

미유 짱은 고개를 갸웃거렸다.

에잇, 빙빙 돌려 말해봤자 소용없어.

"장래에 대해서 생각한 바가 있나 싶어서—!"

목소리가 높아진다.

"대학 진학 같은 거요?"

"그, 그것도 있지만, 더 미래의 일도……."

말을 흐릴 수밖에 없는 나에게, 미유 짱은 쿡쿡 웃으며.

"그렇군요, 장래의 일."

아무래도 하고 싶었던 말이 뭔지 알아챈 모양이다.

"대학교까진 배드민턴을 계속할 생각이에요. 하지만 선수로서 생활을 이어 나가긴 힘들 것 같아서 뭔가 달리 좋아하는 직업을 찾을 수 있으면 좋을 것 같아요."

나츠미 짱이 우러러볼 정도의 실력인데 자신은 프로가 될 수 없다고 선뜻 털어놓는다. 실제로는 어떤지 잘 모르겠지만, 그래도 지금 그야말로 온 힘을 쏟고 있는 일에 대해 그렇게 냉정한 의견을 말하기는 쉽지 않은 일이다.

"뭔가, 어른이구나, 미유 짱."

"그렇지 않아요. 장래의 일을 말하자면 오히려 히나노 짱이야말로 벌써 자기가 나아갈 길을 정했으니까요."

"히나노는 그대로 숍에 취직하는 거야?"

"일단은 그런 모양이에요. 그런 다음에도 여러 가지 하고 싶은 일들이 잔뜩 있다고 들었어요."

나는 손에 쥔 페트병을 목덜미에 가져다 대면서 입을 열었다.

"그런 걸 보면 말이지, 뭔가 초조해지지 않아? 자신만 아직 아무것도 정해진 게 없다는 게."

"그러네요. 그럴지도 모르겠어요."

여자친구와 사귀어 온 세월이 나보다 훨씬 더 긴 미유 짱은 전혀 흔들림 없는 기색으로 말했다.

그 올곧은 태도를 보고, 나는 앞으로의 일에 대해서도 들어줬으면 하는 마음이 들었다.

"나는 있지, 그래서 일단은 좋은 대학에 가자고 생각했거든. 장래에 곤란한 일이 없도록 하고 싶어서. 물론 그것만이 전부는 아니지만 되도록 확률을 높여두고 싶잖아? 그런데 지금부터 반년이나 공부에만 매달려서 노력하는 건 좀 자신이 없어서."

반에서는 좀처럼 입 밖에 내지 않는, 아야 앞에서는 절대로 말할 수 없는, 마음 약한 말들.

어쩐지, 미유 짱이라면 분명 진지하게 대답해 줄 것 같았다.

"그렇게까진 나 자신을 믿을 수 없다고 해야 하나. 평소에도 시험이 코앞일 때는 공부하지만, 그것도 기껏해야 2주 정도니까……. 아니, 그보다! 반년이나 여자친구를 내버려둔다니, 분명 무리일 테고! 참지 못하고 놀게 될 테고!"

나는 욕망에 이기지 못할지도 몰라. 떠올려 보면 평생 한 번도 이겨본 적이 없는 것 같은 느낌도 들어…….

"미유 짱은 어떻게 자신을 제어하고 있는 걸까 해서……."

뭔가 정신적인 단련법이 있다면 전수받고 싶다.

부 활동에도 진지하게 임해서 전국대회 레벨. 거기에 더해 저 히나노와 초등학생 때부터 사귀어 온 미유 짱이라면 분명 나를 구원해 줄 거야. (호들갑.)

"그, 그다지 제어 같은 건 잘 못한다고 생각하지만, 그러네요……."

미유 짱은 내 두루뭉술한 이야기에도 진지하게 고민해 주었다.

"인생의 밀도란 일정하지 않다고 생각해요."

"어, 뭐야 그게. 어려운 학문 얘기? 상대성 이론 같은……?"

멍하니 미유 짱을 쳐다보자, 미유 짱은 황급히 손사래를 쳤다.

"그, 그게 아니고. 저기, 사고방식 같은 의미에서!"

나도 모르게 말을 끊어버린 모양이라, 네네 계속 말씀하시죠, 하고 뒷말을 재촉했다. 미유 짱은 살짝 말하기 힘든 기색으로 입을 열었다.

"스포츠는 어떤 종목이든 마찬가지라고 생각하지만, 단 하루의 시합을 위해서 그 몇백 배를 연습하잖아요. 그건 분명, 시간 대비 효율은 별로 좋지 않다고 해야 하나."

요즘 유행하는 시간 대비 효율── 이른바 시성비라는 거지. 알아.

"하지만 시합에서 이기면 그 노력을 보답받았다고 느낄 수 있고, 앞으로의 인생도 전부, 그때 거기서 노력했으니까 지금의 내가 있는 거야, 라고 생각할 수 있게 되고. 그런 일들의 반복이 자신감으로 이어지고……."

점점 미유 짱의 이야기에도 열기가 실리기 시작한다.

"마리카 씨도, 앞으로의 인생을 마음에 새기면 분명 끝까지 노력할 수 있을 거예요! 분명!"

"앞으로의 인생……."

나는 미유 짱처럼 그렇게 훌륭한 마음가짐을 가질 수는 없지만, 그래도 아마 지금 최선을 다하지 않으면 나중에 후회하겠지.

단추 하나를 잘못 끼운 것처럼, 혹시 그게 계기가 되어 훗날 아야와 헤어지게 된다면…….

꽉 주먹을 쥐었다.

"뭔가, 응. 어쩐지 미유 짱이 하고 싶은 말을 알 것 같아."

나는 고개를 숙였다.

"고마워, 얘기를 들어줘서. 나는 이런 건 다른 사람에게 말하는 게 좀 서툴다고 해야 하나, 애초에 진지하게 받아주는 사람이 별로 없다고 해야 하나……."

"그, 그런가요?"

"밀도에 관한 얘기 재밌었어. 나도 앞으로를 위해서 열심히 해야지. 지금보다 미래…… 지금보다 미래란 말이지!"

단 반년의 시간이 그 후의 인생을 결정짓는다면…… 아니, 그렇게 되리라는 각오로 나 자신을 몰아붙일 수 있다면!

분명 힘을 낼 수 있을 것 같아!

"좋아! 그럼 미유 짱! 연락처 교환하자. 도쿄로 돌아간 다음에도 같이 놀자! 수험이 끝난 다음이 될지도 모르지만!"

미유 짱은 눈을 동그랗게 뜨면서도 고개를 끄덕였다.

"네, 네! 저도 기뻐요. 고맙습니다, 마리카 씨."

"고맙다는 말은 됐고, 자."

어서 해보라는 듯 까딱까딱 손가락을 움직이자, 미유 짱은 "아앗……" 하고 가느다란 비명을 지른 뒤, 부끄러운 기색으로 허리에 손을 얹었다.

"그, 그럼, 특별히 권유를 받아줄 테니까요!"

"아하하하, 고마워—!"

"어휴—!"

나는 미유 짱의 몸을 꼭 껴안았다.

본인은 근육질이라고 그랬는데 완전 부드럽잖아!

그 순간, 기척을 느꼈다.

"헉."

미유 짱의 등 뒤에 아야가 있었다.

이쪽을 지그시 바라보고 있다.

무섭다고!

"마리카."

"아니, 그게 아니고! 이건 분위기를 타다 보니!"

"잠깐 이리 와봐."

내 손을 잡아끈다.

"그게 아니라니깐! 아하하, 미유 짱 나중에 보자!"

"네, 네. 다녀오세요."

미유 짱은 갑자기 끌려가는 나를 대체 뭐라고 생각했을까.

친한 사이가 될 수 있을 것 같아. 언젠가 나와 아야가 사귀는 사이라는 얘기도 할 수 있으면 좋겠네.

"…………마리카."

그때까지 내가 살아있다면…… 말이지!

그렇게 끌려간 곳은 조금 떨어진 바위 더미였다.

비치 샌들을 신지 않았다면 바로 발을 다쳤을 것 같은 곳을 조심조심 걸어갔다.

"바람피운 거 아니라니깐—."

뭔가 이젠 변명하기조차 귀찮다. 친구끼리 껴안는 정도는 여자애들이라면 평범하게 하는 행동인걸. 그야 아야의 기분을 고려하지 않았잖아, 라는 말을 듣는다면 그 말도 이해가 가니까 벌은 달게 받을 생각이지만…….

"딱히 신경 안 써."

"정말로—?"

"응, 딱히. 그건 그거고, 이건 이거니까."

아야의 말에 불길한 예감을 느꼈다.

잠깐만. 이건 어쩌면 벌 같은 게 아닐지도 몰라.

잡아끄는 손길에 이끌리면서, 앞에서 걷는 아야의 등부터 엉덩이까지 이어지는 곡선에 시선을 떨어뜨렸다.

"……혹시 이거, 그, 추억 만들기의 일환이야?"

"응."

"그럴 수가……."

"오히려."

적당한 위치에 도착했는지 아야의 발걸음이 멈췄다.

"왜 오늘은 안 한다고 생각한 거야?"

"어…… 그야, 어제 아야한테 당하고, 그걸 내가 앙갚음하고, 그걸로 원만하게 해결됐다는 느낌 아냐?"

활짝 웃었는데, 아야는 웃지 않았다. 새치름한 예쁜 얼굴.

"나는 승부 삼아 하는 게 아니야. 그저 단순히 마리카와 고등학교 생활의 추억을 만들고 싶을 뿐이니까."

"그럴듯한 명분을 내세우면 내가 순순히 넘어갈 줄 아는 거야?! 하는 짓은 그냥 변태 플레이잖아!"

주변에 인기척은 없다. 이 근처는 아무래도 프라이빗 비치 내에서도 특히나 남들 눈에 띄지 않는 장소인가 보다.

"이런 장소는 대체 어느새 찾아둔 건데……."

"어제 마리카가 시라하타 씨한테 불려서 호텔 로비로 간 다음에 어슬렁어슬렁 산책했어."

"밤에 혼자 걸어 다니면 위험하잖아! 정말!"

대체 어떤 점에 화를 내고 있는지도 알 수 없어졌다.

아야의 손이 내 가슴 위에 딱 얹혔다. 히익.

코앞에서 아야의 얼굴을 들여다본다.

"괘, 괜찮겠어……? 또 밤에 복수할 텐데……?"

아야는 진지하게 내 시선을 마주 보았다.

"응, 좋아."

얼굴을 가까이 가져댄 아야가 내 목덜미에 키스했다.

"후후, 짠맛이 나네."

"그야 아직 샤워도 못 했으니까 그렇지……."

"바다에 왔다는 실감이 나."

아야는 작게 핑크빛 혀를 내밀며 미소 지었다.

뜨거운 햇볕 아래에서도 조금도 그늘지지 않는 아야의 미모. 오히려 눈부신 햇빛을 받아 더욱 매혹적으로 빛났다.

"마리카가 몇 년이 지나도 떠올릴 수 있도록──."

그렇게 말하며 아야는 내 수영복을 걷어 올렸다.

"으왓……."

나도 모르게 목소리가 나왔다. 가슴이 바람에 스치다니 보통은 말도 안 되는 일이다.

프라이빗 비치라곤 해도 이곳은 야외.

바위 더미 그늘에 숨은 상태로, 나는 상반신을 고스란히 노출했다.

"아야, 진심이야……?"

"진심이야. 나는 전부 진심."

아야의 얼굴이 내 가슴팍에 파묻힌다. 혀가 가슴을 핥았다.

"이상한 느낌이 들어……."

"그래?"

아야가 가슴 끝부분을 입으로 물었다. 꾸욱, 몸속 깊은 곳이 조여지는 감각.

돌기를 혀로 굴리는 감각에 나는 저도 모르게 눈을 꽉 감았다.

암벽에 부딪히는 파도 소리. 그 소리에 섞여 멀리서부터 들려오는 여고생들의 떠들썩한 목소리.

안 돼. 지금도 이미 위태로운데, 눈을 감고 있으면 위험한 짓을 하고 있다는 느낌이 더 강하게 들어.

"저, 저기, 아야…… 역시……."

이제야 겁을 먹은 나에게 아야가 키스해 온다.

반사적으로 혀를 얽었다. 아야의 혀에선 파도의 맛이 났다.

"괜찮아, 마리카. 손도 제대로 씻고 왔으니까."

"그게, 무슨 뜻."

다시 키스가 왔다. 부드러운 입술이 나를 연이어 쪼았다.

저항하려는 마음마저 먹어 치우는 것 같았다.

그런 식으로 당하고 있었더니——.

"그러니까, 괜찮아."

"아, 아니아니…… 아무리 그래도, 그건……!"

아야는 놀랍게도 비키니의 하의까지 벗기기 시작했다.

바위 더미 위에 스륵 흘러내린 내 새빨간 비키니.

거기에 이어 어깨끈까지 풀려서…….

……우와아…….

그렇게 나는 변명의 여지조차 없이 밖에서 알몸이 되고 말았다.

"뭐 하는 거야, 아야……."

"미안 미안, 마리카."

마치 약속 시간에 늦게 온 여자친구처럼, 나를 달래듯 머리를 토닥토닥 쓰다듬어주는 아야. 사람을 홀랑 벗겨 놓고 태도가 너무 가볍잖아…….

"지금 기분이 어때?"

"너무 부끄러워서 죽을 것 같아……."

내 머리는 지금 분명 색깔로 표현한다면 새빨갛게 푹 익어 있겠지.

철이 든 뒤로 백주 대낮에 알몸이 된 적은, 처음이다…….

"팔로 가리면 안 돼. 자."

"그런 규칙이 어딨어……."

불평하는 내 팔을 콕콕 찌르며 아야가 "응?" 하고 타이르듯 말했다.

이런 곳에서 알몸이 됐는데 이제 와서 가려봤자 소용없다고 생각하지만……. 그런데 이 창피함은 과거를 통틀어 제일일지도 몰라.

조금도 여유가 없어서 머리가 안 돌아가기 시작했다.

"보여줘."

"너무 두근거려서 죽으면 귀신이 돼서 나타날 거야……."

"응, 좋아."

나는 조심조심 팔을 뒤로 돌렸다.

"극 사디스트에 극악무도한 왕 변태 같으니……."

입으로는 이렇게 말하지만, 이 현장을 누군가 본다면 왕 변태는 과연 어느 쪽이라고 생각할까. 눈앞의 예쁜 여자애와 오키나와 바다에서 알몸이 되어 있는 여고생 중에…….

"정말 예뻐."

나는 눈물이 맺힐 것 같아서 눈에 힘을 꾹 주고 아야를 마주 보았다.

"……더 칭찬해줘."

"후훗."

적어도 칭찬이라도 듣지 않으면 수지가 안 맞는다는 듯 토라진 어조로 칭찬을 요구하자, 아야가 웃었다. 내가 지금 누구 때문에 이러는 건데…….

아야가 다정하게 미소 지었다.

"예뻐, 무척이나 예뻐. 마리카의 나신, 어떤 여자애보다도 가장 예뻐. 넋 놓고 보게 돼. 예쁘고, 사랑스러운 최고의 여자친구야."

"그런 애를 자기 마음껏 희롱할 수 있어서, 참 기분 좋으시겠네요……."

꽃잎을 떼며 꽃점을 치는 어린아이처럼, 아야가 천진난만하게 눈꼬리를 접었다.

"응, 정말."

이 녀석…….

아야의 목에 팔을 두르고서 딱 붙어 쏘아보았다.

나는 조금이나마 반격해 줄 생각으로 아야의 입속에 혀를 찔러넣었다. 아야의 입술 주변을 타액투성이로 만들 기세로, 게걸스럽게 키스를 퍼부었다.

"하아, 하아…… 너, 너 진짜……."

물론 그런 걸로 아야가 겁먹는 일은 없었고, 내 저항 따윈 잔물결 정도로밖에 느끼지 못하는 것처럼 미소 지었다.

"마—리카."

"뭔데…… 잠깐."

내 몸을 옆에서 껴안고서 한쪽 손을 허리에 감아온다. 다른 한쪽 손은 내 다리 사이로 파고들고 있었다.

"……서, 설마 싶지만."

"응."

"이건, 설마…… 이대로, 여기서 하겠다는, 그런 뜻……?"

그야 아무도 없는 바위 그늘로 끌려왔던 시점에서 이미 기정사실이었겠지만.

그치만 왜, 어제는 리모컨 로터를 착용했을 뿐 메인까진 하지 않았으니까. 그렇다면 오늘도 자, 수영복을 다 벗었으니까 끝—, 이렇게 될 가능성도——.

아야는 말로 대답하지 않았다.

내 허벅지를 휙 벌려 열어젖힌 게 대답이었다.

"자, 잠깐, 아야, 그거 지금 당하면 큰일이니까—— 응읏♡"

아야가 내 하반신의 소중한 부분을 스으윽 쓸었다.

유리컵에 맺힌 물방울을 덧그리는 듯한 손끝의 움직임에 예민하게 반응하고 만다.

"역시. 엄청 달아올라 있잖아, 마리카. 어째서려나."

"이건……."

하나부터 열까지 변명에 지나지 않는 말들이 장맛비처럼 흘러내린다.
그중에서 두 번째로 창피한 말을 입 밖으로 꺼냈다.
"그치만 결국…… 어, 어제는 아야가 만져주지 않았으니까……."
"그러고 보니 그랬었지."
아야가 내 이마에 상냥하게 키스했다.
그러고는 귓가에 속삭인다.
"미안해. 어제는 내가 받기만 해서. 그러네, 마리카를 기분 좋게 해주지 못해서 미안해. 그러니까……."
그렇게 말하고서, 아야는 자기 비키니 가슴 속에서 작은 포장지를 꺼냈다.
"그건……."
"응. 마리카를 기분 좋게 해주기 위한 콘돔이야."
말투가 야해…….
"그걸 바다까지 갖고 왔다니, 확신범이잖아……."
"후후후. 그치만 수영복을 입은 마리카, 정말 예뻤으니까."
핑거돔 포장지를 찢고서 가운뎃손가락에 씌우는 아야.
그 손을 내 하복부로 가져갔다.
"앗……♡"
피부를 쓰다듬는 감각에 그것만으로도 목소리가 새어 나온다.
지금부터 기분 좋게 해줄게, 라고 선고하는 것처럼 팔이 단단히 고정되었다.
후으, 후으, 내 숨이 거칠어진다.
아야는 야릇한 미소를 띠고서.

"맞아, 그러니까 어쩔 수 없는 거지. 야외에 있는데도 학교에 있을 때처럼 마리카가 이렇게 발정해 버린 것도, 전부 다 어제 내가 안 해준 탓인 거지."

"마…… 맞아, 당연하지……."

"그럼, 잔뜩 사랑해 줘야겠네……."

찌걱…… 아야의 손가락이 내 안으로 들어온다.

와, 왔어…….

내장이 압박되면서 덩달아 "아아♡" 하고 달콤한 교성이 나오고 만다.

"나랑은 다르게 마리카는 변태가 아닌걸."

"응……♡"

"그런데 평소보다 훨씬 많이 젖어 있어, 마리카. 왜 이런 거야?"

심술궂은 아야의 말에도 반항할 마음이 전혀 들지 않을 정도로.

찌걱찌걱 움직이는 손가락에, 내 신경은 지배당했다.

"기, 기분 좋으니까아……."

제대로 된 판단이 불가능할 정도의 쾌감이 뇌를 어지럽게 만든다.

오키나와의 태양처럼 강렬했다. 이제 곧 뇌가 표백되어 버릴 것만 같았다.

이곳이 세상에 단둘뿐인 낙원, 만약 그랬다면 얼마나 좋았을까. 마음껏 소리를 질렀을 텐데. 우리의 얽힘조차 분명 아름다운 모습 그대로 몰두할 수 있었을 텐데.

현실은 바람을 타고 반 친구들의 웃음소리가 들려올 정도로 가까운 바위 더미에서, 누군가에게 들켰다간 바로 체포될 법한 모습을 한 나…….

그런데, 그런데도.

그게 너무나도, 바보가 되어 버릴 정도로, 기분이 좋다니——.

제정신이 아니야. 정말로.

"착한 아이구나, 마리카. 착해, 참 착해."

"으으읏……. 흐으으……."

아야의 쓰다듬는 손길에 내가 되돌려줄 수 있는 건 흐트러진 호흡 정도.

"오늘은 엄청난 걸 해줄게."

아야가 꾹, 손바닥을 굽혀 오므렸다. 쓰담쓰담은 스읏스읏으로 변했고, 내 안쪽을 꾹꾹 문질러 올린다.

방금까지의 쾌감이 이번엔 배 전체로 퍼져나가는 감각이었다. 강한 자극임엔 변함이 없는데, 그 강렬함이 한 곳에서만이 아니라 주변에서도 솟아오른다고 해야 하나.

이런 건 몰라.

"아앗, 그, 그거♡"

"굉장하지. 여자아이에겐 기분 좋은 곳이 잔뜩 있거든."

결코 격렬하다고는 할 수 없는 손놀림. 그런데도 쾌감의 파도가 숨 막힐 정도로 높았다.

"아, 아야아."

나는 아야의 몸에 매달렸다. 안 돼. 참을 수가 없어.

"좋아, 마리카."

아야는 심술부리지 않고 내게 다정하게 미소 지었다.

"가도 돼. 어제부터 쓸쓸했던 만큼, 귀여운 목소리를 잔뜩 들려줘."

"으으으으응~읏……"

나는 입술 사이로 교성이 새어 나오지 않도록 필사적으로 입을 다물며 절정에 달했다.

경직에서 이완. 몸이 떨리고 눈가에서 눈물이 흘러내린다.

"하아…… 하아…… 하아아……."

"기분 좋게 느껴줘서 기뻐."

들뜬 아야의 목소리.

……그게 아야의 거짓 없는 진심이라는 걸 알고 있지만…….

나를 발가벗기고, 이런 탁 트인 해변에서 사정없이 희롱하는 여자친구가 하는 말치고는 조금 너무하다고 생각해…….

"아야의 목, 깨물어 줄 거야……."

"딱히 상관없는데."

상관없구나.

그럼…… 하고, 목덜미에 입을 가져다 댔다. 그 하얀 피부에 이를 세우려던 순간.

"……음, 상관없겠지."

아야의 미적지근한 말이 신경 쓰여서 부드러운 살결을 혀로 핥으며 되물었다.

"뭔데에."

"아니. 그냥 나랑 마리카가 없어졌다가 잠시 후 돌아왔을 때,

내 목에 깨문 자국이 있으면 애들이 어떻게 생각하려나 싶었을 뿐. 그것뿐이니까 딱히.”

나는 아야의 머리에 춉을 날렸다.

“아파.”

“하나도 괜찮지 않잖아! 큰 문젯거리라고!”

“마리카, 며칠 전부터 좀 난폭해.”

“나라고 그러고 싶어서 그런 게 아니거든! 좋게 말로 해도 버릇을 못 고치니까 이러는 거잖아!”

“그것도 그러네.”

“앗, 요, 요 녀석♡”

아야는 내 안쪽에 삽입하고 있던 손가락을 아주 살짝만 움직였다.

마치 그게 맛있는 먹잇감인 줄 아는 것처럼 내 안쪽이 쿵쿵♡ 하고 환희하며 빨아들인다.

조, 좀 참으라고! 어휴!

그 부분을 통해 한번 가버린 탓에 쾌감을 얻는 요령을 터득해 버린 건지, 같은 부분을 자극하자 순식간에 달아오른다.

그건 아야에게도 간파당한 모양이라.

“마리카는 기분 좋아지는 데 선수구나. 귀여워. 정말 귀여워.”

“그, 그게 아니야! 아, 알잖아♡”

내가 하고 싶은 말을 정확히 캐치한 아야는 입꼬리가 느슨해졌다.

“그러네. 마리카는 가끔 그런 날이 있지. 몇 번이고, 몇 번이고 기분 좋아져 버리는 날. 어째서일까."

또 바로 그런 식으로 심술궂게 말한다.

나를 몰아붙이는 손은 멈추지 않은 채.

"컨디션이라든가, 여러 가지, 있는걸♡"

"그렇겠지. 그리고 또…… 평소와 다른 특별한 시추에이션이라거나?"

"로맨틱한 호텔, 이라면, 그럴지도 모르지."

숨을 헐떡이며 대답하지만 이제 슬슬 주의를 돌리는 것도 한계.

"흐음…… 그러면, 이곳이 마리카에겐 로맨틱한 호텔이나 마찬가지구나?"

"아야는 바보♡"

나는 끄응, 하고 신음했다.

아야는 내 눈을 가리는 앞머리를 쓸어 넘기며 따뜻하게 미소 지었다.

"미안 미안. 너무 짓궂게 굴었네."

"아야 완전 미워♡"

부드러운 입술이 나를 달래듯이 키스를 반복한다.

"그럼, 다시 좋아해 줄 수 있게 열심히 노력할 테니까."

또 아까의 그, 기분 좋은 부분을 압박해 오는 그거……♡

안 되겠어. 조금도 견딜 수 없어.

콕 찌르면 금방이라도 터질 듯한 풍선이, 그 상태로 터지지 못한 채 끝없이 부풀어 오르는 느낌이야.

빵빵하게 부풀어 오른 쾌감에서 내려올 수 없어. 무서워.

"아, 안 돼♡ 이런 거 안 돼, 아야아♡"

발가락에 힘을 주고서 갓난아기처럼 손바닥을 꾹 움켜쥐었다. 아야의 손가락 하나에 내 온몸이 지배당하고 있어.

아야의 자비를 구걸하듯, 나는 고개를 좌우로 흔들었다.

"안 돼, 안 되니까♡ 응, 제발♡"

"요즘 들어서 드디어, 마리카의 그곳이 풀려오기 시작했어."

"아아아아♡"

"전에는 꾸우우~~욱, 하고 아주 힘껏 조여와서 괴로워 보였는데. 요즘은 쪼옥 쪼옥 빨아들이는 것 같아. 느껴져?"

"모르겠어♡ 모르겠다구."

"후후…… 마리카도 기분 좋은 것들을 배워가고 있다는 뜻."

"우으으, 아야아♡"

혼자서 만지작거리기도 했던 바깥쪽의 민감한 부분과는 다르게, 안쪽은 정말로 아야밖에 모르는 곳이다. 그러니까 아야가 그렇게 말했다면 분명 그렇게 변하고 있는 거겠지.

실제로, 첫 경험을 했던 날 이후로 이미 셀 수 없이 아야의 손가락을 맛보아 왔지만…… 오늘은 평소와 뭔가 다르다는 느낌이 든다.

깔짝깔짝 문질러 올리는 감촉이 직접적으로 배에 울린다고 해야 하나, 그대로 척수를 타고 뇌까지 일직선으로 올라가 눈앞이 번쩍이게 만든다고 해야 하나…….

모르겠다. 그저 이게 나 혼자선 절대로 맛볼 수 없는 쾌감이라는 것만 알겠다.

"자, 마리카. 천천히 숨을 들이쉬고, 내쉬고……. 제대로 숨을 쉬면서 기분 좋아지자. 자자, 또 가버리는 거구나, 마리카. 괜찮아, 기분 좋아져도."

조금의 걸리적거림도 없이 아주 매끄럽게 절정으로 이끌려 간다. 부풀어 오르는 쾌감에 잠깐이라도 몸을 맡긴 순간, 나머지는 눈 깜짝할 새였다.

"~~읏♡"

나는 아야의 수영복 홀터넥을 힘껏 움켜쥐고, 소리 없이 부르르 떨었다.

기분 좋은데 싫다. 기분 좋은데 부정하고 싶다.

그치만 내 몸이 이렇게나 순순히 반응해 버리면── 아까 아야가 말했던 것처럼, 학교에서 억지로 당했을 때처럼── 이미 자백한 거나 마찬가지니까.

나는 야외에서 아야한테 좋을 대로 희롱당하는 게 기분 좋아서 참지 못하는 변태입니다, 라고. 그렇게 온 힘을 다해 외치고 있는 걸 전부 아야한테 들려주고 말았어.

이건 그런 게 아니야.

"아니라고……♡"

"뭐가?"

"나는…… 아야를, 좋아…… 하니까아♡ 그래서, 그런 것뿐이지……♡"

말도 제대로 나오지 않는 혀로 필사적으로 고집을 피워 보지만, 위쪽이 아닌 입이 아까부터 계속해서 『아야의 섹스 좋아♡ 정말 좋아♡』라고 쪼옥쪼옥 어리광을 부려대서, 이미 설득력 따윈 없었다.

어처구니없어서 싫어진다. 더 해줬으면 좋겠다. 분명 양쪽 다 진심일 것이다.

"아, 또. 정말 좋아하는구나, 마리카. 부끄럽고 기분 좋은 거."

아야를 전부 순순히 받아들이면 될 텐데, 나는 떼를 쓰듯 고개를 가로젓는다.

"그럴 리가, 없어♡"

"이거 봐, 눅진눅진. 내 손바닥에서 넘쳐서 바닥에도 뚝뚝 떨어지고 있어. 괜찮아, 이대로 만족할 때까지 기분 좋아지자."

아야의 손놀림이 더욱더 격해졌다. 나는 눈 가리기 플레이로 아야를 괴롭히며 우쭐댔던 일 따윈 까맣게 잊고, 아야의 몸에 매달렸다.

처음부터 내가 아야한테 이길 수 있을 리가 없었다.

당연한 일이다. 아야는 나를 사랑하니까. 내가 뭘 하든 기분 좋게 느껴줄 뿐이니.

애초에 내 몸에 하나하나 쾌감을 새겨 넣은 사람은 아야니까.

출발선부터 아예 다르다. 나는 앞으로도 영원히 이길 수 없는 승부를 아야에게 계속 도전할 수밖에 없다.

또 온다, 또 온다. 내 가장 기분 좋은 곳을, 내가 가장 좋아하는 방법으로, 내가 가장 좋아하는 사람이 만져준다. 그런 건, 견딜 수 없는 게 당연하다.

마치 쐐기를 박는 것처럼 아야가 속삭인다.

“마지막까지 만족시켜 줄게, 마리카. 추억에 남을 정도로 말이야.”

아야는 정말로 치사해.

이렇게나 사람을 철저하게 함락시키다니. 내가 아야와 대등한 관계로 있기 위해 얼마나 노력하고 있는지, 조금은 그 노력을 알아달라고.

알겠어?

“……아♡”

“꽉 조이고 있어. 또 가버렸네, 마리카. 그렇게 마음에 들었다면 도쿄에 돌아간 다음에도 밖에서 할래?”

“싫어어……♡”

나는 핑크빛으로 물든 의식 속에서 연이어 도리도리 고개를 저었다.

오키나와의 바다에서 알몸이 되어, 아야에게 철저하게 농락당하는 불쌍한 나. 하지만 분명 내 표정은 언제까지고 계속 행복으로 녹아내리고 있겠지.

평범한 게 좋고, 평범한 걸로 충분하다고 항상 말하는데…….
나한테 이상한 것들만 가르치지 좀 마, 아야…….

* * *

그 후――여기서 『그 후』란 야외 노출 플레이 때문에 내가 정신을 잃을 정도로 아야의 손길에 수없이 가버린 후, 라는 의미인데(분노)——해가 지기 전에 그 자리를 빠져나왔다.

태연한 표정으로 친구들과 합류했는데 아무도 『어디 갔다 온 거야?』라고 묻지 않는 건 따뜻한 배려일까. 아니면…….

아냐 아냐. 의심하기 시작하면 무서워서 견딜 수 없으니까! 맞아, 어차피 아야랑 꽁냥대고 있었지? 라고 생각하는 건 괜찮아. 그 정도는 어쩔 수 없지. 야외에서 저질렀다는 사실만 들키지 않는다면…….

호텔로 돌아와 저녁을 먹고, 가볍게 샤워를 마치고.

그리고 밤.

아야의 턴인 낮이 끝나고, 내 턴이 돌아왔다는 뜻이다.

우리는 밖으로 나와 프라이빗 비치를 둘이서 걷고 있었다.

"밤바다."

"응."

손을 잡고 아야와 둘이서 해변을 걷는다.

낮과는 달리, 정적에 잠긴 해변.

달빛이 하얀 모래사장을 비추고 있어서 그렇게까지 어둡진 않다. 넘어질 걱정도 없어 보인다.

티셔츠 한 장으로도 충분할 정도의 열대야라 지금이 6월이라는 사실을 잊고 말 것 같다.

"으음…… 피부가 따가워. 엄청 탔나 봐…."

세간에 평판이 자자한 선크림도 반나절이나 쏟아진 바다의 햇볕으로부터 피부를 완벽히 지켜주진 못한 모양이다. 내일부터가 살짝 걱정된다. 너무 따끔거리지 않았으면 좋겠네.

"……그래서."

"응?"

아야는 표정이 굳어 있었다. 주사 맞기 직전처럼.

"여기서, 나는 뭘 당하게 되는 걸까, 해서."

나는 심술궂게 웃었다.

"글쎄—, 과연 뭘까—."

어젯밤에 한 건 눈을 가리고 말로 매도하는 수치 플레이. 만약 벌칙이 점점 강도가 올라가는 구조라면 오늘 밤은 더욱 과격한 벌칙이 되겠지.

"긴장돼?"

그 질문에는 대답하지 않고, 아야는 어려운 퀴즈에 도전하는 것처럼 턱에 손을 댔다.

"밖인 거지."

"응."

"그렇다면."

이것 말고는 없다는 듯한 얼굴로 한없이 진지하게 단언했다.

"목줄을 채우고 야외 산책 멍멍이 플레이일까."

"뭐라고??"

자신의 추리를 선보이는 탐정 같은 멋진 옆얼굴로 갑자기 영문 모를 소릴 중얼거리는 아야. 이 녀석, 사실 즐기고 있는 거 아냐?

"유감이지만 아야의 예상이랑 다를 거야."
"그렇게나 엄청난 걸 하는 거야……?"
믿을 수 없다는 눈으로 쳐다본다. 유감입니다.
"됐어. 가 보면 알 테니까. 이쪽으로 와."
"으, 응……. 혹시 나 몰래 토와 씨나 바 사람들한테 연락하거나 그랬어?"
"누군가한테 조언 같은 거 안 받았어!"
그야 바 사람들한테 물어보면 정말 터무니없는 걸 가르쳐 줄 것 같지만! 그래도 듣는 순간 질색하고 끝이지, 『그렇구나 나도 아야랑 해봐야지☆』라고 마음먹는 일은 절대 없다고.
"그렇구나. 마리카가 혼자서 생각한 거구나."
"맞아."
"……그럼 오히려 감동일지도. 마리카도 드디어 이 수준에 도달했구나, 싶어서."
"뭐라는 거야!"
제자의 성장을 지켜봐 온 선생님처럼 말하지 말라고.
"첫경험을 하기 전엔 황새가 아기를 물어다 주는 줄로만 알았던 그 마리카가."
"그런 고등학교 2학년이 있을 리가 없잖아!"
이 녀석은 어디까지가 진심이고, 어디까지가 농담인 걸까. 아야의 손바닥 위에서 놀아나는 기분이다. 딱히 싫지는 않지만…….
한동안 그렇게 만담을 나누며 걷고 있었더니.

"여기야—!"

저 멀리 가로등 아래, 손을 흔드는 사람이 있었다. 유메다.

잡고 있던 손을 놓고서, 마주 손을 흔들었다.

"미안 미안—, 기다렸지—. 어서 가자, 아야."

옆에 있던 아야는 표정이 딱딱히 굳어 있었다.

"설마 오늘 밤은 정말로 남들 앞에서……?! 그런…… 하드한……."

"아니야!"

그렇구나, 그 정도까지 하면 아야도 겁먹는 건가…… 하는 생각을 하면서도 나는 힘주어 고개를 가로저었다. 아야를 겁주겠다는 목표 하나만으로 친구들 앞에서 평생 치 흑역사를 쌓을 생각은 없다.

확실하게 부정하자 아야의 머리 위에 물음표가 떴다.

"하지만 그런 게 아니라면, 미츠미네 씨가 있는 건……? 무슨 플레이……?"

"훗훗훗."

곤혹스러워하는 아야를 보면서 의미심장한 미소를 지었다.

먼저 와 있던 유메와 합류하고서, 나는 발밑에 놓여 있는 양동이를 들어 보였다.

"짜잔—."

이어서 유메가 아야에게 내용물이 가득 든 불룩한 비닐봉지를 보여주었다.

"짜잔—."

"……?"

아직 아야는 눈치 못 챈 모양이다. 분명 머릿속에선 수십 가지 음란한 플레이를 떠올리면서 대조해 보고 있겠지. 그런 사고 회로로는 몇 년이 걸려도 정답에 도달하지 못할 것이다.

여고생이 밤바다에 모여서 할 일이라고 하면 하나밖에 없다.

나는 완벽한 승리를 거둔 듯한 기분으로 공개했다.

"불꽃놀이야, 불꽃!"

"불꽃놀이."

유메가 비닐봉지를 열자, 그 안에는 미리 사 온 불꽃이 잔뜩 들어 있었다. 여행 선물 비용과는 별개로, 알바비를 아낌없이 쏟아부어 구매한 대량의 불꽃이다.

"그건…… 괜찮아?"

즐겁게 웃는 우리에게 찬물을 끼얹지 않으려는 것처럼 머뭇머뭇 주변을 둘러본다.

물론 남들에게 폐를 끼칠 생각은 없다.

"프라이빗 비치니까 제대로 뒷정리만 하면 오케이야. 나중에 선생님도 오실 거고."

"선생님까지……."

호텔 해변에서 불꽃놀이가 OK라는 사실을 알자마자, 나는 신속하게 행동을 취했다. 이왕이면 사람이 많은 편이 좋을 것 같아서 우리 반 단체 그룹방에 메시지를 보낸 것이다. 참가 자격은 다섯 명당 양동이 하나와 불꽃 한 봉지. 불꽃놀이용 불꽃은 오키나와 가게에서 쉽게 찾아볼 수 있었다.

그렇게 아야에게 설명하는 사이, 우글우글 단체로 몰려오기 시작했다. 우리 반 인원을 훌쩍 넘어선다.

"아니, 많잖아!"

왠지 인원이 불어나지 않았어?

"다른 반에도 소문이 퍼진 모양이네."

불꽃놀이 장소인 해변까지 아이들을 안내해 온 치사키가 다가와 그렇게 말했다.

"마리, 이래선 누가 누군지 모를 거야."

"뭐, 괜찮지 않아? 와준 사람을 쫓아내는 것도 미안한 일이고."

게다가 애초에 사람이 많은 편이 즐거울 것 같다고 말을 꺼낸 사람은 나니까.

"히나노는?"

"호텔에서 자고 있대. 진짜인지 거짓말인지는 몰라."

"그러지 마."

연인에겐 저마다 시간을 보내는 방식이 있다. 괜히 넘겨짚을 필요는 없다.

치사키가 어깨를 으쓱하고는 아이들을 향해 소리쳤다.

"다들, 뒷정리는 제대로 해—. 그리고 귀중품 관리도—."

여기저기서 『네—』 하는 대답이 들려왔다. 응, 괜찮을 것 같다.

"좋아, 그럼 자유롭게 시작하자."

나는 바로 촛불 라이터로 양초에 불을 붙여 땅에 꽂았다.

손에 든 불꽃놀이 봉지를 열어 그중 하나를 아야에게 건넸다.

"자!"

"으, 응."

아직도 곤혹스러워하는 아야에게 억지로 밀어붙였다.

"수학여행의 추억을 만들어 보자!"

나는 불꽃 끝에 촛불을 가져다 댔다.

불꽃이 튀고, 바닷바람에 화약 냄새가 섞인다.

바다에 비친 달이 멀리서 너울너울 떠다닌다.

밤의 모래사장엔 여러 그룹이 조개껍데기처럼 드문드문 흩어져 저마다 불꽃놀이를 즐기고 있었다. 나와 아야도 그중 하나였다.

다 함께 있는데, 단둘이.

"……여기서 할 거야?"

아야가 어딘가 불편한 듯이 물었다.

손에 든 폭죽의 불꽃을 어딘가 흔들리는 눈빛으로 바라보는 아야.

나는 "아니" 하고 고개를 저었다.

"안 해. 같이 불꽃놀이를 하고 싶었을 뿐."

손에 든 불꽃의 불이 점점 작아지며 사그라든다.

"그게 오늘의 내 부탁."

"……어째서?"

나는 다 타버린 불꽃놀이 막대를 물이 담긴 양동이에 꽂아 넣고 나서, 새 걸 꺼냈다. 세 가지 색으로 차례차례 변하는 불꽃이다.

아야에게 다가가 불을 빌렸다.

팟, 하고 불이 붙어, 타닥타닥 소리를 내며 선명한 빛이 반짝인다.

"그치만."

불꽃이 아닌, 불꽃에 비친 아야의 옆얼굴을 향해 입을 삐죽이며 대답했다.

"너무 야한 것만 부탁하면 정말로 내가 머릿속에 그런 생각밖에 없는 애 같잖아. 내가 똑똑히 말했지. 평범한 걸로도 충분히 행복하다고."

"……마리카."

아야의 눈동자가 나를 비춘다.

"나는 그걸 증명하고 싶었을 뿐이야."

"……응."

옆에 선 아야가 거리를 좁혔다.

마치 어리광을 부리듯 기대 온다.

흠칫했다. 누군가한테 들키는 거 아닐까, 하고 살짝 걱정돼서. 하지만 불꽃놀이를 즐기는 다른 애들이 보기엔 거리가 멀어서 누가 누군지 모를 거야, 하고 마음을 진정시켰다.

"봐, 올해 여름은 제대로 못 놀 것 같으니까. 여름에 하려고 생각했던 일들은 미리 전부 해두려고. 시간이 있으면 여름 축제나 불꽃놀이 대회 같은 곳도 가 보고 싶지만. 그래도 알다시피 나도 상당히 무리해서 지망 대학을 정했으니까…… 마음껏 못 놀지도 모르는 거고……."

반년을 통째로 공부에만 전념한다니, 내 인생에서 처음 있는 일이라 해낼 수 있을지 어떨지 잘 모르겠지만. 그래도 눈앞의 욕심에 지고 싶지 않아.

평범해서 행복하다는 건 사치스러운 말이다. 행복한데 평범하다니. 이런 게 평범한 거라면, 평범하지 않게 된 순간 바로 불행의 나락으로 떨어지겠지.

그러니까 앞으로도 평범하게 있을 수 있게 노력하고 싶어. 아야와의 인생이 걸려 있으니까!

"있지, 그러니까 지금은 쓸데없는 생각 하지 말고! 신나게 놀자!"

들뜬 목소리로 아야에게 웃어 보였다. 불꽃을 빙글빙글 돌리며 밤의 어둠에 빛의 궤적을 그렸다.

그러고 있자, 아야가 나지막이 중얼거렸다.

"나, 옛날에 있지. 딱 한 번 불꽃놀이를 한 적이 있어."

"그랬어?"

"응. 엄마랑…… 또 한 명, 가족이 있었던 시절."

"그건."

궁금함을 애써 감추면서 아야의 말을 기다렸다.

아야의 불꽃이 다 타들었고, 내 불꽃도 점차 꺼져간다.

그때 아야가 봉투에서 선향불꽃을 꺼내 가져왔다. 내 폭죽에서 불을 옮겨 붙이자, 애절하게 타닥타닥 소리를 내며 불꽃이 타들어 간다.

"엄마랑 그 당시 사귀던 사람. 다정하고 좋은 사람이었어. 같이 불꽃놀이를 했고. 완전히 잊고 있었는데 문득 떠올랐어."

"그렇구나."

꺼진 불꽃 대신 나도 선향불꽃을 가져왔다. 손에 든 선향불꽃에 촛불 라이터로 불을 붙였다.

덧없는 불꽃이 바람에 흔들려 꺼지지 않도록, 우리는 자리에 쭈그려 앉았다.

잠깐의 침묵. 여기저기서 여자애들의 웃음소리가 울려 퍼지는 가운데, 이런 사소한 걸 묻는데도 어쩌선지 용기가 필요했다.

"아야…… 지금 즐거워?"

"응."

수줍은 기색의 아야가 천진난만하게 웃는다.

"즐거워, 마리카. 분명 평생 잊지 못할 거야."

왠지 부끄러워져서 아야를 똑바로 볼 수 없었다. 가슴이 뜨겁다.

"그, 그렇구나. 그렇다면 목적 달성일까……."

불꽃에 불을 붙일 때마다 내 안에 있는 아야를 향한 꺼지지 않는 마음이 더욱 커져만 간다. 그리고 불꽃이 꺼질 때마다 아직 본격적으로 오지도 않은 여름이 끝나가는 느낌이었다.

하아, 뜨거운 숨을 토했다.

"아아— 내일 도쿄로 돌아가고 싶지 않네—."

느긋하게 밀려오는 파도 소리를 들으며 푸념했다.

"3박 4일로는 부족하단 말이야—. 여유롭게 10박 정도 있고 싶어—."

"후후."

아야가 눈을 가늘게 뜨고 웃는다.

"조금 아쉬운 정도가 딱 좋을지도 몰라."

"그런 걸까나."

"괜찮아. 다음이 있어."

"음……."

"다양한 곳을 여행하자."

"음…… 응."

하고 싶은 일이 잔뜩 있어.

꼭 야한 일이 아니더라도. 아야도 그 점을 똑똑히 이해했겠지.

주변이 희미하게 밝아졌다.

돌아보니 분수 불꽃이 커다랗게 불꽃을 흩뿌리고 있었다. 아이들 몇몇이 불꽃 주변에 모여 있는 게 보였다. 마치 캠프파이어 같은 분위기다.

일어서서 쭉 기지개를 켰다.

"돌아가면 드디어 수험 준비!"

"힘들겠어."

"남 일처럼 말하는데…… 아야는 입시 학원에 안 다녀도 돼?"

"응. 아르바이트를 계속하고 싶으니까."

"정말로 괜찮아?"

아야의 공부 실력을 의심하는 건 아니지만 만약을 위해 물었다.

그러자 고개를 갸웃한 뒤, 아야가 미소 지었다.

©Wata

"괜찮아. 마리카랑 못 만나는 만큼 나도 열심히 공부할게."

주먹을 불끈 쥐는 아야.

"왠지 의욕이 넘치고 있으니까."

그 눈은 평소에 나를 어떻게든 기분 좋게 해주려고 할 때의 눈빛이었다.

"그, 그렇구나. 어어? 왜 갑자기 의욕에 불이 붙은 거야?"

"지금의 나는 꺼지지 않는 불꽃."

"잘 모르겠는데."

나는 경영학부를 지망하겠다고 정했다. 직접 창업을 할지 어떨지는 아직 모르겠지만, 돈을 버는 것과 관련된 수업은 재미있을 것 같으니까. 무엇보다 가장 흥미가 동했다.

하지만 지망 학교에 대해선 여전히 망설임이 있다. 분명 이 고민은 수험이 끝날 때까지 사라지지 않겠지.

"걱정 마."

내 어렴풋한 불안을 꿰뚫어 본 것처럼 미소 짓는다.

"마리카라면 괜찮아."

……저 올곧은 눈동자를 배신하는 일이 없도록 해야지.

작은 불꽃이 하늘로 솟아올라 팟, 하고 꽃을 피웠다.

여름을 앞당긴 수학여행의 밤은 평화롭게 흘러간다.

——그렇게 생각했는데.

다 같이 분담해서 불꽃놀이 뒷정리를 하고, (내일도 호텔을 떠나기 전, 날이 밝으면 다시 한번 쭉 둘러보자는 이야기도 나왔다) 호텔로 돌아가던 와중.

"앗, 이런. 양동이 하나 놔두고 온 것 같아."

내일 아침에 가지러 가도 괜찮겠지만, 한번 신경이 쓰인 이상 어쩔 수 없다.

"미안 아야, 먼저 가 있어."

"그치만."

"아, 그럼 쓰레기 좀 대신 버려 줘—."

이럴 때 『손잡고 같이 돌아가자☆』라는 말은 못 하고, 효율을 중시하고 마는 건 내 오랜 아르바이트 경력에서 비롯된 버릇 같은 거였다. 뭐, A랭크 스태프니까 말이지.

아야한테 쓰레기가 담긴 비닐봉지를 떠넘기고, 나 혼자 해변으로 U턴했다.

"아, 찾았다."

그늘진 곳에 굴러다니고 있던 양동이를 집어 들었다.

참가 인원이 워낙 많았던 탓에, 양동이도 남아돌아서 결국 안 쓰고 방치됐던 거겠지. 겉면만 씻어서 호텔에 반납하기로 하자.

그렇게 돌아오던 길. 나는 목격하고 말았다.

"……어라? 미유 짱인가?"

가로등 아래에서 누군가를 기다리는 것처럼 서 있는 미유 짱의 모습.

그러고 보니 불꽃놀이 도중에도 히나노와 미유 짱은 보이지 않았으니까 당연히 둘이 같이 있을 줄 알았는데.

혹시 지금부터 야간의 해변 데이트를 하려는 걸까? 그렇다면 나는 방해꾼인가.

걸음을 옮겨 자리를 피하려 했다. 그런데 아니었다. 나타난 사람은 키가 큰 여자애였다.

분위기가 닮아서 한순간 치사키인 줄 착각했다. 하지만 머리카락도 금발이고 전혀 다르다. 내가 모르는 사람이었다.

배드민턴 합숙으로 왔다고 했으니까 팀 동료도 같이 오키나와에 남은 걸까.

바로 자리를 뜨지 않은 건 묘한 위화감을 느꼈기 때문이다. 묘하게 친밀한 분위기를 풍긴다고 해야 하나. 미유 짱도 상대방 여자애도 생글생글 웃고 있어서…….

"~~……."

"……."

대화하는 소리는 안 들린다.

……뭘까.

뭐, 이상한 일은 벌어지지 않겠지. 저렇게 착실한 애가 남들 보기에 눈살 찌푸릴 만한 행동을 할 리도 없을 테니까.

응, 잠깐 상황만 살피고 바로 돌아가자. 그렇게 하자.

미유 짱이 여자애와 손을 잡았다.

……아냐, 손을 잡는 것 정도라면 여자애들끼리 그럴 수도 있지. 내가 너무 예민해져 있을 뿐이다. 나도 바다에서 미유 짱을 끌어안기도 했잖아!

역시 이런 건 좋지 않지! 응, 어서 돌아가자.

그때―― 두 사람의 몸이 겹쳤다.

……어?

낯선 여자애와 미유 쨩은 키스하고 있었다.

?!

어…… 엑?! 바람이잖아?!

아무리 그래도 저건 바람이지?! 세간의 일반적인 시각으로 봐도 바람 맞지?!

믿을 수 없어. 내가 아는 사람 중에서 누구보다도 똑바로 된 윤리관을 가졌다고 생각했었던 미유 쨩이 이런 짓을 벌이다니.

오늘 대화를 나눴던 미유 쨩의 착하고 바른 아이라는 이미지가 와르르 무너지고, 악녀의 미소를 띤 미유 쨩이 밤하늘에 떠오른다. 으와아아아.

"마리카?"

"——."

갑자기 등 뒤에서 목소리가 들려와서 나는 심장이 튀어나오는 줄 알았다.

게다가 말을 건 사람이.

"히, 히, 히, 히나노!"

하필이면!

"그렇게까지 놀랄 일이야? 귀신이 아니라고."

"어, 어어음, 저어기, 호텔에서 잔다고 들었는데?!"

"응. 일어났어."

한 시간만 더 자고 있지 그랬어!

지금까지 살면서 가장 조마조마한 순간이었을지도 모른다. 아

©Wata

야와 한 침대에 있던 걸 아빠한테 들킬 뻔했던 겨울방학 이후로.

일단 몸으로 시야를 가로막았다. 그러면서 히나노의 양어깨를 붙잡았다.

"히나노! 당장 호텔로 돌아가자!"

"지금 온 참인데."

입에서 초고속으로 아무 말이나 마구 튀어나왔다.

"저, 저기저기저기, 나 밤길이 무섭거든! 히나노가 같이 가주지 않으면 울지도 몰라!"

"뭐? 꼬시는 거야? 무슨 그런 귀여운 소리를……."

"그러니까 자! 가자가자!"

히나노의 가녀린 몸을 있는 힘껏 꾹꾹 밀었다.

좋아, 이걸로 최악의 사태는 면했어……!

그런데 갑자기 무게감이 슥 사라졌다.

"으왓!"

나는 모래사장에 넘어졌다. 히나노가 슬쩍 몸을 피한 거였다.

"아, 미안. 하지만 나는 잠깐 약속이 있어서."

손을 내밀어 준다. 그 손을 잡고 벌떡 일어섰다.

아니 그러니까 만나기로 한 사람이! 지금 상황이 안 좋다니깐!

그보다 미유 짱, 히나노랑 만나기로 한 곳에서 바람을 피우다니 너무 배짱 넘치잖아! 대체 뭔데?! 스포츠 선수라서 그래?! 성욕이 주체가 안 되는 거야?! (편견)

이러면 안 돼. 충격에 빠져 있을 때가 아니야.

"나를 여기 두고 가면 후회한다!"

"뭐라?"

필사적으로 가로막았다. 지금 내가 어떻게 보이든 상관없어. 그걸로 히나노가 상처받는 일 없이 넘어갈 수 있다면!

그렇게 생각하고 있는데.

"앗, 히나노 짱!"

놀랍게도 바람을 피운 당사자가 손을 흔들며 다가왔다!

이럴 수가 있어?!

"여어."

키가 큰 여자애까지 같이 왔다. 불륜 상대!

"린카."

"오랜만. 히나노."

심지어 면식범……!

아냐, 그래도 시간을 번 덕분에 히나노는 결정적인 순간을 목격하진 못했어.

좋아…… 제대로 해냈구나, 나…….

뭐, 앞으로의 일을 생각해 보면 도저히 안심할 수 없지만……. 그건 당사자 간의 문제니까…….

복잡한 심경을 품고 있는데 히나노가 느닷없이.

"둘 다, 혹시 키스하고 있었어?"

"잠깐?!"

히나노의 멱살을 잡았다.

"무슨 소릴 꺼내는 거야, 그럴 리가 없잖아?! 미유 짱은 너랑 사귀고 있다고, 너랑!"

"마리카, 시끄러."

얼굴을 찌푸리는 히나노.

우리 뒤에서 미유 짱이 쑥스럽게 웃었다.

"아하하…… 사실은 아주 잠깐."

"미유 짱?!"

믿을 수 없는 무언가를 보는 시선으로 미유 짱을 돌아보았다.

그런 부분에서만 착실하게 굴어서 어쩌자는 거야?! 지나치게 솔직한 말은 때로는 거짓말보다도 사람을 상처 입히는데?!

그런데 히나노는 조금도 동요하지 않았다.

"린카, 툭하면 선수 치네."

"뭐, 뭐야. 너희들은 오늘 하루 종일 데이트 했잖아. 나는 방금 막 도착한 참이라고."

"그런 걸로 해줄까……."

"이 자식이."

얼굴을 마주 보는 히나노와 또 다른 여자애.

이건……………… 수라장은, 아닌가?

린카라고 불린 아이와 서로 팔꿈치로 쿡쿡 찌르고 있는 히나노. 그 두 사람 사이에서 미유 짱은『어휴, 정말이지』라는 표정을 짓고 있다.

나는 뭐가 뭔지 알 수 없어서 눈만 깜빡였다.

어, 어음…….

"히나노, 미유 짱이랑 사귀는 거 아니었어?"

"사귀고 있어."

뭘 당연한 소릴, 이라는 얼굴로 보는 히나노.

다시 말해…….

린카 씨(?)는 미유 짱과 섹프…… 라는 뜻?

그걸 히나노도 묵인하는 관계…… 인 건가?

문란해…….

그런데 히나노는 이어서 손가락을 세우며.

"그리고 린카랑도 일단은 사귀어 주고 있어."

말이 떨어지자마자 "야 인마" 하고 불만 어린 목소리를 내는 린카 씨.

"……그 말은."

히나노는 미유 짱을 오른팔로, 그리고 다른 여자애를 왼팔로 껴안았다.

마치 잡지에 실린 성공한 사람 같은 포즈를 하고서 말했다.

"우리는 **셋이서 사귀고 있거든.**"

"………………뭐?"

귀로 들은 말을 이해할 수 없었다.

셋이서 사귀고 있다고……?

그건, 나이가 연상인 여동생이나, 검은 털 하얀 고양이 같이, 완전히 모순된 말처럼 들렸다.

그런데 미유 짱을 봐도, 린카 씨를 봐도, 조금도 농담하는 기색이 느껴지지 않았고.

나는 솔직하게 되물었다.

"어, 사귀고 있다는 게, 그, 섹프…… 같은 게 아니고?"

"응. 진지하게."
작게 피스 사인을 하는 히나노.
그 말이 너무나도 경박하게 들려서.
그래서 나는 반사적으로 말을 내뱉고 말았다.
"아니…… 말도 안 되잖아……."
바다에 가라앉을 정도로 낮은 목소리를 토했다.
그 직후였다.
"야."
손을 치켜드는 히나노의 모습이 슬로 모션으로 보였다.
어?

짜악!
엄청나게 큰 소리가 해변에 울려 퍼졌다.

수학여행 4일 차 마지막 날

시 각	장 소	내용
7:20	아침 식사	○ 조별로 아침 식사
8:30	로비	○ 이날은 호텔 이동 없음
9:00	버스 이동	**학생 집합**
		【조장】점호
		○ 귀중품 주머니 반납
10:00	국제 거리	○ 조별로 행동
		○ 점심 식사는 알아서
12:30	버스 이동	**학생 집합**
		【조장】점호
12:50	나하 공항	**학생 집합**
14:00	체크인	【조장】점호／탑승권 배부
	기내	○ 작은 짐(안내서나 귀중품)을 확인하기
		○ 큰 짐은 위탁하기
		○ 끝난 사람은 탑승 대기실로 이동
		○ 좌석 번호 확인
17:00	하네다 공항	**학생 집합**
18:00		【조장】점호
		해산식
		○ 학년 주임 인사
		○ 실행 위원 인사
		○ 마무리 인사
		해산

지루해……

여자끼리라니
말도 안 된다고 주장하는 여자애를
백일 동안 철저하게 함락시키는 백합 이야기

제4장

그건 고등학교 1학년 여름방학 전. 아야와 만나기 이전——아직 내가 지금보다 아주 살짝이지만 날이 서 있던 때였다.

그날은 드물게 생리통이 심해서 약을 먹고 몸을 질질 끌다시피 등교했지만, 하나부터 열까지 지긋지긋해서 보건실 침대를 빌려 누워 있었는데.

수업 중인 시간인데도 커튼 밖이 웅성웅성 시끄러웠다.

(뭔 일이야, 정말이지…….)

커튼 틈으로 엿보니 3학년 두 명이 1학년 한 명을 둘러싸고 다그치는 모양이었다.

(저건…….)

1학년은 다른 반이지만 본 적 있는 얼굴이었다.

머리카락을 파랗게 물들인 여자애라고 하면 한 명뿐이다.

학년의 유명인, 시라하타 히나노다.

언제나 눈에 띄는 외모. 선생님께 주의를 받는 장면도 여러 번 봤지만, 고칠 기미는 제로. 소문으로 듣기론 학교를 밥 먹듯이 빼먹는 것 같고, 문제아가 많은 키타자와 고등학교에서도 요주의 인물로 이름 높은 여자애였다.

선배들한테 시비가 걸리는 것도 드문 일이 아니겠지. 3학년들이 몹시도 험악한 태도로 히나노를 건방지다느니 뭐라느니 하면서 욕하고 있는 데 반해, 시라하타 히나노는 스마트폰을 만지작거리며 건성으로 듣고 있었다.

(불량한 태도 봐~. 역시 무섭네. 되도록 엮이지 말아야지…….)

나는 다시 침대에 파고들었다. 그렇지만 배는 아픈 데다, 말다툼 소리가 시끄러워서 도저히 잠들 수 없을 것 같았다.

(아니 그보다…… 3학년도 너무 경솔하잖아. 침대에 선생님이 자고 있었으면 어쩌려고 그래. 똑바로 확인하라고. 수험 때문에 바빠야 하지 않아? 나 참…….)

아침부터 심기가 불편했던 나는 점점 화가 치밀었다.

(보건실은 아픈 사람이 쉬는 곳이지 후배들 군기 잡는 장소가 아니라고.)

스마트폰을 켜서 볼륨을 최소로 줄이고 적당한 동영상을 찾았다. 꽤 괜찮은 영상을 발견했기에 이번엔 볼륨을 크게 키워 재생했다.

바로 침대 안에서 울려 퍼지는 어른 여성의 목소리.

『——너희! 뭘 소란 피우는 거니?! 지금은 수업 중이잖아!』

커튼 너머로, 화들짝 놀라는 듯한 동요가 전해져 왔다.

곧바로 거미 새끼 흩어지듯, 보건실에서 누군가가 뛰쳐나갔다.

나는 커튼을 확 열고서 3학년이 없어진 걸 확인한 다음 건방지게 웃었다.

"아하하, 보건실에선 조용히 해야지—."

아주 조금이지만 복통이 줄어든 것 같은 느낌도 든다. 아니 기분 탓이구나. 배는 여전히 아파.

덧붙여 시라하타 히나노는 여전히 그곳에 멍하니 서 있었다. 방금과 다른 점은 스마트폰을 든 채 나를 보고 있다는 것 정도.

팔랑팔랑 손을 흔들었다.

"아, 일단 말해두는데 딱히 도와준 건 아니야. 귀찮아서 쫓아냈을 뿐. 괜한 다툼에 별로 엮이고 싶지 않으니까."

"사카키바라 마리카?"

작은 입술이 움직여 내 이름을 불렀다. 풀네임을 알고 있다는 사실에 살짝 긴장했지만 적의는 없어 보였다.

"응, 맞는데."

눈살을 찌푸리며 대답했다. 히나노는 여전히 시선을 내게 고정한 채.

"나도 딱히 도움을 바랐던 건 아니야. 그치만 짜증 나던 와중이라 덕분에 살았어. 고마워."

"……솔직하게 고맙다고 말하는구나?"

"응. 나는 다음에 또 누굴 때렸다간 정학이라고 들었거든."

"우와, 무셔……. 그보다 그 말은 이미 누굴 때린 적 있다는 소리잖아……."

시라하타 히나노는 아무런 대답 없이 "이런 이런" 하고 앉았다. 선생님 의자였다. 얼굴도 두껍지.

나는 갑자기 찾아온 침묵이 불편해서 히나노에게 말을 걸고 말았다.

"있잖아, 시라하타는 왜 머리색을 그대로 유지하는 거야?"

"응?"

"아니, 그치만 엄청 눈에 띄는 데다, 방금처럼 시비도 걸리잖아. 가성비 나쁘지 않아?"

가만히 나를 응시하는 시라하타. 마치 값어치를 평가당하는 기분이다.

"마리카는 말이야."

"우와, 이름으로 부르네."

"마리카는 양보할 수 없는 부분 같은 게 없어?"

말투는 담담했지만, 나는 어딘가 바보 취급당하는 듯한 분위기를 느꼈다.

그런 것도 없는 얄팍한 녀석은 입 다물어…… 같은 느낌?

나는 겉으로는 누구와도 친하게 지내기 때문에, 종종 겉모습으로만 판단되는 경우가 많아서, 그래서 피해망상적으로 받아들인 걸지도 모르지만.

아무튼 이때 나는 몹시 언짢았기 때문에 쏘아붙이듯 대답하고 말았다.

"있는데?"

시라하타는 여전히 나를 응시하고 있었다. 마치, 정말로? 라고 말하고 싶은 것처럼.

살짝 욱했다.

"최선을 다해 분란을 일으키지 않고, 다 같이 사이좋게 학교생활을 즐기자는 게 내 신조야."

퉁명스럽게 내뱉었다.

"애초에 학교가 지루한 곳이라는 건 말할 것도 없이 당연하잖아. 하지만 그렇다고 다 같이 따분한 표정으로 지내면 점점 더 따분한 곳이 되는 거잖아. 그렇다면 가식적으로라도 『우와— 학교 재밌어—』라고 다 함께 말하는 게 그나마 즐거워질 테니까."

4분의 1 정도는 히나노를 향한 비아냥이었다.

"중학교까지는 의무교육이지만 고등학교는 아무튼 명목상으론 자기가 원해서 온 거잖아. 그러면 적어도 편안한 공간으로 만들어서 즐거운 하루하루를 연출해 주고 싶어. 이게 나에게 있어서 양보할 수 없는 부분인데?"

불만 있냐? 라는 것처럼 시라하타의 시선을 되받았다.

그러자 이 녀석은 눈을 가늘게 뜨면서 그다지 흥미 없다는 듯이 중얼거렸다.

"마리카는 별난 애구나."

"너한테만큼은 그런 말 듣고 싶지 않거든?!"

파랗게 머리를 물들인 여자애의 말에 나도 모르게 외쳤다.

"그보다 히나노는 뭔데. 양보할 수 없는 부분. 그 머리색이 그런 부분이란 뜻이야?"

나만 이름으로 불리는 게 짜증 나서 똑같이 갚아주었다.

히나노는 특별히 동요하는 기색 없이 고개를 가로저었다.

"아니."

"그럼, 다시 염색하면 되잖아——."

그러자 히나노는 단호하게 말했다.

"전부야."

"……."

나는 미간을 찌푸리면서 히나노를 보았다.

전부라니.

어이가 없어지는 소리다.

"……너무 제멋대로잖아. 학교는 사회인데?"

즉, 규율이 있다는 뜻이다. 규율에서 벗어나는 사람은 튕겨 나가거나, 무리에서 추방당한다. 인간만 그런 게 아니다. 동물도 마찬가지다.

그런데 히나노는 뭘 모른다는 듯한 표정으로.

"이 모든 게 나니까."

"하다못해 소중한 요소를 세 가지 정도로 압축한다거나."

"그건 타협 아니야?"

"적응이라고 하는 거야. 그러면 조금은 짜증 날 일도 줄지 않겠어?"

적을 만들면서 살고 싶다고 바라는 녀석은 나로선 정말로 이해를 못 하겠다.

"주변에 아첨하라는 소리가 아니거든. 먼저 시비를 거는 녀석이 나쁘다는 건 백 퍼센트 맞는 말이지만, 너도 뭔가 할 수 있는 일이 있지 않겠냐고 말하고 싶을 뿐이야."

"흐음."

히나노는 턱에 손을 대고서, 이제야 처음으로 내 목소리가 들린 듯한 표정을 지었다.

"생각해 볼게."

그게 나와 시라하타 히나노가 처음으로 대화를 나눴던 날의 일이었다.

2학년으로 올라가 같은 반이 됐을 때부턴 간간이 이야기를 나누게 되었고. 특히 친한 것도 아니고, 어디로 둘이 놀러 갔던 것도 아니지만. 이래저래 서로 고민을 털어놓기도 하고, 위로받기도 하면서…….

확실하게 친구라고 부르기는 뭔가 좀 다르다는 느낌이 든다.

내게 있어서 히나노는…… 그렇지. 그때부터 쭉『별난 녀석』이었다.

* * *

수학여행 마지막 날, 4일 차.

결과적으로 오키나와에서 보낸 나흘간은 장마철인데도 쭉 맑은 날씨였다. 그건 정말 다행이다. 내 마음속엔 지금 태풍이 휘몰아치고 있지만.

나는 오키나와 국제 거리에서 조형물 앞 블록에 주저앉아 있었다. 더워.

다리를 꼬고 턱을 괸 자세. 뺨을 부풀리고서, 누가 봐도 알 정도로 칙칙한 아우라로 기분 안 좋은 상태임을 표현하고 있었다.

"최악이야……."

어젯밤 해변에서 나는 **히나노에게 뺨을 맞았다**.

『무, 무, 무…….』

내가 그 상황에서 엉덩방아를 찧으며 눈물을 글썽일 만한 연약한 여자였다면 얘기가 단순해졌을지도 모르지만.

히나노의 선제공격에 쫄았던 것도 한순간뿐.

『뭐 하는 짓이야──.』

나는 바로 반격을 퍼부었다. 따귀 한 대는 먹였지만, 두 대째는 막히고 말았다. 이때쯤엔 나도 완전히 머리끝까지 화가 나 있었다.

무슨 일이 있어도 한 대 더 때려주겠다며 맹렬하게 달려들다가 미유 짱과 린카 씨에게 제지당했다.

그리고 지금으로 이어진다.

"그 자식……."

아야한테 내동댕이쳐진 적은 있어도, 귀싸대기를 맞은 건 고등학교에 들어와서 처음이었다.

정말로 영문을 모르겠다.

히나노가 하는 짓은 1학년 때부터 지금까지 쭉, 이해가 안 가는 것들뿐이다.

"하아………… 더워."

게다가 오늘은 생리가 예정보다 일찍 시작되는 바람에 배가 묵직하다. 몸도 나른했다.

이럴 줄 알았으면 호텔 체크아웃 시간이 빠듯할 때까지 잘 걸 그랬어.

하지만 호텔에서 잤다면 아야가 하루 종일 옆에 딱 붙어서 걱정스레 간호해 줬을 테니까……. 그야 평소엔 그런 마음이 기쁘지만, 모처럼의 자유 시간을 망치게 하고 싶지 않고, 나도 아야한테 언짢은 표정을 보여주고 싶지 않으니까…….

그래서 이렇게 태연한 태도로 나왔지만, 역시 여기저기 돌아다니는 건 힘들어서 혼자 휴식을 취하기로 했다.

아야는 지금 나 대신 이곳저곳을 뛰어다니며 대신 여행 선물을 사주고 있다. 미안, 아야.

아니~ 그런데 대체 뭐였냐고. 이해가 안 되네…….

엥? 사귄다니 뭔 소리래? 섹프가 아니고? 셋이서 사귄다니, 그거 양다리 아니야? 합의하에? 그런 관계가 성립될 수 있어?

머리 위를 수수께끼의 관계가 빙글빙글 맴돈다.

백 보 양보한다 치고. 몸만 섞는 사귐이라고 한다면 차라리 이해가 가. 미유 짱이 당당하게 그런 짓을 하는 건 상당히 의외지만, 히나노한테 나쁜 영향을 받았다고 생각하면 그럴 수 있지.

그런데 셋이서 진지하게 교제한다니.

그건 솔직히 무리잖아. 절대 말도 안 된다고.

그치만 내가 아야와 똑같은 거리감으로 또 한 명 누군가를 사이에 끼고서 사귄다고 생각하면 절대로 무리인걸. 성립될 리가 없어. 그거야말로 진지하지 못하다는 증거다.

내가 틀린 게 아닐 거야.

그런데도…… 아까부터 가슴속이 답답하고 뱃속이 무겁다. 아니, 그건 생리 증상이지만.

게다가 햇볕에 탄 목덜미가 따끔거려서 아프고, 뺨도 어제의 충격을 기억하는지 욱신욱신 쑤신다. 엎친 데 덮친 격인가?

태평할 정도로 가벼운 목소리가 날아든다.

"마리카—."

갑자기 누군가가 옆에 앉았다.

유메였다. 손에는 아이스크림을 들고 있었다.

“이거 봐봐, 사탕수수 맛이래! 오키나와에서 유명한 아이스크림 가게야! 어때어때, 한 입 먹을래—?”

뚱한 표정을 풀지 않고서 곁눈질로 유메를 보았다.

“미안, 되도록 배를 차게 하고 싶지 않아서.”

“그래? 그럼, 나 혼자 먹어야지! 응! 달다!”

평소에는 활기차고 밝은 유메의 목소리도, 지금은 머릿속에 쨍쨍 울리는 느낌이었다.

괜히 화풀이하고 싶지 않아서 한 손을 팔랑팔랑 흔들며 유메를 쫓아내는 시늉을 했다.

“딱히 나한테 신경 써주지 않아도 돼—. 집합 시간까지 여기서 푹 쉬고 있을 거니까. 치사키랑 재미있게 놀다 오라고.”

“그래도 어제가 아니라서 다행이지.”

아이스크림을 핥으며 내 힘없는 목소리는 전혀 들리지 않는 것처럼 유메가 웃었다.

“음—, 하긴 그러네…….”

“마리카는 평소엔 증상이 심한 적 없더니.”

“일 년에 몇 번 정돈 이런 날도 있는 거지.”

증상이 심하냐 아니냐는 은근히 멘탈의 영향을 크게 받는 것 같다. 이번 생리통의 원인은 피로와…… 그리고 히나노한테 뺨을 맞은 거려나.

“역시 불쌍하니까 지금 마리카를 사진으로 남기는 건 그만둘게.”

“고마워…… 우정이 느껴지네…….”

맥 빠진 미소를 짓는다. 그러다 문득 깨달았다.

"어라. 유메가 목에 걸고 있는 그거, 히나노 디카야?"

"응, 맞아."

유메가 한 손에는 아이스크림을 들고서, 다른 한 손으로 국제거리의 풍경을 사진에 담는다.

"왜 유메가 갖고 있어?"

"있지— 아침에 히나뽀요가 맡기고 갔어—."

"……왜?"

"몰라!"

보통 이유를 물어보지 않아? 안 물어봤겠지, 유메니까…….

"아— 수학여행 즐거웠지—."

유메는 그냥 여기 눌러앉고 싶은 모양이다. 그 마음 씀씀이 자체는 기뻐서 나도 최대한 험악한 티를 내지 않으려고 노력했다.

"그러네."

"오기 전엔, 그야 즐겁기야 하겠지, 정도로 생각했는데 말이야. 멤버도 평소 그대로고. 그런데 그런데, 와보니까 예상보다 훨씬 즐거웠다고 해야 하나, 역시 최고였어."

"너는 치사키랑 같이 있어서 그런 거잖아."

"그것도 있지만! 그것만 있는 건 아닌데?! 마리카도 아야야도, 물론 히나뽀요도 소중하다고!"

열변을 토하는 유메. 정신을 차리고 보니 유메의 페이스에 말려들어 평소 같은 텐션으로 유메와 대화하고 있었다.

"수학여행, 앞으로 2번 정도 더 있으면 좋을 텐데—!"

"여행 비용이 엄청날 것 같아."
"그치만 그치만 가고 싶지 않아? 이번엔 홋카이도라든가. 아니면 마이하마라도 좋고!"
"그런 거면 그냥 우리끼리 가면 되잖아."
"어? 갈 거야?! 알겠어 가자! 졸업 전에 꼭이야! 약속!"
"그래그래……."
대충 고개를 끄덕인 뒤 옆을 보고 깜짝 놀랐다.
크흥, 하고 유메가 코를 훌쩍이고 있었다.
"꼭, 꼭이야……. 또 가자, 여행…… 다 같이 가는 거야……."
"잠깐 잠깐 잠깐. 감정 기복이 너무 심해!"
티슈를 건네주고, 들고 있던 사탕수수 아이스크림을 대신 받았다.
눈가를 꾹꾹 찍으며 얼굴을 닦는 유메. 으으~ 하고 아직도 입술을 떨고 있다.
"왠지이, 쓸쓸해졌어어…… 우으으, 졸업해도 놀러가기야아."
"이제 6월인데……."
손가락을 꼽아보았다. 아직 9개월이나 남았다고.
"으—, 마지막 같은 얘긴 하지 말 걸 그랬어."
"으, 응. 자, 아이스크림 먹어."
"달다아……."
아이스크림을 먹는 데 집중하는 동안 유메의 눈물은 들어간 모양이다. 어린애인가.
"히나뽀요가 있지."

"……응."

과민 반응하지 않으려고, 자연스럽게 맞장구를 쳤다.

"어제, 바다에서 말했었거든. 수학여행이 기대됐었다고."

"…………. 그것도 미유 짱이랑 일정을 맞췄으니까 그런 거 아니야?"

"그것도 있긴 하겠지만."

유메는 디지털카메라를 쥐면서.

"히나뽀요, 부끄럼쟁이니까, 그다지 대놓고 표현을 잘 안 하잖아? 그런데 재미있겠네—, 하고 부러워했었대."

"……뭐가?"

유메가 이쪽을 보며 수줍어한다.

"나나 마리카처럼, 같은 학교에 여자친구가 있다는 건 어떤 기분일까, 싶었대. 어제 마리카한테 도와달라고 했던 것도, 그걸 느껴보고 싶어서 그랬던 모양이야."

"……."

나는 살짝 숨을 삼킨 뒤, 시선을 피했다.

"역시 미유 짱이랑 놀고 싶었을 뿐이잖아."

"그것만 있는 게 아니고."

나는 이젠 대놓고 화제를 피하려는 태도를 티 냈지만, 유메는 전혀 아랑곳하지 않고 이야기를 이어갔다. 분위기 파악을 못 하는 면이 있는 게 유메의 단점이자 장점이다.

"듣기론 고등학교 친구들을 여자친구에게 소개해 주고 싶었대. 다들 좋은 애들이라면서——."

"…………."

나는.

아무튼 성대한 한숨을 내쉬었다.

"하아………………."

아무리 유메라도 그 반응에는 뭔가 느꼈나 보다.

"마리카?"

"좋은 녀석은 전혀 아니라고 생각하지만……. 대놓고 말도 안 된다고 말해버렸으니……!"

속에서 자꾸 걸리던 게 뭐였는지 드디어 깨달았다.

나는 또 과거의 잘못을 되풀이하고 말았다.

"그치만 어쩔 수 없잖아, 갑자기 그런 말을 들으면……. 나는 듣자마자 바로 받아들일 수 있을 정도로 잘난 인간이 아니란 말이야……."

가슴속 답답함을 전부 토해내고 싶어서 바로 히나노에게 전화를 걸었다.

받지 않는다.

……설마 차단당했어? 그 일이 있자마자?

"이 녀석이……."

그런 즉흥성으로는 정평이 나 있는 여자다. 나는 저도 모르게 손톱을 깨물고 싶어졌다.

"유메, 히나노가 어디 있는지 알아?"

"어? 모르겠어."

"그렇겠지!"

이대로 기다리면 어차피 집합 시간엔 만나게 된다는 건 알지만…….

메시지를 보내볼까, 하고 이력을 살펴보던 중 문득 눈에 띈 이름이 있었다.

히나노가 어디 있는지 알 법한 애다.

미유 짱에게 『히나노는 어딨어?』라고 메시지를 보냈다.

이쪽은 바로 답장이 왔다.

미유 짱이 가르쳐 준 곳은 국제 거리에서 그리 멀지 않은 해변.

나는 고개를 들었다.

"미안, 유메. 나 잠깐 어디 좀 다녀올게."

"어어? 몸은 괜찮아?"

척, 하고 브이를 그렸다.

"괜찮아. 집합 시간 전까진 돌아올게."

그대로 걸어가려다가 우뚝 멈췄다.

"나 있지."

"으, 응."

내 알 수 없는 행동을 보며 고개를 갸웃거리던 유메.

그런 유메를 향해 훗, 하고 웃으며.

"유메가 누구와도 친하게 지내면서도 분위기 파악은 못 하는 점, 역시 좋아해."

"응…… 어?! 그거 욕이야?! 응?!"

떠드는 유메를 두고서 나는 종종걸음으로 달려갔다.

해변을 둘러싸듯 부채꼴 모양으로 배치된 방파제.

그 위에 조그만 사람이 오도카니 서 있다.

하늘이나 바다와도 다른, 인공적인 부자연스러운 색으로 머리를 염색한 소녀.

시라하타 히나노가 혼자서 멍하니 바다를 바라보고 있었다.

"히나노."

이름을 불러도 히나노는 전혀 반응을 보이지 않는다.

나는 히나노 옆에 나란히 서서 한동안 마찬가지로 바다를 바라봤다.

바위가 많은 모래사장에 파도가 부딪쳤다가 밀려간다. 신기한 풍경이다. 누가 바닷물을 휘젓고 있는 것도 아닌데 저절로 물이 움직이고 있으니까.

나는 히나노의 옆얼굴로 시선을 돌렸다. 바람에 흔들려 머리카락이 나부낀다. 하지만 그것 말고는 오히려 밀려오는 파도보다도 조용했다.

"나를 다짜고짜 때려 놓고서 별달리 할 말은 없는 거야? 히나노."

"……."

히나노는 나를 거들떠보지도 않는다.

이, 이 녀석……!

반성했을 텐데도 마음이 부글부글 끓어오른다.

아냐, 내가 첫마디를 잘못한 거야. 그건 알고 있지만! 이 자식이!

눈을 감았다.

"……내가 잘못했어."

나지막이 중얼거렸다.

"……."

그런데 히나노는 변함없이 무반응!

나는 수많은 괴롭힘 중에서도 무시가 제일 싫단 말이야……! 별다른 노력조차 없이 상대를 백 퍼센트 나쁜 놈으로 만드는 비겁한 행위……! 대화를 거부하는 건 사카키바라 마리카의 천적!

한 대 때려도 과연 계속 무시할 수 있을까? 흉흉한 생각이 뇌리를 스친다.

다시 복통이 도지기 시작한다. 끄으윽.

됐다. 그럼 이제 반응하든 말든 신경 쓸까 보냐.

멋대로 떠들어 주지.

"나는 있지, 처음엔『여자끼리라니 말도 안 돼』라고 했었거든."

히나노를 보지 않고 옆에 있는 방파제 위에 주저앉았다.

"왜냐면 내 상식으로는 생각할 수 없는 이야기였으니까. 사귀는 상대는 당연히 남자애라고 생각했어. 주변 애들 모두 그러고 있었고, 거기에 아무런 의문도 품지 않고 살아왔어."

멋대로 떠들겠다고 정하고 나니, 말이 술술 나왔다.

"하지만 그 후로…… 여러 가지 일이 있었지. 조금씩 내 생각이 바뀌어 갔고, 지금은 이런 느낌. 반에서 커밍아웃까지 해버렸고 말이야."

운명이 바뀐 날을 떠올리면서 먼 곳을 바라보았다.

“이젠 아야가 없는 생활은 상상할 수도 없게 됐는걸……. 여자끼리는 말도 안 된다는 생각 그대로였다면 나는 지금쯤 어떤 인생을 살고 있었을까. 아마, 치사키나 유메와도 이렇게까지 친해지지 못했을 테고.”

작게 한숨을 쉬었다.

“그래도 뭐, 나니까. 그럭저럭 학교생활은 즐겼으려나. 그럭저럭 말이지.”

“왜?”

마침내 히나노가 입을 열었다.

“왜 생각이 바뀐 거야?”

“아니, 그건.”

이번엔 내가 입을 다물 차례였다.

최대한 고개를 돌려 시선을 피했다.

“……아니, 그게, 아야한테…….”

“아아.”

시야 한구석에 들어온 히나노는 턱에 손을 대고서 납득하고 있었다.

“그렇군, 아야한테 함락당한 건가.”

“노 코멘트로.”

“즉, 마리카가『말도 안 돼』라는 주장을 철회하게 만들려면 몸으로 깨닫게 만들어 줄 필요가 있다는 뜻인가.”

“그럴 리가 있냐!”

“총수 마리카를 결국 세 명이 한꺼번에 상대해 주지 않으면 만족 못 하는 몸으로."

"나는 이미 충분히 만족하고 있어!"

한 명 상대하는 것만으로도 벅차다고!

그 자리에 주저앉는 히나노. 손을 살랑살랑 흔들면서.

"소꿉친구."

마치 독백하듯이 혼자서 중얼거렸다.

"응?"

"우리 세 사람은 초등학교 때부터 알고 지냈어. 중학교에서도 쭉 함께였어."

히나노의 눈동자에 정감 어린 빛이 서린다.

"하지만 아마 미유는 린카를 좋아했을 거야."

"……그건."

어젯밤, 바다에서 키스를 나누던 두 사람을 떠올렸다.

미유 짱의 모습이 내가 좋아하는 여자애와 겹쳐 보여서 갑자기 가슴이 아팠다.

"둘이 사귀게 되겠지 싶었고, 그러면 둘이 사귀면 된다고 생각했어. 나는 얼굴이 예쁘니까 언제든 상대를 만들 수 있고 말이야."

"뜬금없이 자신감을 드러내네."

"응. 그런데 미유는 나도 좋아했어. 좋아한다고 말해 줬어."

나도 모르게 히나노를 보았다.

히나노는 투명한 눈빛으로 그저 올곧게 앞을 보고 있었다.

"두 사람이 사귀게 되면 분명 나는 멀어져 갈 거라는 걸 알고 있었어. 미유는 다정하니까 나를 내버려둘 수 없어서, 그래서."
"……그래서 어떻게 했는데?"
"사귀기로 했어. 셋이서."
그런 건…….
진짜 사랑이 아니라든가, 진지하게 생각해 보면 그런 건 말도 안 된다는 투의 말이 무심코 입 밖으로 튀어나올 뻔해서 목구멍으로 삼켰다.
사이좋은 3인조인데 그 중 두 사람이 사귀는 사이가 된다면 그룹의 붕괴는 피할 수 없다. 보통은 그렇다.
하지만 미유 짱은 그걸 바라지 않았다. 그래서 소꿉친구 셋이서 동시에 사귄다는 길을 선택했다.
"……."
하지만 그건 다정함이라기보단…….
미유 짱의 꾸밈없는 미소를 떠올렸다.
나는 의문을 품지 않을 수 없었다.
얘네들은 정말로 쭉 셋이서 함께할 수 있을까. 어쩌면 미유 짱의 다정함은 언젠가 반드시 찾아오게 될 이별을 뒤로 미룰 뿐인 행동 아닌지…….
그치만 셋이서 사귄다니, 그게 언제까지고 잘 될 리가 없어——.
히나노가 돌아보았다.
"언젠가 나한테 말했었지, 마리카. 인생에서 소중한 요소를 세 가지 정도로 정리해 두는 편이 좋다고."

솔직히 놀랐다. 내가 한 말을 히나노가 기억하고 있었다니.

히나노는 누구에게도 영향을 받지 않고, 그저 홀로 자신의 길을 걸어가는 여자라고 생각했다.

"……말했었지."

"내게 소중한 건 세 가지."

조그맣게 손가락을 세우며 말했다.

"미유, 나, 린카."

그것만이 양보할 수 없는 부분이라고.

"……."

나는 잘될 리가 없다고 생각한다.

하지만.

셋이서 사귄다니, 믿을 수 없을 정도로 어려운 일이라고 생각하지만. 그래도 미유 짱이 올곧게, 그리고 히나노가 혼신의 힘을 다해 지금의 관계를 지키려고 노력한다면 어쩌면…… 하는 생각이 들었다.

"그렇구나."

이 세상에 존재하는 사랑의 형태는 한 가지가 아니다. 여자끼리의 관계에서도 그렇다.

그렇다면 세 명이서 동시에 사귄다는 형태도, 어쩌면, 존재할 수 있을지도 모른다.

"내가 졌어."

어깨를 으쓱했다.

제각각 흩어지고 싶지 않다고, 매달리고.

설사 그 방법이 일반적이지 않을지라도.

"『말도 안 돼』같은 소릴 해서 미안. 옳다거나 그르다거나, 가능하다거나 불가능하다거나, 그런 건 내가 정할 일이 아니었어."

내 인생은 아야와 만남으로서 변했다.

그렇다면 분명…… 나는 그저 아야만큼이나 사랑하는 사람을 만나지 못했을 뿐.

만약 아야가 한 명 더 있었다면, 그 아이와도 헤어지고 싶지 않다고 바랐을 테니까.

"응."

히나노는 작게 고개를 끄덕인다.

그리고 밀려왔던 파도가 다시 쓸려 나갈 정도의 시간을 들여.

"나야말로, 미안. 갑자기 때려서."

"……응. 이쪽도 미안."

너무나도 알기 쉬운『이걸로 비긴 걸로 하자』라는 의사 표현.

히나노는 문득 깨달은 것처럼 고개를 들었다.

"나, 사람을 때린 다음 사과하는 거 이번이 처음일지도."

"그건 그거대로 뭐냐고!"

너무나도 상식 밖이라 나도 모르게 웃음이 터져 나왔다. 정말이지. 엄청난 여자다.

그 타이밍에 파우치 속 스마트폰이 진동을 울렸다.

확인하고서 이런, 하는 목소리가 나왔다.

"자유행동 시간이 이제 얼마 안 남았잖아! 빨리 돌아가야 해!"

같은 조 세 사람한테서 연달아 메시지가 오고 있었다. 걱정을 끼친 모양이다.
"자, 히나노도 빨리."
히나노는 움직일 기미가 없다.
……응?
"히나노?"
"어라, 내가 말 안 했던가."
"뭘."
"나 오키나와에서 며칠 더 묵고 갈 거거든. 먼저 돌아가."
"뭐어?!"
무슨 소릴 하는지 도저히 모르겠다.
"지금 수학여행 중인데?! 거기서 빠져나와서 겸사겸사 여자 친구랑 여행이라니, 무슨 소릴 하는 거야 너?! 비행기표도 이미 끊어놨는데! 아니 그보다 선생님께 뭐라고 설명해야 해! 정말…… 진짜로—."
안 되겠다. 히나노의 표정은 쇠귀에 경 읽기다.
나도 모르게 웃음이 치솟았다.
"뭐 이런 애가 다 있담……."
"예이."
"칭찬하는 거 아냐—."
양손으로 피스 사인을 그리는 히나노를 보며, 그래도 뭐, 얘는 원래부터 이런 녀석이었으니까…… 하고 체념할 수밖에 없었다.
"나 참…… 그러려고 마리카 조에 들어왔다는 뜻?"

"그 이유만 있었던 건 아니야."

"은근슬쩍 그 이유도 있었다고 말하긴."

히나노는 얼굴에 웃음을 띠었다.

"재밌을 것 같았으니까."

그 결과가 어땠는지는 물어볼 것도 없다.

"……아, 그래."

일부러 담백하게 맞장구를 치고서 등을 돌렸다.

"그럼 안녕, 히나노."

"응, 또 봐."

교실에서 헤어지듯 말을 건네고, 각자의 길로 나뉘었다.

잠시 걷다가 문득 뒤를 돌아봤다.

작은 그림자. 바다를 볼 수 있는 방파제에 히나노가 서 있다. 그곳으로 두 소녀가 다가온다.

세 사람은 손을 마주 잡고 걸어간다.

분명 행복해 보이는 미소를 짓고 있겠지.

친구에겐 보여줄 일 없는 특별한 미소를.

왠지 모르게……. 히나노가 이대로 다시는 학교로 돌아오지 않을 것 같은 기분이 들어서, 그런 건 기분 탓이라는 걸 알고 있지만, 나는 훗 웃었다.

"어쩐지. 그래서 항상 혼자 있는 것처럼 보였던 거구나."

히나노의 양손은 언제나 소중한 사람으로 가득 차 있었을 테니까.

"아니, 지금 이런 소릴 할 때가 아니야! 내가 비행기 탑승 시간에 늦으면 큰일이라고!"

이렇게 우리의 수학여행은 끝을 고했다.

선생님께 히나노가 오키나와에 남는다고 전했을 때, 선생님이 보여준 어처구니없어하는 표정은 앞으로의 인생 속에서 그리 쉽게 볼 수 있는 모습은 아니었을 것이다.

결과적으로── 사람들은 저마다 고른 행복의 길을, 저마다 믿고 걸어갈 수밖에 없다는 사실을 이번에 한층 더 절절히 느꼈다.

사람은 모두 그러기 위해서 어른이 되고, 대학에 진학하는 거라는걸.

돌아오는 비행기. 3인석 한가운데 앉은 나는 작게 한숨을 내쉬었다.

"정말, 마지막까지 어쩜 이런 수학여행인지……."

아야와 유메, 치사키, 그리고 마지막으로 히나노. 모두가 골고루 사람을 힘들게 만든 여행이었다.

아니, 아야만 독보적이구나.

"추억에 남는 여행이 됐어?"

옆자리에 앉은 아야가 자기가 뭘 했는지도 모르는 얼굴로 순진하게 물었다.

"……그것도 아야가 독보적이야."

"잘됐다."

잘 되긴 뭐가 잘 돼.

아야의 교복 사이로 엿보이는 목덜미가 눈에 들어왔다.

"그나저나 아야는 안 탔네. 바다에 갔다왔는데도."

"그러게 말이야. 옛날부터 빨개지는 일도 거의 없었어."

"태닝샵 같은 데 가도 효과를 못 볼 것 같아."

미백의 숙명을 타고난 여자다.

"마리카는 제법 많이 탔네. 귀여워."

"만지지 마. 따끔거리니까."

아야가 손가락을 들어 올려 내 셔츠를 슥 잡아당긴다. 야!

"**빠짐없이 골고루** 탔구나."

"……그야 그렇겠지……."

원망스럽게 중얼거렸다.

이렇게 탔는데 어깨끈 자국이 없다는 미스터리.

왜 없냐고? 그야 뭐겠어. 밖에서 상의를 훌랑 벗겨졌으니까…….

친구들 앞에선 당분간 윗옷은 못 벗겠네……. 목줄이라도 채워진 기분이야.

"후후."

아야가 기쁜 듯이 웃는다.

어휴 정말, 부끄러워하는 기색도 없다니까……. 귀엽지만 말이야……!

"저기저기."

햇볕에 그을린 동료인 유메가 옆자리로 와서 앉았다. (히나노가 앉을 예정이었던 자리다.)

"마리카도 같이 히나뽀요가 찍은 사진 보자—. 전부 좋은 느낌으로 잘 찍혔어!"

힐끗 보니 마찬가지로 제대로 햇볕에 탄 치사키는 창가 자리에서 아이 마스크를 쓰고서 쿨쿨 자는 중이었다.

치— 짱이 잠들어서 심심하니까 우리 보고 놀아달라고 온 거겠지.

"아— 응, 그러자……."

좋아, 기분을 전환하자. 유메가 들고 있는 디지털카메라로 시선을 돌렸다. 내 뒤에서 아야도 흥미진진하게 들여다보았다.

"이게 바로—, 첫날. 봐, 괜찮지."

"오— 집합 사진이다. 히나노, 역시 센스가 있지."

"가게 홍보 담당이라더라—."

유메가 버튼을 눌러 차례차례 사진을 넘긴다.

친구들이 차례차례 나타나 다양한 표정을 보여준다.

카메라를 향해 브이 자를 그리는 아야. 멋진 표정의 치사키. 하트를 만드는 유메. 깔깔 웃고 있는 나. 즐거워하는 장면만 담았으니까 당연하겠지만, 어쩐지 쭉 즐거워 보였다.

"그리고 지금부터가 둘째 날—. 봐, 워크숍 때—."

"워크숍 부분은 넘기자."

"엥? 어째서?!"

옆에서 손을 뻗어 버튼을 연타했다. 나는 맨정신인 상태에서로…… 를 넣고 있는 내 얼굴을 감상하는 취미는 없다.

수족관은 히나노가 혼자 어디로 사라졌었으니까, 찍힌 사진도 없을 터…….

"그런데 어라? 이거 미유 짱이잖아."

둘째 날 따로 행동했던 이유가 지금 밝혀졌다.

"히나뽀요, 그래서 서둘러 사라졌구나."

그렇군. 카메라의 작은 화면으로도 알 수 있을 정도로 미유 짱의 미소는 빛나고 있었다. 분명 좋아하는 여자애와 함께 있기 때문이겠지.

"우와, 바다 사진도 전부 미유 짱으로 가득해."

몇 장이고, 몇 장이고, 미유 짱 사진만 나온다.

마치 히나노의 시선을 엿보는 것처럼, 감정이 실린 사진들은 사랑에 빠진 소녀의 마음으로 가득했다.

어휴, 보는 이쪽이 부끄러워지잖아.

"그리고 마지막 날인 오늘은…… 앗!"

사진을 넘기던 유메가 깜짝 놀라 외쳤다. 거기엔 옷을 갈아입는 도중인 치사키의 햇볕에 그을린 등이 찍혀 있었다.

유메는 고개를 돌려 치사키의 기색을 살폈다.

괜찮아, 푹 자고 있어. 유메가 작은 목소리로 중얼거린다.

"그게— 히나뽀요한테 디카를 건네받았으니까 사진 찍는 연습을 하려고 했거든."

에헤헤, 하고 웃는 유메. 그 사진부터 시작해서 계속 치사키가 찍혀 있다. 이 녀석이고 저 녀석이고 다 자기 여친만 찍고. 카메라 담당으로서 전혀 제 역할을 못 하잖아.

"응응, 잘 찍었어."

아야가 작게 짝짝 박수를 치자, 유메가 한층 더 싱글벙글 웃었다.

그건 그렇고…….

나는 방금 한순간 보였던 옷 갈아입는 중인 사진이 어째선지 머릿속에 걸렸다. 왤까…….

아.

그렇구나, 알겠다. 아까 그 사진, 햇볕에 탔는데도 상반신에 어깨끈 자국이 없었어.

어라? 어째서.

설마 유메랑 치사키도 해변에서……?

"응? 마리카, 왜 그래―?"

"아― 살짝 비행기 멀미가 나서 그런가―!"

도쿄로 돌아가는 비행기 안, 나는 좌석에 깊이 몸을 기대고 눈을 감았다.

그러고 보니 결국 유메와 치사키가 어떤 알콩달콩한 수학여행을 보냈는지는 알 수 없었다.

그래도 괜찮다. 세상에는 몰라도 되는 일이 잔뜩 있다. 사랑의 형태에 일일이 태클을 걸어봤자 소용없다. 왜냐하면.

저마다 고른 행복의 길을, 저마다 믿고 걸어갈 수밖에 없으니까…… 응!

여자끼리라니
말도 안 된다고 주장하는 여자애를
백일 동안 철저하게 함락시키는 백합 이야기

에필로그

ARIOTO
onnadoushitoka ARIENAIDESYO to iiharuonnanoko wo hyakunichikan de TETTEITEKINI otosu yuri no ohanashi

"지금까지 신세 많이 졌습니다—!"

나는 크게 고개를 숙였다.

수학여행에서 돌아오고 얼마 뒤, 내 패밀리 레스토랑 아르바이트는 임기 만료를 맞이했다.

쉬는 날도 융통성 있게 조정해 주고, 점장이 성희롱을 해대는 일도 없었다. 스태프 모두와도 친해질 수 있었던 정말 좋은 직장이었다.

일요일. 가게 휴게실에는 많은 스태프가 모여 있었다. 심지어 오늘 출근 예정이 없는 아이들도 드문드문 보였다.

"대학교 합격하면 언제든 다시 와도 돼."

진심인 것처럼 말해주는 점장님의 말에 명랑한 미소로 화답했다.

"아하하, 생각해 볼게요!"

내 명찰에는 찬란히 빛나는 A의 알파벳이. 그렇다, 일 년에 걸쳐 나는 A랭크 스태프까지 올라선 것이다.

"마리카 짱, 그만둔 다음에도 연락해도 괜찮죠……?"

대학에 들어가서도 아르바이트를 계속하고 있는 사에가 그렁그렁한 눈으로 나를 바라본다.

"그야 당연하잖아! 오히려 내 쪽에서 연락할 거니까!"

"마, 마리카 짱……! 그럼 상담하고 싶은 것도 있으니까 다음에 꼭, 꼭 제 얘기를 들어줘야 해요!"

"물론 OK!"

사에와는 참 여러 가지 일이 있었지만 계속 연락하고 지내게 될 것 같다.

"그럼 유니폼은 세탁해서 송별회 때 가져올게요."

"그래, 그렇게 해줘. 지금까지 수고했어, 사카키바라."

"네! 점장님, 그리고 다들 건강하세요!"

송별회는 또 다른 날에 하기로 하고, 오늘은 가게가 바빠지기 전에 나왔다.

한 걸음 한 걸음, 다음 목표를 향해 나는 발걸음을 옮겼다.

수학여행이 끝나고, 학교는 단숨에 수험 분위기로 확 달라졌다.

설마 키타자와 고등학교에도 그런 일반 학교 같은 풍습이 있을 줄이야…… 하고 놀랐지만, 다른 사람도 아닌 사카키바라 마리카가 여름방학을 반납할 각오로 공부에 매진하려 할 정도다. 의외로 자연스러운 일일지도 모른다.

별난 애들만 다니는 학교라고는 해도 엄연한 고등학교 3학년. 다들 인생의 중요한 고비에 서 있는 거니까.

"많이 더워졌네."

한낮. 집으로 향하는 길을 걸으며 굳이 소리 내서 말했다.

아직 오키나와만큼은 아니지만, 반팔이 어울리는 계절이 되었다.

참고로 히나노는 우리가 돌아오고 사흘 후, 시치미 뚝 뗀 태연한 얼굴로 학교에 왔다. 백갸루였던 히나노가 제대로 햇볕에 그을린 모습은 살짝 웃겨서, 한동안 모두가 쿠로하타라고 부르면서 놀렸다.

히나노는 소중히 여길 세 가지를 확실히 정해놨다.

나는 내 입으로 말해 놓고도 아직 잘 모르겠다.

하나는 아야. 하나는 아마도 나. 그럼 마지막 하나는?

친구? 있을 곳? 돈? 취미? 머릿속에 떠오르는 건 있지만, 바로 이거야! 라고 정하기는 좀 어려워서.

찾고 싶다. 나에게 소중한 것을. 대학에 가는 이유가 하나 더 생긴 듯한 느낌이다.

지금 향하는 곳은 아야네 집.

오늘은 아야의 출근 시간까지 둘이서 동영상을 보며 느긋하게 보낼 예정이다.

별다른 것 없는, 특별한 것도 아닌 평범한 휴일. 하지만 그게 나에게 있어선 특별한 하루다.

아야에게 『이제 곧 도착해』라고 메시지를 보내고 집 앞까지 왔다.

그랬을 때.

"어머."

여성의 목소리가 들려서 돌아보니 그곳엔 예쁜 사람이 서 있었다.

"혹시 사카키바라 양?"

"네, 그런데요, 저기."

위아래로 정장을 갖춰 입은 여성은 힐을 제외하고도 나보다 키가 컸다. 정장 가격이나 고급 원단 같은 건 잘 모르지만, 마치 여왕님이 입는 드레스처럼 아주 잘 어울렸다.

직감했다. 뚜렷한 이목구비, 서 있는 자세. 그리고 화려한 분위기를 통해 눈앞의 이 여성이 아야네 어머님이라는걸.

"……아야 어머님이신가요?"

"응, 맞아. 항상 아야가 신세 지고 있네."

"처, 처음 뵙겠습니다!"

황급히 고개 숙여 인사했다.

얼굴을 들어 눈을 마주치자, 어째서인지 오싹했다.

흐트러짐 없는 완벽한 화장으로 이루어진 가면 탓일까. 아야네 어머님에게선 전혀 아무런 감정도 전해지지 않는 것만 같아서.

뭘 생각하고 있는지 조금도 알 수 없었다. 이런 어른을 마주하는 건 처음이었다.

"저, 저기, 저는."

묘하게 동요했지만, 그래도 꺼내야 할 말이 있다.

아야네 어머님께 아야와 사귀는 사이라는 걸 전해야 해.

왜냐하면 아야는 우리 엄마에게 제대로 말해줬으니까.

일상 뒤에 숨어있던 갑작스러운 고비에 땀이 흘러나온다.

"후와 아야 양과."

"아아, 됐어 됐어."

"……네?"

아야네 어머님은 손을 살랑살랑 흔들며 옅은 미소를 지었다.

"제대로 된 이야기는, 그러네, 다음에 다시 하기로 하자. 오늘은 짐을 가지러 잠깐 들렀을 뿐이라 변변한 대접도 못 해주거든."

"아, 네…… 죄송합니다."

시간이 없으니 복잡한 얘기는 다음에 다시 하자는 걸까. 나는 사과하면서도 어쩐지 소심한 안도감을 느꼈다.

"나야말로 미안해."

"앗, 아뇨."

입꼬리만 느슨하게 풀며 아야네 어머님이 집 문을 열었다. 나는 그 뒤를 따라갔다.

그런데 뭐랄까. 생각보다 평범한 어머님이란 느낌이다.

왜 아야는 이 사람을 피하는 걸까. 재혼 얘기도 차분히 들어드리면 될 텐데…….

주제넘은 참견이 입 밖으로 나와버릴 것 같다. 그런데 애초에 여자친구네 집 가정사는 어디부터가 주제넘은 참견에 들어가는 걸까. 모르겠다.

"아야, 손님 왔어."

어머님이 집 안을 향해 불렀다. 크지 않은 목소리인데도, 누구의 귀에나 또렷이 들릴 것 같은 느낌. 아야와 꼭 닮은 목소리였다.

다급한 발소리와 함께 아야가 나타났다.

극히 짧은 거리인데도 마치 숨을 헐떡이는 것처럼 보였다.

"엄마, 왜 마리카랑 같이."

“집 앞에서 어쩌다 우연히 만났어.”

“…….”

정말이야? 라고 아야가 시선으로 추궁한다.

“으, 응! 정말이야.”

“……그래.”

아야가 엄마 옆을 지나쳐 내 손목을 붙잡았다. 그러고는 그대로 끌어당긴다. 아픈 건 아니지만 굉장히 강압적으로.

“자, 잠깐, 아야.”

“방으로 가자.”

이렇게 초조해하는 모습은 본 적이 없다.

뒤에서 어머님이 감정 없는 목소리로 묻는다.

“있지, 아야. 시간 되는 날 말인데.”

“마음대로 하라고 말했잖아.”

“……응, 그래.”

나는 신경이 쓰여 두 사람을 번갈아 보았다.

“저, 저기, 아야. 괜찮아……?”

“응.”

조그맣게 묻는 나에게 힘주어 고개를 끄덕이는 아야. 하지만 옆에서 보기에 그 표정은 당장 폭발할 것 같은 무언가를 필사적으로 억누르는 것처럼 위태로워 보였다.

“아야.”

엄마의 목소리를 무시하며 아야가 내 손을 잡아끌며 걸었다.

“너무 마리카 양한테 폐 끼치지 않도록 하렴——.”

그 말을 들은 순간 아야가 우뚝 걸음을 멈췄다.

내게는 평범한 부모가 딸에게 건네는 자연스러운 말처럼 들렸지만, 아야에겐 그렇지 않았던 모양이다.

아야가 홱 돌아본다.

"폐 같은 거, 안 끼쳐. 당신에게도 더는."

내 손목을 붙잡은 채.

"왜냐하면 나는."

마치 맞받아치듯 아야가 선언했다.

"**——고등학교 졸업하면 마리카랑 같이 살 거니까!**"

두 사람의 시선 사이에 낀 상태로, 나는 천천히 그 말을 곱씹어 보았고.

그리고, 외쳤다.

"뭐…… 뭐어어어어어어어어어어어어어어어?!"

여자끼리라니
말도 안 된다고 주장하는 여자애를
백일 동안
철저하게 함락시키는 백합 이야기

"앗."

손에서 유리잔이 미끄러진 순간.

후와 아야는 다른 한 손으로, 어떻게든 떨어지기 전에 유리잔을 잡아내는 데 성공했다.

"위, 위험했어……."

플레어 바텐딩도 아닌데, 하고 식은땀을 흘렸다.

그 모습을 곁눈질로 보던 모모가 걱정스럽게 물었다.

"아야 씨, 컨디션이 안 좋으신가요?"

"괘, 괜찮아."

"그래도 오늘만 벌써 세 번째인데…… 앗."

이번에는 늘어놓은 잔을 팔꿈치로 쳐 버렸다. 굴러떨어질 뻔한 걸 또다시 아슬아슬하게 잡아챘다.

"……봐, 괜찮아."

"지금 그게 괜찮았던 건가요?!"

"피해가 발생하진 않았으니까."

그렇게 태연하게 대답하는(혹은 태연하게 대답하려 노력한) 아야였지만, 역시 모모의 눈에는 주의가 산만해 보였다.

대체 무슨 일이 있었는가.

그건 아까 전 아야가 내뱉은 폭탄 발언 때문이었다.

『고등학교 졸업하면 마리카랑 같이 살 거니까!』

그렇게 외친 아야는 마리카의 손을 끌고서 방으로 도망쳤다.

문제는 그다음이다.

『저, 저기…… 방금 그 말은……?』

수줍게 웃는 마리카의 시선을 똑바로 볼 수 없어서 아야는 그 자리에 풀썩 주저앉았다.

『아, 아니, 딱히! 싫다는 게 아니고, 그저, 그게, 놀랐을 뿐이라고 해야 하나!』

분위기를 망가뜨리지 않으려고 열심히 소통하려 애쓰는 마리카에게 아야는 제대로 된 말 한마디 건네지 못했고.

자신이 한심하고, 실망스럽고, 게다가 고민도 없이 말을 내뱉었던 것도 미안하고, 엄마를 향한 반항심 때문에 마리카를 비겁하게 이용했다는 것까지…….

최악의 풀코스로 인해, 자기혐오에 짓눌려 버릴 것만 같아서…….

결국 마리카의 분투도 헛되이, 가라앉은 분위기인 와중 아야가 아르바이트를 갈 시간이 되어 해산.

그리하여……. 아야는 여전히 울적한 마음을 떨쳐내지 못하고, 지금처럼 잔을 몇 번이나 깨트릴 뻔하며 모모한테 걱정을 끼치는 중── 이란 뜻이다.

덧붙여 말하자면 지금 이 상황 자체도 괴로움에 괴로움을 더하는 격이었다.

(지금은 일하는 도중인데……. 개인적인 사정 때문에 일하는 도중에 실수나 하고……!)

목구멍 안쪽이 따끔거린다.

자신을 책망하며 실패하고, 그 실패로 다시 자신을 책망하는 악순환에 사로잡혀 있었다.

가게 문이 열린다.

오늘 근무 시프트는 한동안 모모와 단둘뿐. 가게는 평소보다 한산한 편이라고는 해도, 일단은 선배로서 자세를 똑바로 해야…….

"어서 오세——."

인사하던 목소리가 도중에 끊겼다.

"어, 음…… 야호."

멋쩍은 미소를 지으며 손을 흔든 사람은 사카키바라 마리카였다.

아야는 등을 돌렸다.

"……어서 오세요."

"아야 씨?! 왜 손님한테 등을 돌리고 인사를?!"

마리카가 웃으면서 아야의 맞은편 카운터석에 앉았다.

"괜찮아요, 괜찮아, 모모 씨."

"어라? 마리카 짱?"

마리카가 모모에게 인사한 뒤 적당히 주문을 마쳤다.

그리고.

"아야."

아야가 움찔, 몸을 떨었다. 쟁반으로 얼굴을 가리면서 돌아보았다.

"……왜 그러시죠? 손님."

"그게—."

곤란하다는 듯이 웃는 마리카.

"아까는 흐지부지 마무리되어 버렸으니까, 이야기를 마저 할까, 싶어서."

마저 하자니.

"그건……."

이제 이판사판이다. 질질 끄는 편이 더 괴롭다. 아야는 힘껏 고개를 숙이기로 했다.

"미안, 마리카."

"어?"

"내가 이상한 소릴 해서. 그건, 저기, 엄마 말에 발끈해서 홧김에 나온 말이라고 할까, 그럴 생각은 전혀 없었고……."

조금씩 쟁반을 내리며 슬쩍 시선을 올려 마리카의 기색을 살폈다.

마리카는 멍하니 입을 벌리고 있었다.

"아, 그런 거야……?"

"으, 응."

하아아아, 하고 크게 한숨을 쉬는 마리카.

"그랬구나. 나는 당연히……."

"……당연히?"

별생각 없이 뒷말을 재촉하자, 마리카는 아픈 곳을 찔린 것처럼 시선을 피했다.

"당연히…… 프러포즈 비슷한 말인 줄 알고……."

"윽."

화악, 하고 아야의 얼굴이 단번에 빨개졌다.

"그건, 그게! 그런 게 아니고!"

"흐응……."

마리카가 장난스럽게 눈을 가늘게 떴다.

"그게 아니라는 말은 아야는 나랑 같이 살기 싫은 거구나."

"그런 뜻이 아니라!"

필사적으로 정정하려는 아야――그리고 필사적으로 냉정한 척하는 마리카――는 눈치챌 여유가 전혀 없었다. 모모를 포함해 가게 안에 있는 사람들 모두가 두 사람의 대화에 귀를 쫑긋 세우고 있다는 사실을.

"그런 말은, 일방적으로 갑작스럽게 꺼낼만한 얘기가 아니라고 생각해."

아야는 가슴에 손을 대고서 숨을 고르며 말했다.

"엄마 앞에서 갑자기 그런 말을 꺼내면 마리카도 난감하긴 마찬가지잖아."

"그건 뭐…… 난감하다고 해야 하나, 놀랐다고 해야 하나."

"응, 그렇겠지. 미안."

아야는 드디어 제대로 오해를 풀어서 안도했다.

"그러니까 이제 이 이야기는 끝인 걸로."

"아니아니, 잠깐 기다려 봐!"

"어……?"

마리카가 몸을 앞으로 내밀었다.

"아, 아무리 사과해도 한번 뱉은 말은 없던 일로 할 수 없어!"

"엇…………."

얼굴에서 핏기가 빠져나가는 기분이었다.

"그렇게, 말해도."

뒷걸음질 쳤다. 하마터면 등이 선반에 부딪힐 뻔했다. 마리카가 뭘 원하는지 알 수 없어서, 『그러면 몸으로 갚을게』 같은 농담을 던질 여유도 없었다.

그런데 그런 아야의 반응을 보고서 당황한 건 마리카도 마찬가지였다.

"아니, 그러니까── 내 말은!"

눈을 감고, 마치 결사의 각오라도 다진 것처럼 마리카가 외쳤다.

"──아야는 나랑 같이 살고 싶지 않냐고 묻는 거야!"

싸늘한 정적과 함께 바 안이 조용해졌다.

듣기 좋은 재즈가 흐르며, 아야와 마리카를 감싸안듯이 오선지가 춤을 춘다.

뺨을 발갛게 물들이고서 주먹을 쥔 채 올려다보는 마리카를 향해, 아야는.

아야는.

"살고 싶지 않은 건, 아니지만……."

몹시도 고분고분한 태도로 대답하고 말았다.

"나, 나도 있지! 지금은 돈이 별로 없지만, 그래도 대학에 붙으면 아르바이트도 다시 시작할 거고, 아야한테만 의지하지 않을 테니까……."

"으, 응."

마치 입장이 반대가 된 것처럼 마리카가 빠른 어조로 말을 쏟아내며 허둥댔다.

"봐, 아야도 쉬는 날엔 우리 집에 묵기도 하니까. 뭔가 그런 공동생활? 비슷한 것도 가능할 것 같지 않아? 나는 요리도 그다지 해본 적 없지만, 그래도 레시피를 보면서 만들면 어찌어찌 할 수 있을 것도 같고……."

"응."

"그, 그런 식으로 집안일은 당번제로 하면서! 둘 다 아르바이트가 없는 날엔 되도록 집에서 같이 식사한다거나, 함께 저녁 식사 장을 본다거나……. 어쩐지 잘해 나갈 수 있지 않을까 싶어서……! 나, 다른 사람의 생활 방식에 맞추는 것도, 아마 못하진 않을 테니까!"

전혀 감이 안 잡힌다.

마리카는 대체 무슨 말을 하고 싶은 걸까.

"어, 으음."

"뭐냐고! 자기가 먼저 말을 꺼낸 주제에!"

고개를 갸웃거리자, 마리카가 격하게 나무란다.

그렇게 말해도…….

문득 고개를 들었다. 주변을 둘러보자, 눈이 마주칠 뻔한 손님들이 차례차례 고개를 돌린다. 아야는 그런 사실도 눈치채지 못하고서.

쟁반을 가슴에 안은 채, 마리카에게 솔직히 물었다.

"마리카는…… 나랑 같이 살고 싶어?"

어안이 벙벙한 표정으로 이쪽을 본다. 어?

마리카는 고개를 숙이고 가느다란 목소리로 신음했다.

"그, 그야…… 그런 말을 들으면……."

"…………."

어쩌면 마리카는 꺼림칙하게 느꼈던 게 아니었을지도 모른다.

오히려 자신이 홧김에 외친 말을 엄청나게 긍정적으로 검토해주고 있을지도 모른다. 그런 느낌이 들었다.

"마리카랑, 함께……."

한 지붕 아래에서, 마리카와 함께하는 생활.

생각지도 못했던 미래의 설계도가 뭉게뭉게 공중에 떠오른다.

매일 아침, 일어나면 옆에 마리카가 있고, 마리카와 함께 집을 나오고, 그리고 마리카가 있는 집으로 돌아와, 마리카와 밥을 먹고, 마리카와 함께 잠이 드는 생활.

작년 크리스마스에 보냈던 그런 일상이, 쭉 이어져……?

"나, 나도…… 방금, 엄마한테 물어봤어."

"어?"

마리카는 마치 용기를 내어 사랑 고백을 하듯이, 말했다.

"혹시나 말인데…… 대학에 입학하면 룸셰어해도 돼? 라고…….”

아야의 몸이 굳었다.

“……그랬더니?”

“엄마가, 그런 것도 괜찮지 않겠냐고…….”

“…….”

두 사람의 목소리만이 바에 울렸다.

“다만, 여자애 둘이서 생활할 거라면 가격이랑 위치만 보고 아파트를 고르지 말고, 꼭 보안이 철저한 맨션으로 빌리라고…….”

저도 모르게 꿀꺽 소리를 냈다.

“그 말은, 허락해 주셨다는…… 뜻?”

“……응.”

마리카와 동거 생활.

그 한 문장이 현실감을 띠고서 춤추듯 내려오자, 아야는 갑자기 아찔해졌다.

눈이 저절로 떨린다. 그치만, 그건 순간적으로 튀어나오듯 외쳤을 뿐이었는데.

“아야, 어때……? 재미있을 것 같다고 생각 안 해……?”

조심스럽게 묻는 여자친구.

아야는 기품이고 예절이고 없이 카운터에 손을 짚고서, 자리에 앉은 마리카를 향해 몸을 쭉 내밀었다.

“생각해!”

목소리에 열기가 담긴다.

"나도, 마리카랑 같이 살고 싶어."

마리카의 손을 잡았다.

반짝이는 눈동자가 아야를 마주 본다. 그 찬란한 빛을 맞으며 입을 열었다.

"나, 원래부터 고등학교를 졸업하면 집을 나올 생각이었어. 그러기 위해 혼자 살 작정으로 돈도 저축하고 있었고."

머릿속에 떠오르는 그대로 말이 되어 나온다. 잡은 손이 뜨겁다.

"마리카는 집에서 통학할 줄 알았어. 가족들과 사이도 좋고, 그런 얘기도 전혀 한 적 없으니까. 그래서, 마리카가 그렇게 말해줘서, 나는……."

가만히 마리카의 눈을 바라본다. 말이 목에서 막힌다.

"그런데, 정말 괜찮겠어……?"

"당연하지!"

이번엔 마리카가 아야와 마주 잡은 손에 힘을 줬다.

"내가 얼마나 아야를 좋아하는 줄 알아?!"

"그, 그건."

아야는 기뻐서 자기도 모르게 미소가 흘러나왔다.

새삼스럽다.

"정말 좋아하는구나, 하고 똑똑히 전해져 와."

"으…… 응!"

고개를 붕붕 끄덕이는 마리카와 한동안 손을 마주 잡고 있었던 그때.

바로 옆에서 짝짝, 하고 박수 소리가 들렸다.

직원 중 한 명, 모모였다.

"아야 씨, 정말 축하해요!"

"어?"

모모는 눈물을 글썽이고 있었다. 어째서.

"이게 두 사람의 새로운 출발인 거네요! 굉장해요, 굉장해! 행복하세요!"

"저기."

모모의 그 말을 시작으로——.

마치 여운을 망치는 것처럼, 지금까지 숨을 죽이고 있던 손님들이 일제히 환호성을 질렀다.

거기에 더해 누군가 연락했는지 카렌 씨나 다른 직원들까지 달려와서는…… 부동산 회사에서 일하는 손님까지 합세해 아야와 마리카의 새집 찾기 대회가 열리고 말았다.

너무나도 성대한 잔치 분위기에, 마리카는 있는 힘껏 "또 이 패턴이냐고!"라고 외쳤지만, 그런 외침도 전부 함께 밤의 신주쿠에 삼켜졌다.

"그 사람들은 결국 자기들이 신나게 떠들고 싶을 뿐이야!"

그리고 집으로 향하는 전철.

뾰로통한 마리카를 아야는 즐거운 듯이 바라보고 있었다.

"그러게. 나도 그렇게 생각해."

"뭔데?! 고백도 저 바에서 했고, 생일 파티에서 키스하는 모습까지 보여줬고! 심지어 집 구하는 것까지 저기에 신세를 져야 하는 거야?! 내 인생의 터닝 포인트가 전부 저기 모여 있잖아!"

남의 시선을 신경 쓰지 않는 마리카한테도 문제가 있다고 생각한다. 굳이 말하지는 않겠지만.

애초에 지금 마리카도, 부끄러움을 감추려고 괜히 투덜거리는 것뿐이다.

바 사람들에게 진심으로 화내지는 않겠지. 그만큼 은혜도 입었고, 안면 있는 손님들은 이젠 친구나 마찬가지니까.

"후후후. 그래도 시세보다 싸게 빌릴 수 있을 것 같아. 자세한 이야기는 다음에 하기로 했지만, 진지하게 상담하면 분명 힘이 되어줄 거야."

"윽…… 이것이 인맥을 이용한 연줄이라는 건가……!"

말은 저렇게 해도 마리카는 결국 마지막엔 실리를 택하겠지. 오히려 본인도 그걸 알고 있기에 불평하는 것밖에 할 수 없는 거다.

"마리카와 같이 산다니."

나란히 선 마리카. 그 새끼손가락에 새끼손가락을 걸었다.

"어떤 생활이 되려나."

"우선, 마련해야 할 가전제품이 잔뜩 있을 것 같아."

"집안일 분담도 생각해야지. 나 세탁은 잘해."

"세탁에 잘하고 못 하고가 있구나. 나는 청소는 자신 없으려나……."

"너무 물건을 늘리지 않도록 해야겠네."

"응."

마리카가 작게 고개를 끄덕이고서, 문득 진지한 얼굴로.

"나는 꽤 유혹에 약한 사람인데."

"알고 있어."

"그러시겠지! 그게 아니라…… 그래서 있지, 입시 학원에 다니거나 공부에 집중하는 건 좀 버거울지도 모른다고 생각하지만…… 그, 엄마한테 말했거든."

"응."

"무사히 지망 대학에 합격하면 상으로 둘이 동거하게 허락해 달라고……."

"그건."

다시 말해, 합격하지 못하면 오늘 했던 얘기는 전부 없었던 일이 된다는 뜻이다.

그런 건 몹시 아쉽고, 분명 마리카도 같은 마음이겠지.

그런데도 어째서 마리카가 그런 말을 엄마에게 했을까, 그건.

"……그만큼 진지하게 아야와 함께하는 미래를 생각하고 있다고, 그 마음을 알아주길 바랐으니까."

"……그렇구나."

일시적인 기분에 따라 『재미있을 것 같으니까!』라는 이유로 부탁했더라도, 어쩌면 마리카네 어머님은 둘이 사는 걸 허락해 주셨을지도 모른다.

하지만 마리카가 진지하게 부탁했기 때문에── 아니, 마리카가 항상 언제나 아야와 진지하게 마주했기 때문에 어머님도 이렇게 쉽게 허락해 주신 게 틀림없다.

쌓아온 믿음의 무게다.

그렇다면.

아야는 마리카의 머리를 쓰다듬었다.

"고마워, 마리카."

"어? 뭐가?"

"그렇게나 나를 좋아해 줘서."

"그, 그건."

마리카가 뺨에 홍조를 띤다.

"……그런 거라면 아야야말로, 내가 이렇게나 좋아하게 만들어 줘서…… 고마워."

기쁜 듯이 아야는 웃었다.

"천만에."

이윽고 전철이 멈춘다. 마리카가 내릴 역이다.

"그럼, 다음에 보자, 아야."

"응, 잘 가."

마리카는 손을 흔들며 플랫폼에 내렸다. 창문을 통해 작게 손을 흔들자, 웃는 얼굴로 마주 손을 흔들어 준다.

전철이 달리기 시작하고, 마리카의 모습은 이내 보이지 않게 되었다.

아직 지금은, 이렇게 각자의 집으로 돌아가는 두 사람이지만.

언젠가는 함께 같은 집으로 돌아가게 될지도 모른다.

가슴이 뜨거워지고, 저도 모르게 뺨이 느슨해진다.

(힘내, 마리카.)

이번 여름, 정해둔 목표를 향해 똑바로 나아가려고 하는 연인에게, 아야는 마음속으로 커다란 응원을 보냈다.

(……아니, 나도 힘내야지.)

고등학교 마지막 추억이라며 기합을 넣고 임했던 수학여행. 지나가 버린 시간에 쓸쓸함이 크기를 키울 뿐이었지만.

그런데 지금은 미래가 기다려져서 견디기 힘들었다.

사카키바라 마리카는 겁쟁이인 자신에게 내일을 안겨 주는 아이라서—— 아야는 그런 마리카가 진심으로 사랑스러웠다.

이렇게 고등학교 3학년의 여름은 눈 깜짝할 사이에 지나간다.

장밋빛 미래, 그리고, 결국은 매듭을 지어야 할 피할 수 없는 날이 기다리고 있었다.

후기

평안하세요, 미카미 테렌입니다.

이번에 『여자끼리라니 말도 안 된다고 주장하는 여자애를 백일동안 철저하게 함락시키는 백합 이야기』 약칭 『아리오토』 7권을 구매해 주셔서 감사합니다.

이번 권은 수학여행 편이라서 평소와는 다른 장소에서 꽁냥대는 아야와 마리카를 쓸 수 있어서 즐거웠습니다. 그런 느낌의 이야기였습니다.

그런고로, 스포일러는 최대한 피하면서 7권에 대해 이것저것 떠들고 싶어서, 그 마음을 실행에 옮기기로 했습니다. 후기는 나의 놀이터다!

1 : 오키나와로 취재 여행을 다녀왔어!

저는 기본적으로 이야기의 무대가 되는 장소로 직접 가서, 캐릭터의 하루를 간접 체험하며 소재를 구상해 나가는 타입인 작가입니다.

그렇게 되면 뭔가―. 취재 여행을 가지 않으면, 오히려 역으로 글을 쓰기 어려워진단 말이죠. 동영상이나 구글 어스를 보며 문장을 써도 생생함이 부족한 느낌이 들어서요. 이게 실제 오키나와의 모습인가? 하는 의심에 빠지게 돼서……!

꽤 중요하다고 생각하거든요, 생생함이라는 거. 생생함이 부족하면 오키나와에 대해 잘 알고 계시는 독자분들의 몰입도를 떨어트리게 되니까요…….

그건 이야기의 완성도와는 관계없이, 그저 경험만으로 커버할 수 있는 문제고, 현지에 가기만 하면 되는 거니까 취재 여행은 가는 게 이득이라고 생각합니다.

하지만 말은 이렇게 해도 이번 편은 오키나와. 거리는 그렇다 쳐도, 아무리 해도 스케줄이 맞질 않아서 역시 무리인가……! 하고 고민했습니다만.

갑자기 뽕, 하고 일주일이란 시간을 짜낼 수 있게 돼서 어떻게든 다녀왔습니다! "담당자님, 저 오키나와로 취재 다녀올게요! 내일부터."

4박 5일 여행은 즐거웠습니다. 소키소바 실컷 먹었어요. 그리고 엄청 걸었습니다. 뭐, 그 경험이 얼마나 작품 속에 살아 있냐고 묻는다면 아마 5% 정도라고 생각하지만, 반대로 가기만 해도 5%나 벌 수 있다니 대단하지 않아? 가는 게 이득!

참고로 실제 건물 이름을 등장시키지 않은 건, 이번 수학여행에서 하는 행동이 좀 그래서 폐를 끼치지 않기 위해서입니다. 등장시킬 수 있을 리 없잖냐!

2 : 시라하타 히나노 (약간 스포일러 있음)

이번 편은 4분의 3이 수학여행, 나머지 분량은 히나노 편이라는 마음으로 썼습니다. 아무래도 시리즈 중 제일 두꺼운 것 같습니다. 서브 캐릭터 이야기를 쓸 때는 절대로 메인 스토리 분량을 줄이지 않겠다고 스스로에게 엄명을 내렸기 때문에, 그렇게 그대로 길어졌습니다. 죄송해요, 담당자님!

이걸로 2권에서 등장한 캐릭터들의 각 에피소드가 마무리되었습니다. 나츠미 짱, 레이나 씨, 히나뽀요, 마리카와 아야 주변을 둘러싼 캐릭터들은 제각각 마리카와 공감, 혹은 대비되는 부분을 강조해서 아리오토의 세계에 등장시켰습니다.

누군가 한 명이라도 마음에 드신 캐릭터가 있었다면 기쁘겠습니다.

히나뽀요의 설정도 거의 아리오토 연재 시작 전부터 존재했는데, 그걸 보여드리기까지 7권이나 걸렸다는 게 대단하다 싶습니다. 7권까지 낼 수 있게 돼서 기쁘네…….

3 : 이번 권의 마무리에 대해서

뭔가 해피한 느낌이었죠! 마리카와 아야가 행복하면 나도 기뻐.

참고로 지금 구상 중인 내용으로는 8권은 조금 색다른 구성이 될 예정입니다.

등장인물도 늘어나서 텐션 높고 시끌벅적한 아리오토입니다만, 조금 진지한 분위기가 될지도 모릅니다. 뭐, 아야 이야기니까 말이죠……. (아니, 정확히는 8권이 있기 때문에 7권을 일부러 떠들썩한 분위기로 했을 가능성도 있습니다.)

마리카가 수험 공부를 열심히 하는 동안 저도 가능한 한 빨리 여러분께 전해드릴 수 있도록 집필에 힘쓰려고 합니다. 함께 힘내자, 마리카.

그러면 감사 인사입니다.

와타 선생님은 이번 편에서도 수영복을 잔뜩 그려주셨습니다. 기뻐! 오키나와 분위기를 내고 싶다는 이유로 7권 표지에서 처음으로 배경을 요청했는데, 작중 느낌과 딱 어울렸죠! 와타 씨의 그림이 루브르 박물관에 전시될 날도 머지않았을지도 모릅니다.

그리고 이번 권부터 담당을 맡아주신 사와오 씨에게, 담당이 되자마자 바로 폐를 끼쳤습니다! 다음번엔 같이 취재 여행 가자고요!

나아가 이 책을 내기 위해서 함께해 주신 많은 분들께 진심으로 감사드립니다. 8권도 모쪼록 힘을 보태주신 만큼 잘 부탁드리겠습니다!

그리고 무엇보다도 이 책을 손에 쥐어주신 여러분과, 이 책을 팔기 위해서 노력해 주신 서점 직원분들에게도 커다란 감사를.

카야코 선생님이 그린『아리오토 코미컬라이즈』는 총 3권! 소설 1권 내용을 빈틈없이 담고 있고, 마리카는 귀엽게, 아야는 아름답게 그려 주셨습니다. 멋져!

또한 걸즈코메의 또 다른 시리즈,『와타나레』 쪽도 연이어 잘 부탁해! 이쪽은 건전(?)한 청춘 러브코미디입니다. 괜찮아, 레나코는 말도 안 되지 않아. 응응, 말이 되고말고.

그럼 또 어딘가에서 다시 만날 수 있기를! 미카미 테렌이었습니다!

ONNA DOSHI TOKA ARIENAIDESHO TO IIHARU ONNA NO KO WO,
HYAKUNICHIKAN DE TETTEITEKI NI OTOSU YURI NO OHANASHI 7

여자끼리라니 말도 안 된다고 주장하는 여자애를 백일동안 철저하게 함락시키는 백합 이야기 7

2025년 12월 15일 1판 1쇄 발행

저자 미카미 테렌
일러스트 와타
옮긴이 정백송
발행인 유재옥
담당편집 정영길

이사 조병권
편집팀 정영길 조찬희 박치우 이소의 정지원 최유정 김혜주
디자인랩팀 김보라 전세연
디지털사업팀 김지연 윤희진 장혜원
라이츠사업팀 김정미 이지현 유아현
영업마케팅팀 최원석
물류팀 백철기
경영지원팀 최정연
인쇄제작처 ㈜코리아피엔피
발행처 ㈜소미미디어
등록 제2015-000008호
주소 서울시 마포구 토정로222, 502호 (신수동, 한국출판콘텐츠센터)
판매 및 마케팅 (070) 8822-2301

ISBN 979-11-384-4221-3
ISBN 979-11-384-0205-7 (세트)